allitera verlag
Krimi

W0375340

Brandl, geboren 1980 in München, und **Keller**, geboren 1975 in Wasserburg am Inn, studierten beide Germanistik an der Ludwig-Maximilians-Universität in München und arbeiten im Verlagswesen. »Schwarze Wiesn« ist das Romandebüt des Autorenduos.

Brandl & Keller

Schwarze Wiesn

Ein Oktoberfest-Krimi

allitera verlag
Krimi

Weitere Informationen über den Verlag und sein Programm unter:
www.allitera.de

Bibliografische Information der Deutschen Bibliothek:
Die Deutsche Bibliothek verzeichnet diese Publikation
in der Deutschen Nationalbibliografie;
detaillierte bibliografische Daten sind im Internet zu finden unter:
http://dnb.ddb.de

August 2010
Allitera Verlag
Ein Verlag der Buch&media GmbH, München

Umschlaggestaltung: Alexander Strathern, München
Umschlagbild: signtime – Fotolia.com
Herstellung: Kessler Druck + Medien GmbH & Co. KG, Bobingen
Printed in Germany
ISBN 978-3-86906-098-9

»Zu Münchens schönsten Paradiesen
zählt ohne Zweifel seine Wiesen«
Eugen Roth

»Hölle, Hölle, Hölle!«
Wolfgang Petry

Prolog

Fünf Sekunden gab er den Menschen in der Regel, um ihn anzusehen. Wenn er dann aus den Augenwinkeln wahrnahm, dass sie immer noch glotzten, wandte er abrupt den Kopf und sah ihnen in die Augen. Oft hatte er sich getäuscht und die Menschen blickten ihn gar nicht an, sondern durch ihn hindurch und waren mit den Gedanken ganz woanders. Oder sie sahen ihn tatsächlich an und lächelten, wenn sein Blick auf den ihren traf. Manche sahen aber auch schnell weg und taten unbeteiligt, und die waren gefährlich. Vielleicht wussten sie über ihn Bescheid. Darüber, dass er nicht hier sein durfte. Dass er nicht in dieser Bahn sitzen durfte. Dass er Geld in der Tasche hatte, das ihm nicht zustand, ihrer Meinung nach. Auch wenn er es hart erarbeitet hatte. Und das meiste blieb ihm ohnehin nicht. Manchmal träumte er davon, dass ihn wieder jemand lange ansah und dann, wenn er abrupt den Kopf wendete, sagte: Haben Sie keine Angst. Ich weiß, in welcher Lage Sie sind, aber wir können Ihnen helfen. Sie da rausholen und Ihnen zu einem normalen Leben verhelfen. Sehen Sie sich die Menschen um sich herum an. Sie fahren zur Arbeit in ihre hellen, schön eingerichteten Büros. Mittags gehen sie mit ihren Kollegen in eine Kantine und essen ein Fleischgericht. Abends kommen sie nach Hause zu ihren Familien. Wenn sie ein Häuschen mit Garten haben, warten die Kinder schon am Gartentor. Aber auch die mit Stadtwohnung und ohne Kinder freuen sich auf den Feierabend. Auf ein Bier auf dem Balkon. Danach schauen sie entspannt fern und schlafen tief und traumlos. Am Morgen sind sie wieder fit für einen neuen Tag. Diese Menschen haben auch Sorgen und Probleme, aber im Grunde geht es ihnen gut. Ich weiß, dass Sie mich nicht kennen, aber Sie müssen mir vertrauen. Ich kann Ihnen helfen und Ihre Peiniger bestrafen. Das hier ist ein Land, in dem jeder ein normales Leben führen kann.

Ein normales Leben.

Im Moment war er so weit von einem normalen Leben entfernt wie nie zuvor. Er schloss die Augen. Schweiß schoss ihm aus allen Poren, sein Puls raste. Er hatte getötet. Der Mann, der ihm gefolgt war, wusste es. Bald würden es auch seine Freunde wissen.

Und dann alle. Bald würden es alle wissen.

Er blickte sich vorsichtig um und beobachtete die Leute im Abteil. Sein Herz schlug ihm bis zum Hals und er hatte das Gefühl, als ob es für jeden zu hören war. Aber die Leute nahmen keinerlei Notiz von ihm, starrten vor sich oder in Zeitungen. Er sah an sich hinunter. Er trug eines seiner ältesten weißen T-Shirts, das seine Arme betonte, die nach den Sommermonaten tiefbraun gebrannt waren. Sein Gesicht sowieso. Er saß unrasiert und verlottert inmitten von normalen Menschen, die ein normales Leben führten. Die Fahrkartenkontrolleure, die an der Hackerbrücke eingestiegen waren, hatten ihn scheel angeschaut und sich zu zweit vor ihm aufgebaut. Erst als sie seine Streifenkarte gesehen und gemerkt hatten, dass er regelmäßig stempelte, waren sie abgezogen. Während sie seine Karte geprüft hatten, war ihm plötzlich speiübel geworden und er hatte sich mit beiden Händen am Sitz festgekrallt, weil er Angst hatte, umzukippen. Hatte ihn am Hauptbahnhof jemand dabei beobachtet, als er die schwarze Jacke in einen Abfalleimer gestopft hatte? Er wollte nicht daran denken.

Was sollte er jetzt tun? Wohin sollte er gehen? Er hatte den Mann, der ihn verfolgt hatte, zwar abgehängt, aber es war nur eine Frage der Zeit, bis sie ihn aufspüren würden. Was, wenn die anderen schon verraten hatten, wo sie wohnten? Wenn sie dort schon auf ihn warteten?

Die S-Bahn hielt am Westkreuz. Er zögerte. Sollte er nicht besser eine Station weiterfahren? Nein, er musste so schnell wie möglich in die Wohnung, um ein paar Sachen zu holen. Er sprang auf und zwängte sich durch die Türen, die schon im Begriff waren, sich zu schließen.

Draußen stieß er in eine Frau mit Rollkoffer, die gleich nach dem Aussteigen stehen geblieben war und ihr Handy aus Handtasche holte.

»Tschuldigung«, murmelte er.

Nicht zu hastig, schärfte er sich ein. Zügig, aber ruhig. Nicht auffällig. Nicht hetzen, dachte er.

Er ging in Richtung Treppe. Als sein Blick auf den des Polizisten traf, zwang er sich, nicht ruckartig wegzusehen. Verdammte Scheiße, warum waren hier zwei Bullen? Waren sie wegen ihm hier? Hatten die anderen so schnell ausgepackt und verraten, wohin er fahren würde?

Der Polizist sah ihn an. Schau ins Leere, sagte er zu sich. Durch ihn hindurch. Als würdest du ihn nicht wahrnehmen. Als wäre er gar nicht da. Als würdest du in Gedanken versunken in seine Richtung sehen.

Den Kopf nicht zu schnell wegdrehen. Mach es wie immer. Wie schon so oft.

Rasch, aber nicht hastig, ging er zur Treppe. Dreh dich nicht um. Wenn sie dir nachsehen und du dich jetzt umdrehst, dann ist alles vorbei. Dann folgen sie dir und dann hast du genau zwei Möglichkeiten: Du kannst versuchen zu fliehen, was fürchterlich in die Hose gehen kann, oder du sagst es ihnen. Sagst es ihnen ruhig und gelassen.

Alles, was danach passieren würde, läge nicht mehr in seiner Hand. Er müsste sich um nichts mehr kümmern. Endlich um nichts mehr kümmern. Die ewige Hast wäre vorbei. Aber er hatte ihnen doch versprochen durchzuhalten. Jetzt die Rolltreppe hoch. Entspannt stehen bleiben und nicht gehen. Rechts stehen, links gehen.

Er war endlich an der Oberfläche. Konnte die Bäume auf der Aubinger Straße sehen. Zwei S-Bahnwachen kamen ihm entgegen. Er schluckte. Bitte nicht, nicht jetzt. Bitte lasst mich in Ruhe! Ihr habt mich jahrelang in Ruhe gelassen, dann tut es auch jetzt. Die zwei Sicherheitsleute gingen dicht an ihm vorbei. Sie waren ins Gespräch vertieft und beachteten ihn nicht.

Das war knapp. Tief durchatmen. Er trat ins Freie.

»Entschuldigen Sie?«

Er blieb stehen. Jetzt erst merkte er, dass ihm der Schweiß auf der Stirn stand und seine Hände zitterten. Vermutlich sah er aus wie ein Junkie. Langsam wandte er sich um. Er würde nicht fliehen. Er war müde und wollte nicht mehr davonrennen. Sollten sie doch mit ihm machen, was sie wollten.

Eine junge Frau stand vor ihm. An ihrer Hand ein kleines Mädchen, das ihn konzentriert ansah. Sein Anblick versetzte ihm einen Stich.

»Wissen Sie zufällig, wie ich von hier zum Roten Kreuz komme?«

Als sie seinen verständnislosen Blick sah, fügte sie hinzu: »Das Rote Kreuz. Hier muss irgendwo die Sozialservicestelle sein, Aubinger Straße 51.«

Er zuckte mit den Schultern. »Sorry.«

Sie lächelte. »Danke trotzdem.«

Er sah den beiden nach. Nach einer Weile sprach die Frau erneut einen Passanten an, der kurz darauf mit seinem Arm in westliche Richtung wies.

Er lief langsam die Straße entlang und bog in die Heimburgstraße ein.

Alles war ruhig. Nirgendwo Polizeiautos. Sein Herzschlag beruhigte sich ein wenig. Er musste sich konzentrieren. Hier konnte er nicht mehr bleiben, er musste fort. Einmal mehr. Er war so müde. Er konnte nicht mehr, und doch konnte und durfte er jetzt nicht aufgeben. Er musste so schnell wie möglich weg von hier.

Er atmete tief ein und aus und schloss die Haustür auf.

Tag 1

Hauptkommissar Georg Klostermeier zog den Bauch ein und hielt die Luft an. Nur mühsam kam er voran. War die schon immer so eng, fragte er sich, als er endlich die vorderen beiden Knöpfe seiner Lederhosn zubekommen hatte, oder hab ich am Ende doch zugenommen? Es kam ihm vor, als ob die Hose am Bund hauteng anlag. Er strich über das Leder, das im Lauf der Jahre speckig geworden war und kratzte an diversen Flecken, die hier und da zu sehen waren.

Vielleicht sollte ich sie doch mal reinigen lassen? Ach geh, für die paar Mal im Jahr lohnt es sich ja gar nicht richtig … und außerdem gehört's doch irgendwie dazu!

Er setzte sich, sein Kopf glühte vor Anstrengung, das Blut pochte in seinen Schläfen. Ihm war heiß. Das Trachtenbaumwollhemd, in das ihm seine Mutter seine Initialen »GK« und einen Lebensbaum eingestickt hatte, schien nicht einen Lufthauch durchzulassen, Schweißperlen bildeten sich auf seiner Stirn. Er beugte sich mühsam und ächzend vorne über und zog seine Haferlschuhe an.

Die ham sich ausgezahlt, dachte er, auch wenn sie sauteuer waren! Aber das hat sich rentiert, so lange, wie ich die schon hab. Er freute sich, dass er beim Kauf so viel Wert auf Qualität gelegt hatte, denn so konnte er sicher sein, dass seine Schuhe noch ein paar Jahre aushalten würden und er sich kein neues Paar würde kaufen müssen – er hasste Schuhe kaufen.

Langsam stand er auf, ging ein paar Schritte im Raum herum und fühlte seinen Füßen in den Schuhen nach. Sie waren im Lauf der Zeit bestens eingelaufen und passten wie angegossen. Vor dem großen Wandspiegel im Flur blieb er stehen und betrachte sich.

»Fesch«, murmelte er – und tatsächlich, er konnte sich in seiner Tracht wahrlich sehen lassen. Gut, sein Bauchnabel stand ein klein wenig weiter in den Raum als früher, aber sein Outfit stand ihm durchaus gut. Er drehte und wendete sich ein wenig, um zu sehen, wie er von der Seite und von hinten wirkte, hakte seine beiden Daumen in den Hosenträgern ein, zog sie nach vorne und drückte die Brust raus.

Sein Steg, den er von seinem Großvater geerbt hatte und auf dem das bayerische Wappen mit zwei Löwen rechts und links zu sehen war, glitzerte ein ganz klein wenig im Licht. Ein Hauch von Stolz legte sich über Klostermeiers Gesicht. Dann seufzte er.

Er hasste die Wiesn, vor allem am Eröffnungssamstag. Niemals würde er da hingehen, hatte er vor seinen Freunden immer getönt: »Ich bin doch net deppert! Auf d'Wiesn, am ersten Samstag?!« Und nun das: Es war Samstag, es war halb sieben in der Früh, und er machte sich fertig, um auf das größte Volksfest der Welt zu gehen. Ausgerechnet er. Und ausgerechnet am ersten Samstag der Jubiläumswiesn! Es schien Klostermeier, als ob diese 200 Jahre Oktoberfest das Einzige waren, was die Leute in der Stadt überhaupt noch wahrnahmen. Seit Wochen, ja fast schon Monaten war es das Gesprächsthema Nummer eins in München, selbst die Kollegen von außerhalb waren im Jubiläumsfieber, kauften sich Landhaus-Lederhosen und -Dirndl oder Ähnliches, von dem sie meinten, dass es in etwa einer bayerischen Tracht entsprach. Nicht, dass das Nahen der Wiesn sonst keine Hysterie auslöste, aber dieses Jahr schien es alles vorher Dagewesene zu toppen.

Klostermeier sah auf die Uhr und schüttelte ungläubig den Kopf, als ob er selbst nicht wahrhaben wollte, was da gerade vor sich ging. Es hilft ja nix, dachte er, nahm seinen Trachtenjanker in die Hand und verließ seine Wohnung am Paulanerplatz. Als er aus der Haustür trat, merkte er, dass der Janker möglicherweise überflüssig war. Es war ein traumhafter Spätsommertag. Die Sonne schickte bereits wärmende Strahlen und über den Dächern spannte sich ein leuchtend blauer Himmel, so weit das Auge reichte. Nur die weißen Wolken fehlen noch, dachte Klostermeier, dann wär's perfekt!

Ihm gefiel die frühmorgendliche Ruhe. Er mochte die Au, besonders um diese Uhrzeit, wenn noch nicht viel los war und nur vereinzelt Menschen auf der Straße waren. Das *Happy Au'r*, seine Stammkneipe in der Lilienstraße, war noch geschlossen, aber es würde nicht mehr lange dauern, dann würden die ersten Stammgäste davorsitzen und die erste Halbe des Tages genießen.

Er überquerte den Mariahilfplatz, geblendet von der Sonne, die durch die fast weißen Kieselsteine reflektiert wurde, und näherte sich der Ohlmüllerstraße. Kurz vor der Haltestelle stockte ihm kurz der Atem. Unzählige Menschen in Tracht warteten bereits auf die Tram, der größte

Teil von ihnen in Tracht, noch mehr mit Bierflaschen ausgestattet und durchaus schon ein wenig angeheitert – im Gegensatz zu Klostermeier, dem bei diesem Anblick der Mund offen stehen blieb. Ihm wurde noch heißer.

Grummelnd stellte er sich zu den anderen Wartenden und hoffte, dass er einen Sitzplatz in der Trambahn kriegen würde. Doch seine Hoffnung zerschlug sich in dem Moment, als die Bahn an der Haltestelle ankam: Sie war bereits komplett überfüllt. Als die Türen geöffnet wurden, drängten die Menschen ins Innere.

Klostermeier ließ zwei jungen Mädchen, die hinter ihm standen, den Vortritt: »Bittschön, meine Damen, steigen'S nur ein, nicht, dass Sie sonst nimmer mitkommen, wär ja schad drum! Fahrn'S auch auf d'Wiesn, oder?«

Die Mädchen, die beide kein Dirndl trugen, warfen sich einen vielsagenden Blick zu und prusteten dann los.

»Wohin denn sonst, ey, sind doch alle hier Richtung Oktoberfest unterwegs!«, brachte die eine mühsam heraus.

»Wie der aussieht, echt Wahnsinn«, hörte Klostermeier die andere sagen, als sie einstiegen.

Er sah an sich herunter. Sprachen sie über ihn? Unmöglich.

Die Türen schlossen sich. Klostermeier drückte schnell den Türknopf, um sie noch einmal zu öffnen und stieg ein. Die gebogene Stange, die den Leuten normalerweise dabei behilflich sein sollte, bohrte sich beim Schließen der Tür in seinen Hüftknochen. Eingequetscht zwischen einem nach Schweiß und Bier stinkenden Jugendlichen und einer Mittfünfzigerin mit knallroten Lippen, eisblauen Augenlidern und massig Rouge auf den Wangen musste Klostermeier sich noch nicht einmal festhalten – er konnte es auch gar nicht.

Während die Tram sich in Bewegung setzte und die Mitfahrenden, von denen sich keiner festzuhalten schien, bei jedem Anfahren und Bremsen in sachte bis heftige Schunkelbewegungen verfielen, begleitet vom Gekreische der Frauen und frivolem Lachen der Männer, versuchte Klostermeier, dem Anblick des Dekolletés seiner Stehplatznachbarin auszuweichen, das ebenfalls den Bewegungen der Tram erlag und mal nach links und dann wieder nach rechts wackelte.

Klostermeier schwitzte. Nicht hinsehen, redete er sich krampfhaft ein, nicht hinsehen! Er ließ den Blick durch das Wageninnere wandern und musste feststellen, dass um ihn herum unzählige Dirndl mit ein- wie ausladendem »Balkon« zu sehen waren. Normalerweise fand er ja nichts daran, im Gegenteil, aber in diesen Ausmaßen war das selbst ihm, dem »Freund aller Frauen«, wie sich Klostermeier öfter gern selbst bezeichnete, zu viel. Dass das nur ein sehr kleiner Vorgeschmack war auf das, was ihn in wenigen Stunden erwarten sollte, war ihm in diesem Moment schon gar nicht mehr bewusst.

Als die Trambahn endlich am Stachus ankam und die Türen geöffnet wurden, quollen Klostermeier und die anderen Fahrgäste aus ihr hervor wie Lava aus einem Vulkan. Die Menge, die den Weg nach draußen suchte, schien kein Ende zu nehmen, immer mehr Leute stiegen aus und ganze Heerscharen begaben sich zu den Rolltreppen, die in das U-Bahn-Untergeschoss führten.

Klostermeier reihte sich ein, es blieb ihm auch gar nichts anderes übrig, er wurde mehr mitgeschoben, als dass er freiwillig mitging. Unwillkürlich fühlte er sich an eine Doku über Lemminge erinnert, die er letzthin gemeinsam mit seiner Mutter im Fernsehen gesehen hatte. Dass der Massensuizid der Lemminge nur eine Legende war, wie er dabei erfahren hatte, spendete ihm jetzt jedoch keinen Trost; er hatte das Gefühl, dass das Schlimmste erst noch kam.

Am U-Bahnsteig waren bereits Hunderte Menschen versammelt, die alle auf die Einfahrt des nächsten Zuges zur Theresienwiese warteten. Klostermeier blickte erneut auf seine Uhr. Es war mittlerweile halb acht, er würde wahrscheinlich pünktlich kommen – falls er ankommen würde. Eine noch gut gelaunt klingende Stimme verkündete über die Lautsprecher, dass in Kürze die U4 einträfe, die zum Oktoberfest führe.

Als ob's hier einen gibt, der woanders hin will, dachte Klostermeier und schmunzelte, doch seine Miene verdunkelte sich sofort wieder. Er gehörte ja auch zu diesen Verrückten!

Nachdem die U-Bahn stehen geblieben war, begann bereits der Überlebenskampf, zumindest kam es Klostermeier so vor. Noch heftiger als in der Tram mühten sich die Menschen in das Wageninnere, schoben, schubsten, drückten und drängten sich und andere hin und her, und als die Türen sich endlich schlossen, konnte man den Eindruck haben, es handele sich um eine U-Bahn in Tokio während der Stoßzeit. Nur die berühmten Drücker fehlten, die die überhängenden Menschen noch hineinquetschten, damit auch der letzte Schuh oder Aktenkoffer mit auf die Reise ging.

Klostermeier fühlte sich, als würde er in einem Hochofen sitzen. Sein Gesicht hatte mittlerweile die Farbe einer Tomate angenommen, sein Hemd war unter den Achseln und am Rücken durchnässt – ihm war unendlich heiß.

Als die U-Bahn an der Theresienwiese einfuhr, musste er zu seinem Leidwesen feststellen, dass die Menschen, die mit den vorhergehenden Zügen eingetroffen waren, noch vor den Rolltreppen warteten.

Im Stau und vor Gott sind alle gleich, ging es Klostermeier durch den Kopf und er reihte sich zähneknirschend ein. Weitere zehn Minuten später hatte er es endlich geschafft: Die letzten Stufen der Rolltreppe verflachten und verschwanden im Boden, aus Dunkel wurde Hell, die Sonne schien grell am strahlend blauen Horizont, alles war in gleißendes Licht getaucht, er wurde aus dem Inneren des U-Bahnhofs ausgespuckt ins Freie: Er war auf dem Oktoberfest! Gemeinsam mit dem Strom ging er vorbei am Wiesn-Treff, dem wohl berühmtesten Treffpunkt auf dem Oktoberfest, in Richtung Wirtsbudenstraße und dann zielstrebig zum Schottenhamel-Zelt. Dort sollte der Anstich stattfinden, der traditionelle Startschuss zur Wiesn.

Vor dem Zelt warteten bereits wieder massenhaft Menschen. Klostermeier fragte sich unwillkürlich, wann die alle aufgestanden waren, da die meisten offensichtlich schon länger anstanden. Die Türen zum Zeltinneren waren freilich noch geschlossen. Klostermeier wusste, dass sie erst um neun geöffnet werden würden. Jetzt war es kurz vor acht. Am vereinbarten Treffpunkt warteten bereits seine drei Kollegen von der Mordkommission und unterhielten sich angeregt. Andi Jost, Stefan Oster und die Person, wegen der sich Klostermeier das alles antat: Jule Holtkamp, seine 29-jährige Kollegin. Klostermeier hielt kurz inne und musterte sie aus der Entfernung. Sie hatte ein wunderschönes und sehr geschmackvolles Dirndl an. Es stand ihr ausgezeichnet, fand Klostermeier, auch wenn sie aus Bremen war und eigentlich mit der Trachtentradition der Bayern nichts am Hut hatte. Das dunkelgrüne Kleid zierte eine rötlich-orange schimmernde Schürze, der zarte Ausschnitt betonte ihre weibliche Figur, ohne gleich zu viel preiszugeben. Die Haare hatte sie zu zwei Zöpfen geflochten, die ihr neckisch über die Schultern fielen.

»Fesch, sehr fesch«, murmelte Klostermeier halblaut vor sich hin.

In dem Moment erblickte ihn Andi, winkte mit beiden Armen und rief laut: »Schorschi, Schorschi, hier samma!«

Alle um Klostermeier herum blickten sich nach ihm um, und er wäre in diesem Augenblick am liebsten im Boden versunken. Er hasste es, in der Öffentlichkeit mit seinem Spitznamen gerufen zu werden, vor allem, wenn um ihn herum Hunderte von Menschen standen.

»Is schon recht, ich komm ja schon«, murmelte er und rang sich ein gequältes Lächeln ab.

»Na wonderbra, der Kommissar ist auch schon da«, witzelte Stefan, erntete von Klostermeier aber nur ein müdes Lächeln.

Die Gesprächsthemen waren vorherzusehen, es ging natürlich ausschließlich um das Oktoberfest. Sowohl Andi als auch Stefan meinten, Jule am besten erklären zu können, wie es hier ablief. Andi war dabei der Lautere, immer wieder unterbrach er Stefan in seinem Redefluss, machte Anmerkungen und entschied, ob das, was die anderen sagten, stimmte oder nicht – aus seiner Sicht jedenfalls. Klostermeier registrierte dies mit Missgunst. Vor allem, als er merkte, wie Jule immer wieder mit aufgerissenen Augen ein »Ach« oder »Wirklich?« fallen ließ, spürte er eine gewisse Eifersucht in sich hochsteigen. So kannte er sich gar nicht, aber bei Jule war es anders. Jule war anders. Als sie Anfang Februar zu ihnen versetzt worden war, hatte Klostermeier sie kaum beachtet. Klar, sie sah gut aus, aber ihn störte ihr nordischer Dialekt, der in seinen Augen gar keiner war.

»Zeig mir, wie du sprichst, und ich sag dir, wer du bist«, hatte bis dahin sein Motto gelautet, an dem er eisern festhielt. Nicht dass er was gegen Zuagroaste hatte, ganz im Gegenteil. Er hatte kein Problem mit ihnen. Solange sie ihn in Ruhe ließen. Für ihn hatte das Norddeutsche allerdings etwas Hochmütiges und Kühles, ihm kam es vor, als seien die Leute, die von dort stammten, distanzierter und weniger herzlich als die Bayern. Die waren zwar, gerade in München, oftmals Grantler, tief in ihrem Inneren aber alle herzensgute Leute, davon war Klostermeier überzeugt. Erst mit der Zeit war ihm aufgefallen, dass Jule erstens doch sehr in Ordnung war, wenn man sie erst einmal etwas besser kannte, und er sich zweitens ihr gegenüber eben gar nicht so herzensgut zeigte, wie er es eigentlich von seinesgleichen immer erwartete. Kurzerhand hatte er also seine Taktik geändert, nutzte hier und da die Gelegenheit zu einem Schwätzchen auf dem Gang zwischen den Büros, brachte Jule ab und an sogar einen Kaffee und setzte sich in der Kantine immer wieder mal zu ihr an den Tisch. Natürlich nur, um rein berufliche Dinge zu besprechen. Klostermeier wollte nicht aufdringlich wirken, und er war es in Jules Augen auch gar nicht. Doch das konnte Klostermeier ja nicht wissen.

Mittlerweile war es fast neun Uhr. Die umstehenden Leute wurden langsam unruhig. Plötzlich rief ein Junge in Tracht: »Schnell, die Seitentüren werden aufgemacht!«

Einige der Leute, die um Klostermeier und seine Kollegen standen, drängten sich vorbei, um möglichst rasch zu den Seitentüren zu gelangen, in der Hoffnung, dass sie so eher reinkamen.

»›Rumors‹«, meinte Andi nur und machte eine abfällige Handbewegung, »jedes Jahr das Gleiche.«

Klostermeier sah ihn verständnislos an.

»›Rumors‹, Georg, kennst du die nicht? Das sind Typen, die immer Stress machen und sagen ›Hier wird aufgemacht, da wird aufgemacht‹, und manche ziehen eben mit. Dabei ist die Chance, dass an der Seite aufgemacht wird, quasi gleich null.«

Und tatsächlich, vor den Seitentüren regte sich nichts, doch auf einmal kamen die großen Haupttore in Bewegung.

Was folgte, würde Klostermeier nächtelang in Albträumen verfolgen, da war er sich sicher. Die Türen waren noch nicht einmal ganz geöffnet, da schoben sich Hunderte von Menschen gleichzeitig in das Zeltinnere. Dann ging plötzlich alles blitzschnell. Andi fing an zu rennen, Stefan heftete sich an seine Fersen. Jule, die völlig perplex war, brauchte einen Moment, bis sie begriff und beide Füße in die Hand nahm. Nur einer blieb zurück: Klostermeier, dem die Sicherheitsangestellten fast die Tür vor der Nase zugezogen hätten. Er war als Letzter überhaupt noch ins Zelt gekommen, direkt nach ihm wurden die Türen wieder verrammelt, der Rest der tobenden Meute musste draußen bleiben.

Innen herrschte Chaos. Die Menschen versuchten durch Drängeln und Schubsen noch einen der Tische zu ergattern, andere hatten bereits ganze Reihen von Bierbänken mit Taschen, Jacken und anderem Kram belegt, um Plätze zu reservieren, die ihnen wiederum von anderen wütenden Menschen streitig gemacht wurden.

Klostermeier irrte durchs Zelt, er hatte die anderen verloren. Ein paar Meter vor ihm geriet der Strom ins Stocken, er sah, wie eine junge Frau versuchte, sich zu bücken. Die Leute direkt hinter ihr drängten sich an ihr vorbei, ein junger Mann stieß sie um und schnauzte sie nur mit einem »Aus dem Weg!« an, während sie hilflos um sich sah.

Klostermeier sah, was sie suchte, bückte sich ebenfalls und gab ihr ihren roten Halbschuh.

»Da, ich glaub, des hast verloren, oder?«, sagte er lächelnd.

»Danke, sehr nett«, antwortete sie, zog sich hastig den Schuh an und lief weiter.

Klostermeier blickte ihr verdutzt hinterher. Dann erinnerte er sich, was sein eigentliches Problem war, und blickte um sich. Er versuchte, in der Menge seine Kollegen zu finden, doch vergeblich.

Die meisten Tische waren inzwischen belegt, obwohl seit dem Einlass nur wenige Minuten vergangen waren. Die Menge beruhigte sich langsam, die Menschen setzten sich oder stritten um ein paar verbliebene belegte Plätze, aber das große Rennen war vorbei. Klostermeier ging durch die Reihen, bis er aus dem Augenwinkel heraus jemanden winken sah – es war Andi, der bis über beide Ohren strahlte. Sie hatten einen Tisch am Rand erwischt, ein Platz war für Klostermeier reserviert. Nur leider hinter einer Säule.

»Is leider der einzige freie«, sagte Stefan und grinste.

Andi war sichtlich stolz, dass er es geschafft hatte, den Tisch und für Jule einen Platz neben sich zu sichern. Er redete schnell und viel, seine Wangen waren hochrot. Klostermeier ließ sich erschöpft auf die Bank fallen. Ob mit Säule oder ohne – er persönlich war einfach nur froh, den Ansturm überlebt zu haben.

Da saßen sie nun. Die Stimmung im Zelt war besonders. Selbst Klostermeier, der für Derartiges eigentlich gar kein Gespür hatte, merkte, dass eine gewisse Spannung in der Luft lag, eine Vorfreude, die man fast greifen konnte und die Luft zum Knistern brachte. Die Menschen unterhielten sich angeregt, sprachen darüber, wie sehr sie sich auf die erste kühle, erfrischende Maß freuten, ihren etwas bitteren Geschmack, und auf eine gescheite Brotzeit – mehr brauche man ja gar nicht, um glücklich zu sein. Am Tisch nebenan zog ein gestandener Bayer mit Gamsbart auf dem Trachtenhut ein Kartenspiel aus der Tasche seiner Lederhosn und fing an, die Karten zu mischen. Schnell erkannte Klostermeier, dass er mit seinen drei Tischgenossen Schafkopfen spielte. Ihm waren die Abläufe und Rituale mehr als vertraut, er hatte es als kleiner Junge während eines Trainingslagers des SV Helios-Daglfing gelernt und vor zwei

Jahren sogar einmal das Schafkopfturnier vom *Happy Au'r* gewonnen. Gut, da hatten auch nur zwölf Leute mitgespielt, aber immerhin. Auch so etwas musste man erst mal gewinnen, sagte Klostermeier immer, wenn er davon erzählte. Konzentriert beobachtete er die Kartenspieler, hörte Sprüche wie »Jetz issa tatsächlich davoglafa, der Hundling« und »Zefix, is der scho wieder farbfrei« oder »Markus, raus mit der Sau!« und hätte sich am liebsten dazugesetzt und mitgespielt.

Andi hatte in der Zwischenzeit ein kleines hölzernes Gerät aus seinem Rucksack hervorgezogen und präsentierte es nun stolz der Runde. Stefan schlug zuerst beide Hände auf die Oberschenkel und reckte dann seine Hand in die Höhe.

»Schlag ein, Andi! Du bist der Größte! A Schnupftabakmaschin!«

Klostermeier sah zu Jule und sah ihr an, dass sie genauso wenig Ahnung hatte, was da vor sich ging. Andi stellte das Gerät auf den Tisch, zog ein kleines, blau schimmerndes Döschen Schnupftabak hervor, streute eine Prise auf eine Art Löffel, der an der Maschine befestigt war, und zog an einem Hebel.

»Da«, sagte er und hielt Klostermeier den Löffel unter die Nase, »probier!«

Klostermeier zögerte. Sollte er das wirklich machen? Er nahm nie Schnupftabak, ja, eigentlich hasste er dieses Brennen in der Nase, das Nießen, den braunen Schmodder, wenn man sich anschließend die Nase putzte. Und der Mentholgeruch störte ihn auch. Aber vor Jule konnte er sich keine Blöße geben, vor allem, wenn Andi direkt daneben saß und nur darauf wartete, ihn wieder aufziehen zu können.

»Tu's her«, raunzte er nur, nahm Andi die Schnupftabakmaschine aus der Hand und musterte sie ein wenig. Auf dem Löffel, der jetzt eher wie ein Katapult aussah, war ein kleiner Spiegel montiert.

»Damit kannst deine Nase sehn«, erklärte Andi. »Jetzt legst du das Tabakkatapult so ans Loch, dass es dir den Tabak direkt in die Nase haut. Musst dann nur noch da drücken und gleichzeitig schnupfen.« Er zeigte auf einen Knopf.

Argwöhnisch blickte Klostermeier ihm in die Augen.

»Es tut nicht weh, keine Angst«, ermutigte Andi ihn.

Klostermeier glaubte ihm. Er legte den Tabak vor sein Nasenloch und drückte ab.

Im ersten Moment war alles ganz harmlos. Klostermeier spürte zwar das Menthol, aber ansonsten merkte er nichts. Alle schauten ihn gebannt an.

»Passt scho, is eh nix«, meinte Klostermeier lapidar, aber dann veränderte sich seine Miene. Alles um ihn herum begann zu schwanken und sich zu drehen, ihm wurde schlagartig schwindelig. Er konnte nicht mehr klar denken, meinte, sein Kopf explodiere. Der Tabak schien ihm direkt ins Gehirn geschossen zu sein, sein gesamtes Gesicht brannte innerlich, das Menthol strömte durch die Atemwege, er bekam keine Luft mehr, Tränen stiegen ihm in die Augen, er wollte etwas sagen, brachte aber keinen Ton heraus. Andi und Stefan brachen in lautes Gelächter aus, auch ihnen stiegen nun Tränen in die Augen, aber nur, weil es so lustig war, Klostermeier mit einem so verdutzten wie ungläubigen Gesichtsausdruck zu sehen. Jule fasste ihn am Arm und schaute ihn mitleidig an. Klostermeier schüttelte es, der Tabak schien sich nun im ganzen Körper auszubreiten, das Menthol war offenbar dabei, seinen Blutkreislauf zu zerstören.

»Boah, des Zeug hat der Deifi gseng«, entfuhr es ihm, er war fix und fertig.

»Da, schnäuz dir erst mal die Nase«, sagte Jule sanft und hielt ihm ein Taschentuch hin.

Mit zitternden Händen nahm Klostermeier es an und schnaubte kräftig hinein. Braune Flecken bildeten sich auf dem Tuch, und nur langsam stellte sich eine Besserung ein. Er hatte es überlebt, wenn auch nur knapp. Lachend wie dankend lehnte Stefan die Einladung Andis ab, gleichfalls die Schnupftabakmaschine auszuprobieren.

»Gib ihn mir nur, den Schmaizler, ich nehm lieber so a Prisn«, meinte er, streute sich etwas Tabak in die Kuhle zwischen Daumen und Zeigefinger und formte daraus eine Linie. Er legte kurz die Nase an und schniefte das Pulver ein. Anschließend machte das kleine Döschen die Runde. Auch Jule machte mit, auch wenn es ihr gar nicht gefiel – sie wollte es zumindest einmal probiert haben. Nur Klostermeier schüttelte den Kopf, die zweite Runde wolle er sich für später aufheben, begründete er seine asketische Haltung. Niemals die Contenance verlieren, lautete eines seiner Lebensmotti, vor allem, solange sich weibliche Geschöpfe in seiner Gegenwart befanden.

Die Stimmung im Zelt war gut. Die meisten unterhielten sich angeregt, hie und da wurde Ahnungslosen und Nichteinheimischen erklärt, wie das mit dem Ausschank funktionierte und warum es vor dem Anstich kein Bier gab. Am Nachbartisch hatten einige Jüngere Brotzeitkörbe ausgepackt, ein kariertes Tuch über den Tisch gelegt und Brot, Brezn, Tomaten, Obazden und natürlich Radi, einen spiralförmig und fein aufgeschnittenen Rettich, auf den zusätzlich noch Salz gestreut wurde, darauf ausgebreitet. Klostermeier und den anderen lief beim Anblick der ganzen Köstlichkeiten das Wasser im Mund zusammen. Natürlich hatte keiner von ihnen an Essen gedacht, und nachdem es vor der ersten Maß auch nichts zum Verzehr gab, mussten sie so ausharren.

Doch die Zeit verstrich Gott sei Dank schnell. Um kurz nach elf war es so weit: Der Einzug der Wirte stand bevor. Von lautem Getöse der Menge begleitet zog der Schottenhamel-Wirt in sein Zelt ein. Unmittelbar nach ihm kamen die Mitglieder der Kapelle sowie das Küchen- und Ausschankpersonal und alle Bedienungen. In prächtiger Tracht liefen sie auf und präsentierten sich, die meisten von ihnen mit stolzgeschwellter Brust, den wartenden Gästen im Bierzelt. Die Stimmung stieg abermals, bei den meisten stieg die Vorfreude ins Unermessliche. Bald würde das erste Fass angezapft sein, das Bier als goldener Fluss herausströmen und der Duft von knusprigen Brathendl die Luft schwängern – die Jubiläumswiesn konnte beginnen.

Auch Klostermeier war nun innerlich ganz auf das Oktoberfest eingestellt. Vergessen waren die ersten schweren Momente des Tages, die Lederhosn war mittlerweile gar nicht mehr so eng, sondern hatte sich in der Hitze des Zeltes gedehnt, sodass noch ausreichend Platz zwischen Bauch und Bund für die ein oder andere Maß und etwas Frisches vom Grill war. Sollte er ein halbes Hendl oder doch lieber einen Schweinsbraten nehmen – das waren die Fragen, die Klostermeier nun beschäftigten. Hunger und Durst, das hatten alle in seiner Runde, aber zum einen war das Teil der Vorfreude, die jeder von ihnen verspürte, und zum anderen war es nur noch eine Frage der Zeit, bis beides gestillt werden würde. Die Zeit des Ausharrens und Wartens hatte bald ein Ende. Und lauter fesche Madln waren auch noch um ihn herum – Männerherz, was begehrst du mehr. So muss es im Paradies sein, dachte Klostermeier, nur dass dort vielleicht weniger Menschen sein würden.

Das Küchenpersonal begab sich an seine Arbeitsstätte, die Bedienungen nahmen ihre Stellung ein, das Einläuten begann. Folglich konnte es auch nur noch zehn bis fünfzehn Minuten dauern, bis es endlich so weit war: Der Anstich stand bevor. Die Band, die mit dem Wirt und dem Zeltpersonal eingezogen war, postierte sich auf der Bühne, ein Mitglied ging vor ans Mikrofon.

»Servus, liebe Gäste, und herzlich willkommen im Schottenhamel zur Jubiläumswiesn! Ich weiß, ihr habts alle schon an gscheidn Durscht und an Hunger habts auch, drum redma ned lang rum: Da drüben steht unser allseits verehrter Oberbürgermeister und er hat, wie Sie sehen können, bereits seine Montur an, um das erste Fass anzuzapfen.« Alle Blicke folgten dem Arm des Redners.

Der Oberbürgermeister stand auf einem Podest vor einem großen Holzfass, um die Lenden eine braune Lederschürze und in der Hand einen großen Holzhammer und einen Zapfhahn. Er war umringt von vielen Fernsehkameras, allen voran die vom Bayerischen Rundfunk und von TV München, dem regionalen Fernsehsender, der traditionell rund um die Uhr, von Anfang bis Ende, von der Wiesn berichtete. Eine aufgekratzte Journalistin streckte dem Oberbürgermeister ein Mikrofon vor die Nase, fragte ihn noch ein paar unwichtige Dinge, wandte sich danach noch dem Ministerpräsidenten, der direkt daneben stand, und dessen Ehefrau zu und ging dann zur Seite. Es konnte losgehen. Der Oberbürgermeister nahm den Zapfhahn, setzte ihn am Fass an und legte den Hammer darauf. Stille machte sich im Zelt breit, keiner sagte mehr irgendetwas, jeder folgte nur gebannt dem Spektakel, das sich dort vorne abspielte. Wie viele Schläge würde der Bürgermeister in diesem Jahr benötigen? Er wirkte hochkonzentriert. Er holte mit dem Hammer weit aus und schlug heftig auf den Zapfhahn, das Bier spritzte rechts und links heraus, und – zack! – hatte der Bürgermeister schon den zweiten Schlag platziert, das Spritzen hörte auf, der Hahn saß perfekt, die Menge grölte und jubelte, mit nur zwei Schlägen angezapft, das versprach, eine gelungene Wiesn zu werden.

»Ozapft is!«, rief der Oberbürgermeister in ein Mikrofon, das man ihm vor die Nase hielt, »auf eine friedliche Wiesn!«

Einige wendige Hände setzten einen Maßkrug nach dem anderen an den Zapfhahn an, das Bier floss, ja, rauschte fast aus dem Fass hinaus, füllte die Krüge, die wiederum weitergereicht wurden. Den ersten Maßkrug überreichte der Oberbürgermeister, wie jedes Jahr, mit einem süffisanten Lächeln dem Ministerpräsidenten, der sich wiederum mit einem etwas gequälten Grinsen bei ihm dafür bedankte. Dann konnte es losgehen. Das »Ozapft is!« wurde live in alle Festzelte des Oktoberfests übertragen, an sämtlichen Schänken wurde nun das Bier ausgeschenkt und von den Bedienungen an die Tische gebracht.

Die Temperatur im Schottenhamel war mittlerweile stark angestiegen. Klostermeier kochte geradezu in seiner Tracht, seine Kehle war staubtrocken, er brauchte dringend etwas zu trinken und war sich sicher, die erste Maß direkt in einem Zug hinunterzukippen. Oh, wie freute er sich auf diesen ersten Schluck Oktoberfestbier, das etwas kräftiger und süffiger war als das normale Bier, das es sonst in den Kneipen und Wirtshäusern gab. Die Bedienung war auch schon in Sichtweite, bog in ihren Gang ein und brachte die ersten Maßkrüge an die Tische, die sich vor ihnen befanden. Gleich war es so weit, es konnte sich nur noch um Minuten handeln. Seit dem Anstich war etwa eine dreiviertel Stunde vergangen, doch Klostermeier kam es viel länger vor. Jetzt war die Bedienung ganz nahe. Sie stellte noch ein paar Krüge auf dem Nachbartisch ab und kam schließlich mit drei Maßn zu Klostermeiers Runde. Wie alle Bedienungen im Schottenhamel trug sie ein grün-schwarzes Dirndl, auf einer hölzernen Klammer am Ausschnitt stand der Name »Liesl«. Sie wuchtete drei schwere Glaskrüge auf den Tisch. Gierig nahmen sich Andi und Stefan je einen Krug. Als alter Kavalier musste Klostermeier der Dame natürlich den Vortritt lassen. »Jule, nimm dir nur, ich wart einfach auf die nächste Maß«, sagte er gönnerhaft, auch wenn er sich innerlich so sehr nach einem Schluck sehnte.

»I kimm glei wieder«, sagte Liesl aufmunternd, »dauert nur a Momenterl, gell!«

»Also Prost, Freunde, auf die Jubiläumswiesn!«, rief Andi, streckte seinen Krug in die Höhe und ließ ihn klirrend gegen die Gläser der anderen rauschen.

»Prost«, murmelte Klostermeier. Er reckte seine Hand in die Luft und machte gute Miene zum bösen Spiel. Knapp zehn Minuten später, sein Durst war mittlerweile ins Unermessliche gestiegen, bog die Bedienung erneut mit ein paar Krügen in den Gang ein.

»Siehst du, Georg, jetzt bekommst du auch endlich eine Maas«, sagte Jule und zwinkerte ihm dabei zu.

»Maß heißt des, gell, mit einem kurzen a und einem scharfen ß«, korrigierte sie Andi, »sonst merkt man gleich, dass du nicht aus München bist.«

»Also gut, Maß«, erwiderte Jule. Sie bemühte sich sichtlich, Klostermeier ein wenig aufzuheitern, doch er bemerkte das nicht, so, wie er rund um sich herum nichts weiter bemerkte. Er wollte nur noch dieses Bier genießen. Liesl kehrte endlich zurück und stellte den Krug vor ihm ab, Klostermeier gab ihr neun Euro mit dem Kommentar »Passt scho« und griff mit seiner Hand zwischen Glas und Henkel. Endlich hob auch er den Krug in die Höhe und rief laut »Prost!«, stieß mit den anderen an und setzte zum ersten, langen Schluck an. Just in dem Moment, als er den Maßkrug vom Mund absetzte, klingelte sein Handy. Augenblicklich bereute Klostermeier, dass er es überhaupt mitgenommen hatte, aber es war sein Diensthandy und er war verpflichtet, es immer dabei zu haben. Schließlich musste er immer erreichbar sein. Die anderen um ihn herum riefen noch »Geh nicht hin«, »Lass es klingeln« und »Werd scho nix sei«, aber es half nichts.

»Klostermeier«, meldete er sich, »was gibt's?«

Pause.

»Ah.«

Wieder Pause. Klostermeiers Miene verdüsterte sich.

»Geh! Gibts ja nicht, ausgerechnet jetzt?«, rief er, »des darf doch net wahr sein! Ich bin doch auch der … ja, na, is scho guad, ich komm ja schon. Ja, guad, bis glei. Wo? Westkreuz? Heimburgstraße. Weiter weg geht's auch nimmer, oder? Mei o mei. Na guad, holts mich von der S-Bahn ab. Ich meld mich, wenn ich da bin. Servus.«

Er steckte sein Handy wieder ein.

»Ein Toter, wahrscheinlich Mord. Ich muss weg, tut mir leid.« Er nahm einen zweiten Schluck aus seiner Maß, hievte sich ächzend von der Bank, murmelte ein kurzes »Servus« und ging eilig davon.

Zurück blieben drei verdutzte Kollegen und vier Maßkrüge, von denen einer noch so gut wie voll war.

Tag 2

Eher nackig oder mit Sommersprossen?«
»Bitte was?«
»Die Brezn. Mit viel oder wenig Salz?«
»Ah – mit wenig, wenn möglich.« Klostermeier lächelte, während er in seinem Portemonnaie nach Kleingeld suchte. Die neue Verkäuferin beim Bäcker in der Lilienstraße schien poetischer veranlagt zu sein als ihre Vorgängerin, die stämmige Luise, die bis letzte Woche wie eine Bulldogge hinter der Theke gestanden und jedes Wort Klostermeiers, das über das für einen Breznkauf notwendige Vokabular hinausging, mit Schweigen und einem verächtlichen Blick aus ihren hängenden Hundeaugen quittiert hatte.
»Nackerte Brezn – sehr schön.« Er schob ihr einige Münzen hin. »90 Cent, genau passend.«
Die junge Frau war rot geworden und kicherte. »Dankeschön.«
»Bittschön.« Klostermeier hob einen imaginären Hut. »Bis morgen, Verehrteste.«
»Sabine reicht. Und Sie sind der Herr Klostermeier, oder? Hab schon von Ihnen gehört. Der Kommissar von der Kripo.«
»Morddezernat, um genau zu sein. Hauptkommissar, um noch genauer zu sein.«
»Na, dann bin ich ja gespannt, ob Sie mir bald irgendwelche Gruselgeschichten erzählen.«
»Wenn Sie mir weiterhin die Brezn bildlich schmackhaft machen.«
»Das lässt sich einrichten.«
Klostermeier war zufrieden. Der morgendliche Brezenkauf würde erst einmal wieder auf die Liste jener Dinge kommen, auf die er sich freute. Hinter ihm räusperte sich ein älterer Herr.
Klostermeier nahm rasch die Tüte mit den Brezen. »Auf bald, Sabine.«
»Schönen Sonntag, Herr Klostermeier.«
Als er ins Freie trat, fröstelte ihn plötzlich. Dunkle Wolken hatten sich vor die Sonne geschoben. Ein leichter Wind war aufgekommen, die

Kastanienbäume in der Lilienstraße rauschten leise, fast bedrohlich. Augenblicklich verdüsterte sich auch Klostermeiers Stimmung. Bilder vom Vortag blitzten vor seinem inneren Auge auf. Er meinte den abgestandenen Gestank zu riechen, der ihn in der heruntergekommenen Wohnung empfangen hatte. Der Schimmel an den Wänden. Der kümmerliche Rest einer vertrockneten Pflanze in einem Topf auf dem Fensterbrett. Der Berg ungewaschenen Geschirrs in der Spüle. Und Blut. Überall Blut.

Er entschloss sich, mit dem Fahrrad zur Arbeit zu fahren. Den Anblick von Dirndl und Lederhosen tragenden Menschenmassen, die die Tram- und U-Bahnen verstopften, wollte er sich heute ersparen.

Er radelte durch den Innenhof des Deutschen Museums, passierte das Bismarck-Denkmal, überquerte die Erhardtstraße und fuhr dann in einem unorthodoxen Zickzackkurs zum Morddezernat in der Ettstraße.

Der Kollege am Empfang hob nur kurz den Kopf, als Klostermeier eintrat, und tippte dann weiter auf seiner Tastatur. »Morgen, Georg, war wohl nix gestern mit der ersten Wiesn-Maß.«

»Gott sei Dank, sonst wär ich am End besoffen am Tatort erschienen.«

»Wär vielleicht besser gwesen. Hat ja angeblich übel ausgschaut, die Leich.«

»Hat sich des also auch schon rumgsprochen.«

»Jule hat's nur kurz angedeutet vorhin.«

»Die hat's ja gar net gsehn.«

»Sie hat die Bilder gsehn.«

»Ist sie da?«

»Der ganze Wiesn-Trupp von gestern is schon da.«

Klostermeier betrat sein Büro und sah sofort die Mappe, die jemand auf seinen Schreibtisch gelegt hatte. Die Bilder vom Tatort. Er seufzte. Erst einmal frühstücken. Während er seine Breze aß, klappte er die Mappe ein Stück weit auf. Er sah den rechten Fuß des Toten, der in einem schwarzen Socken steckte. Er klappte die Mappe wieder zu. Die Bilder waren ohnehin in seinem Kopf gespeichert.

Nach dem gestrigen Anruf des Kollegen hatte er sich mühsam aus dem Bierzelt herausgekämpft und war mit der U-Bahn zum Hauptbahnhof gefahren. Dort hatte er die S6 nach Tutzing genommen und war am Westkreuz ausgestiegen. Die Fahrt in der leeren S-Bahn war die reinste

Erholung gewesen nach dem beengenden Erlebnis im Bierzelt, in der abgestandenen, nach menschlichen Ausdünstungen riechenden Luft und dem Lärm. Klostermeier hatte die Beine ausgestreckt und die wenigen Minuten Ruhe genossen, die ihm noch blieben. Er sah die vollen S-Bahnen, die in Richtung Innenstadt fuhren, und freute sich mittlerweile fast ein bisschen, dass er zur Arbeit abberufen worden war.

Am Westkreuz warteten zwei seiner Kollegen mit ernsten Mienen auf Klostermeier und fuhren mit ihm zu einem vierstöckigen, schmucklosen Bau aus den Siebzigerjahren in einer ebenso trostlosen Straße, die ein paar Minuten vom S-Bahnhof entfernt war.

»Eine Nachbarin hat uns angerufen, nachdem sie am Morgen die Tür offen vorgefunden hat«, erklärte einer der Kollegen. »Gehört hat sie aber angeblich nichts. Ist eine alte Dame.«

»Kann man schon was zum Zeitpunkt des Todes sagen?«, fragte Klostermeier.

»Etwa Mitternacht. Muss schnell gegangen sein. Ein ganz schönes Gemetzel. Die Spurensicherung ist noch da, aber schon fast fertig.«

»Wer ist der Tote?«

»Ridvan Berisha, ein Kosovare. 38 Jahre alt.«

Sie führten Klostermeier in eine Wohnung im zweiten Stock. Als sie den langen Flur betraten, schlug ihnen ein leicht modriger Geruch entgegen. An der Decke hing eine nackte Glühbirne, die schwaches Licht verbreitete. Auf dem Boden türmten sich zugeschnürte Müllsäcke. Klostermeier konnte die Umrisse von Dosen erkennen, Bierdosen, vermutete er. An der Wand hing ein verblichenes Foto, das einen Strand zeigte, hinter dem sich gelbgrün das Meer erstreckte. Darüber ein schmaler Streifen blassblauer Himmel. Klostermeier stieß mit dem Fuß leicht gegen einen der Müllsäcke. Die Dosen klapperten leise. Er hob den Kopf. Am Ende des Flurs ging an beiden Seiten jeweils eine Tür ab. Der Boden dazwischen war voller Blut.

»Wir müssen davon ausgehen, dass der Täter dem Opfer in der Küche unvermittelt ein Messer in die Halsschlagader gestoßen hat«, sagte einer der Kollegen. »Daher das viele Blut in der Küche. Das Opfer ist daraufhin wohl stark blutend in das Wohn- und Schlafzimmer geflohen, wo es augenscheinlich zu einem erbitterten Kampf kam. Jedenfalls sieht es da drin aus wie nach einem Ritualmord. Das Opfer hatte letztendlich keine Chance.«

»Die Wohnungstür war offen heut Morgen, sagst du. Ist sie gewaltsam aufgebrochen worden?«

»Nein, der Täter ist anscheinend so überhastet geflüchtet, dass er vergessen hat, sie zu schließen.«

»Das heißt, Opfer und Täter haben sich gekannt. Das Opfer hat seinen Mörder zuvor reingelassen.«

»Davon ist auszugehen.«

Ein Mitarbeiter der Spurensicherung in seinem weißen Ganzkörperanzug kam aus dem Wohnzimmer. »Ihr könnts jetzt rein. Servus, Georg.«

»Servus, Justus. Was gfunden?«

»Allerhand. Die Tatwaffe mit diversen Fingerabdrücken. Hautpartikel unter den Fingernägeln des Opfers. Haare. Fußabdrücke auf dem Linoleumboden in der Küche. Das ganze Programm. Der Täter hat sich keine Mühe gegeben, seine Spuren zu verwischen.«

Klostermeier betrat das Wohnzimmer. »Das wär vermutlich auch zwecklos gwesen«, murmelte er.

Blutspritzer liefen kreuz und quer über die Wände, der graue Teppichboden war übersät mit tiefroten Flecken, genauso wie die abgewetzte Tagesdecke, die über einer am Boden liegenden Matratze lag. Neben einem kleinen Tisch lagen zwei umgekippte Stühle, umgeben von Geschirr, das während des Kampfes offenbar zu Boden gefegt worden war. Zwei zerbrochene Blumentöpfe aus Ton lagen unterhalb des Fensters, umrahmt von schwarzer Erde und vertrockneten Pflanzenresten. Ein Topf stand noch auf dem Fensterbrett, die Pflanze – eine Sonnenblume am Ende ihrer Tage – blickte fast anklagend in den Raum.

Der Tote lag direkt vor der Tür, die auf den kleinen Balkon aus Beton hinausführte. Er lag auf dem Bauch, das Gesicht zur Seite gewandt. Er trug Jeans, schwarze Socken und ein weißes T-Shirt, das blutdurchtränkt war.

Klostermeier umschritt vorsichtig die von der Spurensicherung aufgestellten Schilder mit Zahlen und näherte sich der Leiche.

»Vielleicht hat er noch versucht, raus auf den Balkon zu kommen«, sagte er. »Damit er um Hilfe schreien kann.«

Er sah durch das Fenster nach draußen. Ein trostloser Ausblick. Gleise. Ein Discounter. Im Hintergrund der S-Bahnhof, einer der weniger attraktiven Sorte. Gerade fuhr eine S-Bahn ein, nahm ein paar Menschen auf, entließ aber keine und fuhr weiter Richtung Hauptbahnhof.

Sicher waren auch zahlreiche Wiesn-Besucher unter den Mitfahrenden. Wie die jetzt noch in ein Zelt kommen wollten, war Klostermeier schleierhaft. Egal. Er wandte sich mit einem Ruck vom Fenster ab.

»Meine Herren, pack ma's an«, sagte er und verfiel wieder ins Bairische, das er im Umgang mit Kollegen sonst eigentlich vermied. »Wir ham einiges zu tun.«

Nachdem er die zweite Breze gegessen hatte, putzte Klostermeier sich sorgfältig die Hände mit der Serviette ab – Sabine hatte ihm fürsorglicherweise gleich zwei in die Tüte gepackt – und griff erneut nach der Mappe.

Gerade als er beginnen wollte, sie systematisch durchzugehen, stürmte Andi herein. Er war atemlos und seine Wangen hatten, wie immer wenn er erregt war, die Farbe kandierter Äpfel angenommen.

»Sorry, Georg, dass ich einfach so reinplatze, aber …«

»Wennst mir sagen willst, dass ihr den Täter habts, bist jederzeit willkommen.«

Andi scharrte verlegen mit einem Fuß über den Boden. »Es hat jetzt nicht direkt was mit dem Mord von gestern zu tun … ist aber durchaus auch eine Angelegenheit, derer wir uns schleunigst annehmen sollten. Bevor es wieder so Ausmaße annimmt wie letztes Jahr. Da gab's ja täglich einen … äh, Vorfall.«

»Sei mir ned bös, Andi, aber des ist mir jetzt zu albern. Mir haben einen Toten und einen Haufen Spuren. Wenn wir jetzt zügig und konzentriert arbeiten, dann haben wir sicher bald eine heiße Spur. Von der wir dann auch der Presse berichten können.«

»Es muss ja auch nicht jetzt gleich sein, Georg, nur dass du's halt im Hinterkopf behältst und beizeiten auch mal einen Blick drauf wirfst auf den … äh, Tatort.«

»Jetzt spinn nicht. Letztes Jahr, da waren ein paar Mal gebrauchte Kaffeefilter vom Vortag in der Kaffeemaschine, hinter denen du …«

»Das ging über Wochen, Georg!«

»Hinter denen du …«

»Jeden Tag war so ein stinkendes Teil in der Maschine!«

»Hinter denen du einen perfiden Akt eines Kollegen vermutet hast, der innerhalb des gesamten Teams Misstrauen und Unmut säen will.«

»So ist es auch diesmal! Da ist einer unter uns, der allen mit kleinen, aber unangenehmen Hürden den Alltag erschweren will. Bei den natürlichsten Vorgängen! Und ja – wir haben auch diesmal einen Tatort. Komm mit, wenn du mir nicht glaubst.«

Klostermeier seufzte. Er kannte Andi und wusste, dass er ihm früher oder später ohnehin zu dem ominösen »Tatort« würde folgen müssen. Andi war ein fleißiger, sehr fähiger Kollege, mit einer sensiblen Ader, die man respektieren musste, wollte man ihn auf Dauer nicht vergraulen.

»Gut, Andi, zeig mir die *crime scene.* Aber bitte schnell und unauffällig, ich hab keine Lust, dass die Kollegen des mitkriegen.«

Er folgte Andi auf den Flur und bis vor die Herrentoilette.

»Ah, ein stilles Tatörtchen diesmal«, grinste Klostermeier.

»Bitte, Georg, ich weiß, dass du mich manchmal für einen Spinner hältst, aber ich finde es bedenklich, wenn in einem Team von Menschen, die für Recht und Ordnung sorgen sollen, solche Sachen passieren.«

»Welche Sachen passieren?«

»Komm mit.« Andi öffnete die Tür zur Toilette und ging die Reihe der Kabinen entlang. »Schau selber.«

Klostermeier stieß eine der Türen auf und sah in das WC. »Also, um einen notorischen Verstopfer kann es sich nicht handeln.«

»Schau zum Toilettenpapier.«

»Da ist keins.«

»Das ist ja das Problem – da ist eben schon noch eins! Ein kümmerlicher Rest. Der den letzten Benutzer der Toilette aber von der Pflicht entbindet, die Rolle zu wechseln. Denn es ist ja – haha – noch was da. Das heißt, da sitzt dann unter Umständen einer, macht sein großes Geschäft, greift zum Papier – und hat so ein Fitzelchen in der Hand. Denn die meisten Menschen schauen vorher *nicht*, ob noch genug Papier da ist.«

»Des is jetzt nicht dein Ernst, Andi. Dann soll der sich halt eine neue Rolle nehmen, des is doch kein Aufwand.«

»Es bringt einen aber aus dem Rhythmus, wenn man sich umdrehen und eine neue Rolle anfangen muss.«

»Ich glaub, ich hab in meinem Leben selten Blöderes gehört.«

»Und mir geht es hier ohnehin mehr ums Prinzip: Hier sind Menschen mit Vorsatz am Werk. Menschen, die ihre Mitmenschen bewusst ärgern wollen.«

»Woher willst denn des wissen? Vielleicht ist diesem Menschen gar nicht bewusst, dass er nur noch so wenig Papier übergelassen hat.«

»Genau das muss herausgefunden werden!«

Klostermeier wandte sich zum Gehen. »Bitte, Andi, lass mich mit deinem Schmarrn in Ruhe. Bild von mir aus die Soko Rolle und leg dich hier auf die Lauer, miss nach jedem Toilettenbesuch, der hier stattfindet, die Länge des noch vorhandenen Papiers ab, aber …«

»Ist das dein Ernst?«

»Was?«

»Dass ich dem ein bisschen nachgehen kann?«

Klostermeier riss die Tür auf und eilte in Richtung seines Büros. »Schau zu, dass du den endgültigen Bericht der Spurensicherung von gestern herbringst«, rief er über seine Schulter zurück. »Mach dich nützlich!«

»Das mach ich, Georg«, rief ihm Andi nach. »Bis heute Nachmittag hast du des Wichtigste.«

»Da bin ich schon vergeben«, sagte Klostermeier, während er die Tür zu seinem Büro öffnete. »Sonntag ist Muttertag.«

Die S8 hatte wieder einmal Verspätung. Klostermeier stand am Marienplatz und wartete. Er mochte die öffentlichen Verkehrsmittel nicht besonders, aber er sah es auch nicht ein, in einer Stadt wie München ein Auto zu unterhalten. Er fuhr nicht ungern jeden Sonntag nach Daglfing zu seiner Mutter. Nicht, weil er darauf brannte, sie zu sehen, sondern weil er den Besuch verbinden konnte mit einem Gang über den großen Flohmarkt auf der Daglfinger Trabrennbahn, der schon seit gut fünf Jahren sonntags dort stattfand. Klostermeier kannte längst seine Pappenheimer, die Stände, an denen die Chance auf einen guten Fang am größten war.

»Auf Gleis eins fährt ein die S8 zum Flughafen, bitte Vorsicht bei der Einfahrt, der Zug hält auf der gesamten Länge des Bahnsteigs«, meldete die Stimme aus dem Lautsprecher.

Die Fahrt vom Hauptbahnhof nach Daglfing im Münchner Osten dauerte normalerweise knappe zwanzig Minuten. Während der Fahrt lauschte Klostermeier gern den Unterhaltungen der Mitfahrenden. Nicht, dass ihn das Gerede der Leute so sehr interessierte, es waren vielmehr die Geschichten, die er hinter den Worten fand, die er sich im Stillen ausmalte, die er weiterspann und aus denen er Lebenslinien zeichnete, wie es ihm gefiel. Er mochte es, sich Geschichten auszudenken. Doch alles, was sich ihm dieses Mal anbot, war das Telefonat einer ungefähr Zwanzigjährigen.

»Ich bin in der S-Bahn, jetzt sind wir gerade am Isartor … nein, ich komm etwas später, die S-Bahn hatte Verspätung … ja, ich weiß, dass Thorsten jetzt warten muss, aber was kann ich dafür? Sind ja auch nur zehn Minuten, das wird er schon überleben … keine Ahnung, ob er das mitbekommen hat, war irgendwas mit Personenschaden in Pasing. Da hat sich schon wieder jemand vor die S-Bahn geworfen, schätz ich, oder irgend so ein Betrunkener, der von der Wiesn kam, keine Ahnung … was? Hallo? Hallo? Hallo, kannst du mich hören?«

Das Mädchen schaute irritiert auf ihr Handy und kniff angestrengt die Augen zusammen. Offenbar war ihr Akku leer. Sie fluchte, drückte auf der Tastatur herum, aber es tat sich offensichtlich nichts. Mit verärgerter Miene steckte sie ihr Telefon in die Tasche.

Personenschaden, hallte es in Klostermeiers Kopf nach. Er kannte diesen Euphemismus, ja, eigentlich fast Zynismus des MVV, mit dem Unglücksfälle beschrieben wurden. Schlimm war das, auch wenn es stimmte, dass eine Person zu Schaden kam. Aber meistens war der Schaden irreparabel – sprich: tödlich. Gern wurde das auch mit »Notarzteinsatz am Bahnhof« umschrieben. Meistens passierten diese Suizide an Bahnhöfen auf der sogenannten Stammstrecke, das heißt zwischen Pasing und Ostbahnhof, auf der nahezu alle S-Bahnen verkehrten und die deswegen oftmals nicht weiterfahren konnten. Als ob die Unglücklichen, die sich das antaten, die Aufmerksamkeit der Münchner dadurch auf sich ziehen wollten, dass sie dafür sorgten, dass wenigstens die S-Bahnen nochmals richtig zu spät kamen. Was einen wohl bewegt, so etwas zu tun?, überlegte Klostermeier. Ihn machten solche Meldungen immer ein wenig traurig, es war, als breitete sich der Schmerz der Welt in diesen Momenten in ihm aus. In diesen Momenten wurde ihm immer wieder aufs Neue bewusst, welche Probleme, Schwierigkeiten, ja auch Qualen das Leben in seinen schwarzen und grausamen Momenten für die Menschen bereithielt. Er wurde in seinem Berufsalltag öfter mit diesen Momenten konfrontiert, jedes Mal, wenn er wieder an der Haustür eines Angehörigen, eines Vaters, einer Tochter, einer Schwägerin oder eines besten Freundes klingeln musste.

»Sind Sie Herr/Frau Soundso? Mein Name ist Klostermeier, Münchner Morddezernat, es tut mir sehr leid, Ihnen mitteilen zu müssen …«, begann er meistens, und im gleichen Augenblick vermeinte er, neben sich zu stehen und sich dabei zuzusehen, wie er dem- oder derjenigen vom Tod eines geliebten Menschen berichtete. Dann sah er sich, wie er klein und mickrig vor den Leuten stand, wie er nach Worten suchte, die es nicht gab, wie er auszudrücken versuchte, was nicht zu beschreiben war. Er schämte sich, fühlte sich gleichzeitig hilflos, schlecht. Oftmals sah er zu Boden, weil er nicht die Kraft hatte, dem Gegenüber in die Augen zu sehen, hatte aber gleichzeitig das Bedürfnis, eine Stütze zu sein, an der sich die Person halten konnte. Es gelang ihm nur selten. Ab und an, wenn er abends zu Hause saß und wieder einmal so eine Situation hinter sich gebracht hatte, versuchte er sich vorzustellen, wie es wohl war, wenn man die Person war, der so etwas mitgeteilt wurde. Dieser Schmerz, da war er sich sicher, konnte gar nicht echt sein. Wer sollte das denn aushalten können? Wer sollte denn nur die Nerven haben, das auszuhalten? Das Leben, das du kanntest, das Leben ist vorbei.

»Nächster Halt – Daglfing.« Die automatische Ansage unterbrach seine Gedanken. Klostermeier stieg mit gemischten Gefühlen aus, der Personenschaden hing ihm noch nach.

Wenigstens der Bus, der Richtung Flohmarkt fuhr, war pünktlich. Klostermeier stieg ein und fuhr die wenigen Stationen bis zur Trabrennbahn. Auf dem Flohmarkt herrschte reges Treiben, unzählige Menschen versuchten, hier ihre Fundsachen vom Speicher oder Keller zu verramschen, aber genauso viele machten dies professionell und boten gute Waren an. Zielstrebig durchquerte Klostermeier einige Gänge, warf hier und da flüchtige Blicke auf den ein oder anderen Tisch und verschaffte sich mit dem Auge, das den Kenner verriet, einen raschen Überblick über das Angebot. Heute waren es nur zwei Verkäufer, die sein Interesse weckten. Beim ersten wusste er, dass eine Frage reichen würde:

»Und, hast was Neues?«, fragte er den bärtigen Mann, der hinter einem langen Tisch stand, der sich unter den aufgetürmten Stößen darauf beinahe bog.

Der Mann schüttelte den Kopf. »Leider nein, aber komm nächste Woche, da könnt ich was haben. Am Mittwoch bin ich wieder bei einer Wohnungsauflösung, da ist sicher was dabei!«

Klostermeier bedankte sich und ging schnell weiter zu einem anderen Verkäufer. Dieser erblickte ihn schon von Weitem und kramte bereits eifrig in einer Kiste, als Klostermeier an den Tisch kam.

»Zwei Mal Bayern, Schorsch«, sagte er, »einmal '12, einmal '56, beide glaufen, beide Topzustand.«

Klostermeier besah sich die Ware kritisch. »Wie viel?«, fragte er.

»Beide zusammen fünfzehn, ansonsten eine neun«, war die Antwort.

Klostermeier regte sich kurz auf, raunte etwas von »überteuert« und »Wucher«, fischte dann allerdings fünfzehn Euro aus seinem Geldbeutel und überreichte sie dem Verkäufer. Zufrieden verließ er den Flohmarkt. Dieser Besuch hatte sich endlich einmal wieder gelohnt, nachdem wochenlang nichts dabei gewesen war. Er ging die Brodersenstraße entlang, an der sich fast nur Neubauten im Einfamilienhaus-Stil befanden. Nun folgte der zweite, ungleich schwierigere Besuch. Er blieb vor der Nummer 68 stehen, hielt kurz inne und drückte dann auf die Klingel unter dem Schild mit dem eingravierten Namen »Klostermeier«.

Eine Weile war es still. Dann hörte er seine Mutter heranschlurfen und umständlich zweimal den Schlüssel herumdrehen. Die Tür öffnete sich einen Spaltbreit. Ihr schmales Gesicht erschien. Eindeutig mit misstrauischem Ausdruck.

»Geh Mama, mir san in Daglfing und ned bei de Hoddendodden!«, entfuhr es ihm. »Tu die Türkettn weg.«

Im gleichen Moment tat es ihm schon leid. Nicht in sie eindringen, nicht heftig kritisieren, nicht belehren. Er hatte es sich schon so oft eingeschärft, aber es war schwieriger in die Tat umzusetzen, als er gedacht hatte.

Seine Mutter hatte inzwischen die Tür geschlossen, die Kette gelöst und die Tür wieder geöffnet.

»Grias de, Girgl«, sagte sie. Sie klang müde.

»Servus, Mama.«

Er folgte ihr durch den dunklen Flur in Richtung Küche und musterte sie. Den steifen Gang, eine Folge ihres Hüftleidens. Ihr allmählich schütter werdendes Haar, das sie schon lange nicht mehr färbte. Wie a oide Frau, dachte er.

Langsam wandte sie sich zu ihm um. »Dadst du de Schua ausziagn, i hob grad an Bodn butzt in da Küch.«

»Freilich, Mama.«

Innerlich fluchte er, während er sich bückte und seine Schuhe von den Füßen zog, ohne vorher die Schnürsenkel zu lösen. Dieses vermaledeite

Putzen! Sie putzte täglich, von Montag bis Sonntag. Um sechs Uhr: aufstehen. Dann Frühstücken, meistens nur eine Tasse Kaffe. Währenddessen die Zeitung lesen, die falsche, wie Klostermeier fand, aber er hatte es sich abgewöhnt, sie in dieser Hinsicht bekehren zu wollen. Dann die Wohnung putzen, die ohnehin schon penibel sauber war. Dann Mittagessen, gern auch mal aus der Dose. Wieder die Küche putzen. Dann fernsehen bis zur Schlafenszeit, nur unterbrochen von einem kleinen Imbiss gegen 19 Uhr.

»Ein geregelter Tagesablauf ist für Menschen wie sie immens wichtig«, hatte der Arzt ihm gesagt. »Versuchen Sie, das zu akzeptieren.«

In der kleinen rechteckigen Küche roch es wie immer. Eine Mischung aus Putzmittel, Eintopf und dem blumigen Parfum, das er seit seiner Kindheit an seiner Mutter kannte. Klostermeier sah sich nur flüchtig um. Was sollte sich schon verändert haben seit seinem letzten Besuch. Links die Küchenzeile, gelbe Hänge- und Unterschränke, die blitzblank geputzte Spüle, die Kaffeemaschine auf der mit Kunststoff beschichteten Arbeitsfläche. Rechts das Buffet aus massivem Kiefernholz, daneben der kleine Tisch mit der braunen Resopalplatte, die aussah wie frisch gewienert. Auf ihr zwei Teller, zwei Bestecke und ein Korb mit Semmeln.

»I hob an Leberkas gmacht«, sagte sie.

»Wunderbar, Mama.«

»Den hat's beim Moser recht billig gegebn gestern, war im Angebot.«

»Ah, da schau her.«

»Vorgestern hams Wammerl recht günstig ghabt, aber i denk ma, an Leberkas mogst ja doch am liabsten.«

»Da hast recht, Mama.«

»Versuchen Sie nicht, ihr einzureden, dass es doch alles gar nicht so schlimm sei«, hatte der Arzt gesagt. »Und zwingen Sie sie nicht zu irgendwelchen Ablenkungen und Reisen. Depressive fühlen ihre innere Leere meist noch viel stärker, wenn sie sich nicht in ihrer vertrauten Umgebung befinden.«

Sie aßen schweigend. Klostermeier saß seiner Mutter gegenüber und betrachtete die gerahmten Bilder hinter ihr an der Wand: seine Großeltern mütterlicherseits. Seine Großeltern väterlicherseits. Drei Bilder von ihm. Eines, das ihn als kleinen Jungen an irgendeinem italienischen Strand zeigte. Auf dem zweiten lachte er als frisch gebackener Abiturient, auf dem dritten als Absolvent der Polizeischule in die Kamera. Daneben waren leichte Abdrücke zu erkennen, wo einmal das Bild seines

Vaters gehangen hatte. Magdalena Klostermeier hatte es abgenommen, nachdem ihr Ehemann beschlossen hatte, noch einmal ganz von vorne anzufangen. Ohne sie.

Klostermeiers Blicke wanderten zu seiner Mutter. Ihre Hand zitterte leicht, wenn sie die Gabel zum Mund führte.

»Geht's dir so weit gut, Mama?«

»Ja, mei, es is so wia's is.«

Schweigen. Nur das Ticken der Uhr über der Tür war zu hören.

»Wolln wir gleich noch a bisserl spazierngehen?«, fragte Klostermeier. »'s Wetter is richtig gut, beim Flohmarkt war die Hölle los.«

»Jetzt schau ma mal«, sagte seine Mutter, »jetzt schau ma mal in Ruhe.«

Klostermeier seufzte innerlich. Er wusste, wie der Nachmittag verlaufen würde. Nach dem Essen machte seine Mutter ihm einen Kaffee und spülte das Geschirr, während er trank. Danach zogen sie in das Wohnzimmer um und setzten sich auf die Couch gegenüber der Regalwand, die von oben bis unten gefüllt war mit Büchern. Früher hatte seine Mutter leidenschaftlich gern gelesen.

Klostermeier nahm noch einen Schluck Kaffee und sah durch die halb zugezogenen Vorhänge in den Garten hinaus. Die Apfelbäume trugen fast reife Früchte. Er würde im Oktober öfter kommen, um seiner Mutter bei der Ernte zu helfen. Er sah zu ihr hin und fragte sich, wann sie die Frage heute stellen würde. Die Frage, die sie früher oder später immer stellte, wenn er sie sonntags besuchte. Eher früher.

»Woi ma schaun, ob's was Guads im Fernsehen gibt?«, fragte sie in diesem Augenblick.

Voilà, dachte er.

Sie sahen eine Dokumentation über die Serengeti an und anschließend eine über die Tierwelt im Bayerischen Wald und wechselten dabei fast kein Wort. Als er sich einige Stunden später aus dem Sofa hievte, dämmerte es bereits.

»I pack da no an Leberkas ein«, sagte seine Mutter.

»Des brauchst nicht, Mama.«

»Is doch koa Aufwand ned.«

Sie begleitete ihn noch bis an das Gartentor und gab ihm dort die weiße Plastiktüte, in der sich die Wegwerfform aus Alu mit dem Leberkäse befand.

»Mach's guad, Bua. Schee, dass'd da warst.«

»Pfiat di, Mama. Bis nächsten Sonntag.«

In der S-Bahn lehnte Klostermeier seinen Kopf nach hinten und schloss die Augen. Wieder einmal geschafft! Er griff in die Innentasche seiner Jacke und befühlte seinen Flohmarktkauf. Einmal '12, einmal '56, beide glaufen, dachte er. Allein deswegen hatte sich der Besuch hier gelohnt.

Sein Handy vibrierte. Auf dem Display sah er Andis Dienstnummer.

»Ja, da schau her, der Herr der Rollen gibt sich die Ehre! Gibt's schon was Neues vom Klopapierskandal?«

»Sehr witzig, Georg. Haha. Nein, wir haben neue Erkenntnisse zum Mordfall Ridvan Berisha.«

»Wunderbar, nur raus damit.«

»Eventuell kannst du vielleicht bald doch noch deine erste Wiesn-Maß trinken.«

»Das bedeutet?«

»Die Spurensicherung hat in einer Hose des Toten eine Streifenkarte gefunden. Viermal abgestempelt. Zweimal am Westkreuz, zweimal an der Theresienwiese.«

»Des muss noch lang nichts mit der Wiesn zu tun haben. Er könnte ja auch jemand besucht haben an der Theresienwiese. Familie. Oder eine Frau.«

»Klar, könnte er. Aber wir haben noch was bei ihm gefunden, das eindeutig auf das Oktoberfest hinweist.«

»Und was?«

»Zwei Chips vom *Shining Star*, das Fahrgeschäft von einem Herrn Schmidhuber. Charly Schmidhuber. Schon seit vielen Jahren regelmäßig auf dem Oktoberfest. Traditionsunternehmen.«

»Gut. Den nehmen wir uns vor. Am besten morgen. Noch was?«

»Wir haben nicht nur die eine Streifenkarte gefunden, sondern noch zwölf andere. Unbenutzt.«

»Scheint ein Vorratskäufer gewesen zu sein.«

»Ich wollt's nur erwähnen. Die Täter-DNA ist noch beim Institut für Rechtsmedizin. Morgen früh sollten wir spätestens Bescheid wissen, ob wir einen Treffer haben.«

»Gut. Was ist mit den Nachbarn? Hat sich da was ergeben.«

»Leider nicht viel. In der Mordnacht will keiner was gesehen oder gehört haben. Berisha habe sehr zurückgezogen gelebt, sagen alle, und sei ihnen höchstens mal am Briefkasten begegnet.«

»Hat er Familie in Deutschland?«

»Da sind wir noch auf der Suche, sieht aber schlecht aus. Er ist seit 2000 hier. Hat eine dauerhafte Aufenthaltserlaubnis, zahlt laut Vermieter pünktlich seine Miete und arbeitet bei einem Schreiner als Hilfskraft. Alles sauber.«

»Wie viel hat er da verdient?«

»800 Euro.«

»Ob das gereicht hat für Miete, Essen und den ganzen Alkohol, der da rumlag?«

»Wie werden's rausfinden.«

»Gut, morgen dann also zu Herrn Schmidhuber.«

»Jule hat schon angekündigt, dass sie mit dir hingeht.«

Klostermeiers Herz tat einen kleinen Satz. »Ach so. Ja, klar, du, mir ist eigentlich wurscht, wer mit mir hingeht.«

»Ist klar, Georg.« Andis Stimme war anzuhören, dass er grinste. »Einen schönen Abend noch. Bis demnächst.«

Klostermeier lehnte sich wieder zurück. Mit Jule allein auf die Wiesn. Dazu neue Spuren im Mordfall. Die neue Woche begann vielversprechend.

Etwa zur gleichen Zeit trat ein Mann an ein öffentliches Telefon in der Münchner Innenstadt und wählte die Nummer, die er schon längst auswendig konnte, weil er sie jeden Tag um achtzehn Uhr wählte.

Nach dem ersten Läuten nahm der andere ab. »Du bist zu spät«, sagte er barsch.

»Das tut mir leid, Boss, aber heute …«

»Mich interessiert nicht, wo du dich heute rumgetrieben hast. Sag einfach, ob alles passt, ich hab Besuch.«

»Es … es ist … etwas Furchtbares passiert … Ridvan …«

»Was ist mit ihm? Hat er wieder gesoffen?«

»Er … er ist tot.«

In der Leitung war eine Weile nichts zu hören.

»Wie ist es passiert?«, fragte der andere dann. Er klang eher verärgert als traurig.

»Ich … ich weiß es nicht. Ich wollte zum ihm und da war lauter Polizei vor seinem Haus und ich habe um die Ecke gewartet und sie haben einen Sarg rausgetragen und nachts bin ich ins Haus, ich hab ja den Schlüssel, und da war alles versiegelt, sie haben ihn einfach mitgenommen und …«

»Jetzt halt mal den Mund!«

»Was?«

»Hör auf zu heulen!«

»Aber … aber was sollen wir denn jetzt tun?«

»Was soll die Frage? Es geht ganz normal weiter.«

»Aber …«

»Nichts aber. Kümmere dich um Ridvans Leute. Und halt dich fern von seiner Wohnung und rede mit niemandem drüber, sonst sorg ich dafür, dass du morgen jenseits der Grenze stehst.«

»Aber Boss … wir müssen doch … wir können nicht einfach … Boss? Boss!!«

Er hörte das Freizeichen in der Leitung. Der andere hatte aufgelegt.

Tag 3

Am dritten Wiesn-Tag zeigte sich München von seiner anderen Seite. Statt strahlendem Sonnenschein begrüßte ein kühler Nieselregen Klostermeier, als er um halb acht seine Wohnung verließ. Aber er hatte vorgesorgt und einen Schirm mitgenommen. Heute war schließlich Außendienst angesagt: Zum ersten Mal in seiner Karriere musste er tatsächlich dienstlich auf das Oktoberfest. Die Maß, die ihm am Eröffnungssamstag vorenthalten worden war, würde er auch heute nicht trinken können, aber immerhin würde er ein paar Stunden allein mit Jule sein. Beschwingt von diesem Gedanken betrat er die Bäckerei.

»Einen wunderschönen guten Morgen, Herr Generalhauptmordoberinspektor«, lächelte ihm Sabine entgegen.

»Inschbeggtor gibt's kaan, wie der Kottan immer sagt«, erwiderte Klostermeier seufzend.

»Ja was ist denn los mit Ihnen, warum stöhnen Sie denn so?«

»Ach weißt, liebe Sabine, was soll man schon machen bei so am Wetter, aber durch dich wird der Tag doch noch schön! Wenigstens ein Lichtblick an einem grauen Regntag. Und wennst mir noch zwei resche Brezn gibst, dann könnt's sein, dass der weitere Verlauf doch nicht so schlimm wird!«

»Ja gern, Herr Klostermeier, für Sie doch immer. Möchten Sie auch noch ein Käffchen?«

»Kaffeetscherl heißt des bei uns, Sabine, aber keine Sorge, des lernst schon noch.«

»Na wenn Sie mir das weiterhin so nett beibringen, dann könnte das vielleicht noch was werden mit dem Bairisch, ne? Also, was is nu, möchten Sie noch ein Kaffedscher?«

Klostermeier überhörte höflich die verbalen bavaresken Schwächen der netten Blondine, sagte nur »Gern, mit zwei Milli und einem Zucker – und zum Mitnehmen«, hielt kurz inne und erklärte im gleichen Atemzug: »Ah so, und Milli, des heißt Muich, also Milch, zumindest da bei uns.« Er liebte es, Frauen, die seines Dialekts nicht mächtig waren, Wörter zu erklären. Wenn er »furt« war, also abends ausging – was zugegebenermaßen eher selten vorkam –, dann sprach er gelegentlich sogar absichtlich derber, als er es normalerweise tat, nur, um seinen Gesprächspartnerinnen mehr erklären zu können. Diese Taktik verfolgte er, seitdem er in der *Süddeutschen Zeitung* gelesen hatte, dass Bairisch Deutschlands sexiester Dialekt sei. Er hatte das damals eifrig seinen Freundinnen und Freunden erzählt, allein schon, um diese darauf aufmerksam zu machen, dass er genau so einen Dialekt aufwies. Auch wenn seine Sprache eher eine Münchner Färbung hatte und weniger das derbere, etwas härtere Bairisch. Dennoch war nun das, was er schon lange wusste, endlich auch statistisch und wissenschaftlich belegt. Das freute ihn natürlich maßlos. Und, so stellte er fest, es schien sich zu bewahrheiten! Denn im Gespräch mit Frauen hatte er des Öfteren das Gefühl, dass sie ihn attraktiver fanden, wenn er Dialekt sprach. Zumindest bildete er sich das ein. Und war es ab und an nicht so, dann schaltete er schnell um auf Hochdeutsch, was er ebenfalls perfekt beherrschte, ja, beherrschen musste, schon wegen der vielen Kollegen, die dialektfrei durchs Leben gingen.

»Da, Ihr Kaffee, Herr Hauptkommissar, aber Vorsicht, ist heiß«, riss ihn Sabine aus seinen Gedanken.

»Ja, äh, merci, Sabine, mir ist auch schon ganz heiß, äh, ich mein, hier herin ist's auch recht heiß, äh, ist ja wurscht, wird Zeit, dass ich in die Arbeit komm!«, erwiderte Klostermeier und legte Sabine einen 5-Euro-Schein auf den Tresen. »Da, stimmt schon, und an schönen Tag noch! Pfiat di, Sabine.«

Am Wiesn-Treff wartete schon Jule. Sie fror und war sauer, dass Klostermeier gute fünfzehn Minuten zu spät kam. Klostermeier murmelte, dass es Probleme beim MVV gegeben hätte, aber er wusste, dass Jule ihm das sowieso nicht abnehmen würde. Daher bemühte er sich erst gar nicht weiter, die Stimmung zu verbessern, sondern schlug vor, gleich zu Charly Schmidhuber zu gehen. Zielstrebig bogen sie am Autoskooter rechts in die Schaustellerstraße ein. Noch war wenig los, nur vereinzelte Besucher liefen über die Festwiese. Es war erst zehn Uhr und die meisten Fahrgeschäfte waren noch gar nicht geöffnet.

Sie gingen an einigen Schießbuden vorbei, passierten den *Schichtl* und die *Rund um den Tegernsee*-Band und steuerten direkt auf das *Shining*

Star zu, Schmidhubers Fahrgeschäft. Vor dem riesigen Karussell liefen einige Männer herum, die alle schwarze Jacken mit dem Aufdruck »Schmidhuber Entertainment« trugen. Offenbar kontrollierten sie die Mechanik nochmals, bevor das *Shining Star* in Betrieb genommen werden sollte. Ein Mann rief einem anderen etwas zu, doch weder Klostermeier noch Jule konnten ihn verstehen. Es schien eine osteuropäische Sprache zu sein, vielleicht polnisch, wie Jule meinte. Klostermeier klopfte dem nächststehenden Mitarbeiter auf die Schulter und sagte: »Mir woll'n zum Schmidhuber! Polizei.«

Sein Gegenüber betrachtete ihn ruhig von oben bis unten, machte dann kehrt und verschwand hinter dem Fahrgeschäft. Kurz darauf kam er mit einem weiteren Mann in schwarzer Jacke zurück und zeigte auf Klostermeier und Jule. Der andere Mann war etwas kleiner und rundlicher, hatte eine Halbglatze und einen schwarzen Schnauzer unter der Nase. Er war von gedrungener Statur und erinnerte Jule und Klostermeier sofort an einen Pitbull, nur dass dieser hier ein gutes Bäuchlein vor sich hertrug. Er winkte kurz und watschelte auf sie zu.

»Grias God, wos gibts'n? Der Tamas hat gmeint, sie san von der Polizei?«, fragte er im breitesten Bairisch und streckte Jule die Hand entgegen. »I bin da Schmidhuber Charly.« Er lächelte sie an, ein Goldzahn auf der Seite blinkte auf.

»Holtkamp, grüße Sie auch«, erwiderte Jule kühl und zeigte ihm ihren Dienstausweis, »das ist mein Kollege, Hauptkommissar Klostermeier. Wir sind von der Kripo, genauer gesagt von der Mordkommission.« Sie zog die Hand aus seiner Umklammerung.

»Wos, Mordkommission, ja wos isn passiert?«

»Herr Schmidhuber«, sagte Klostermeier und musste nun seinerseits die große Hand Schmidhubers eine Weile schütteln, »kennen Sie einen gewissen Ridvan Berisha?« Er hielt Schmidhuber ein Foto des Toten unter die Nase.

Schmidhuber kniff die Augen zusammen. »Hm, kannt scho sei, kannt aber a ned sei, des kummt ganz drauf o, ned wahr?! I bin mir a ned ganz sicher. Wieso? Wos is'n mit dem? Is der dod oder wia?«

»Ja, er ist tot«, antwortete nun wieder Jule, »wir haben ihn am Samstag früh in seiner Wohnung im Westkreuz aufgefunden. In der Wohnung haben wir einen Fahrchip Ihres Fahrgeschäfts gefunden. Kennen Sie ihn vielleicht jetzt?«

Schmidhuber dachte angestrengt nach. Er besah sich erneut das Foto und fragte nochmals nach dem Namen des Toten.

»So, Berisha hoaßt der guade Mo, äh, i moan der dode Mo, ned wahr. Etz lassn'S mi amoi nachdenga. I glaub, dass der letzte Woch wirklich da war. Des miassat so am Dienstag gwen sei, moan i, um d'Mittagszeit herum, aber i hab da koa Zeit ned ghabt. Da warma ja mittn im Aufbau, verstehnga'S? Oiso hob i'n gfragt, was a wui, aber er hod ma koa Antwort net gebn. Na hob i'n wieder weggschickt. Nachad is a zum Steinbeis Peter, pardon, i moan S-t-einbeis. Der is nämlich vom Nordn, Hamburg oder so, und hod sei Fahrgschäft glei da auf der rechtn Seitn.« Mit seinem dicken Zeigefinger, an dem ein ebenso dicker Goldring blinkte, wies er auf ein Karussell gleich neben seinem. Dort war in großen Lettern *Thunderstorm* zu lesen.

»Und Sie sind sicher, dass Berisha da rüber ist, nachdem Sie ihn weggeschickt haben?«, fragte Jule. »Ich meine, hier gibt es ja Dutzende von Möglichkeiten, wo jemand hingehen kann, oder?«

»Na, na, i bin mir zu tausend Prozent sicher, Frau Kommissarin, der is da nüber zum Steinbeis! Was a woin hod, des woas i net, aber 's werd scho nix rechts gwen sei, ned wahr? Der Steinbeis is aber auch a Hundling, wissen'S, i moan ollaweil, dass der an rechtn Dreck am Steckn hat. Und as *Café Viereck* kennt er mit Sicherheit aa scho von drinnen, des sog i Eana.«

»Ins Café …?«

»Wenn der Herr Steinbeis wirklich Dreck am Steckn hätt, Herr Schmidhuber, dann würden wir das schon wissen, glauben'S mir«, unterbrach sie Klostermeier ruhig. »Was mich jetzt viel mehr interessieren würd: Wie war der Berisha, als er hier aufgetaucht ist? Also, was hat er für einen Eindruck auf Sie gemacht? Hat er irgendwie gehetzt gewirkt oder eher ruhig, haben Sie irgendetwas Auffälliges an ihm entdeckt? Hat er nicht doch einen kleinen Hinweis darauf gegeben, was er von Ihnen wollt, warum er zu Ihnen gekommen ist? Ich mein, immerhin scheint er Sie doch ganz bewusst angesprochen zu haben, oder?«

»Na, Herr Kommissar, tut mir leid, der hat nix gsagt, da bin i mir ganz sicher, gei? Nachdem er gesehn hat, dass ich keine Zeit hab, is er gleich wieder gegangen, wie scho gsagt, zum Steinbeis, weil da hab ich ihn ja hingschickt. Und verhalten hat er sich auch normal, würd ich sagen, gut, er hat sich halt a bissi umgschaut bei mir, mein ich, aber des kann ich mir auch nur einbildn. Jedenfalls hat er nix Weiteres dazu gsagt, verstehn'S. Drum kann ich Ihnen auch nicht mehr dazu sagen, und außerdem hab ich jede Menge zu tun, deswegen: San'S mir ned bös, aber ich muss mich jetzt wieder meinem Gschäft widmen.«

»Is scho recht, Herr Schmidhuber«, erwiderte Klostermeier freundlich, »danke, dass wir Sie so lange ham belästigen dürfen! Da ham'S meine Karte, falls Ihnen doch noch was einfällt, dann können's mich ja anrufen. Nix für ungut, gell!«

»Passt scho, ich helf ja gern, gei, vor allem der Polizei. Und wenn's was bringt, umso besser … als dann, habe die Ehre.« Schmidhuber streckte den beiden Kommissaren seine kräftige Hand hin und verabschiedete sich.

Jule und Klostermeier blickten sich an.

»Und, was meinst?«, fragte Klostermeier knapp.

Jule zuckte mit den Schultern. »Der weiß mehr, als er sagt, aber immerhin hat er zugegeben, dass der Berisha hier war.«

»Nur warum, das ist doch die Frage!«

»Na ja, deswegen sind wir ja hier, oder?«

»Na dann, auf geht's zum S-t-einbeis!«

Das Treiben um sie herum hatte während des Gesprächs mit Schmidhuber zugenommen. Mittlerweile waren alle Buden offen, hektische letzte Vorbereitungen wurden getroffen. Hier putzte einer noch ein letztes Mal die Sitze seines Karussells, da wurden noch schnell Lebkuchenherzen aufgefüllt, die am Tag vorher ausverkauft waren, und dort polierte jemand nochmals die Läufe seiner Luftgewehre – gleich konnte es wieder losgehen auf dem größten Volksfest der Welt.

Das *Thunderstorm* von Peter Steinbeis befand sich an der Ecke Schausteller- / Matthias-Pschorr-Straße und wirkte deutlich moderner als Schmidhubers bereits etwas in die Jahre gekommener *Shining Star*, dessen Stern schon eher am Erlöschen war. Die Fahrkabinen waren größer und boten insgesamt mindestens fünfzig Personen Platz. Die Farben, in denen die Befestigungswand gehalten waren, leuchteten hell und kräftig. Mangafrauen in eng anliegenden Latexkostümen und mit überdimensional großen Brüsten warfen mit grellen Blitzen um sich, die das schwarze Weltall erleuchteten. Dazu blinkten Hunderte Lampen an den Rändern der Wand und an den sieben langen, krakenähnlichen Armen des Fahrgeschäfts. Ein Technosong wummerte in ohrenbetäubender Lautstärke aus den riesigen Lautsprechern, die an den vier Ecken befestigt waren. Eine künstlich verzerrte Frauenstimme wiederholte energisch die gleiche Phrase: »Feel the thunder, feel the storm in you!«

»Und, fühlst ihn schon, den Sturm in dir, Jule?«, fragte Klostermeier.

Jule verdrehte die Augen, ging zielstrebig auf das Kassenhäuschen zu und drängte sich durch die Gruppe wartender Teenager, die sich bereits gebildet hatte. Klostermeier folgte ihr widerwillig, er hasste es, sich durch Menschenansammlungen, ganz gleich welcher Größe, hindurchzwängen zu müssen. Jule wechselte ein paar Worte mit dem Mann im Kassenhäuschen, die Klostermeier wegen der lauten Musik erst gar nicht hören konnte.

»Er ist in seinem Wohnwagen!«, brüllte sie ihm dann zu und zeigte in Richtung Riesenrad.

»Na sauber«, murmelte Klostermeier.

Sie machten sich auf den Weg ans Ende der Festwiese, wo sich jedes Jahr die Caravans der Schausteller und deren Mitarbeiter befanden. Mühelos fanden sie Steinbeis' Wohnwagen. Er war größer als die umstehenden – und der einzige, auf dem eine Mangafrau prangte. Auch sie schmetterte Blitze.

Jule klopfte. Nach einer Weile öffnete ihnen ein sehr schlanker Mann mit leuchtend blonden Haaren, die am Ansatz grau waren. Sein Alter war schwer einzuschätzen. Seine Figur war fast jungenhaft, aber seine sonnengebräunte Haut sah aus wie altes Leder.

»Herr Steinbeis?«, fragte Jule.

Der Mann nickte.

Klostermeier hielt ihm seinen Dienstausweis entgegen und stellte Jule und sich vor.

»Dürfen wir kurz reinkommen? Wir hätten ein paar Fragen an Sie …«

Steinbeis nickte erneut und bedeutete ihnen mit einer vagen Handbewegung einzutreten.

Das Wageninnere war geräumig und hell. Zu ihrer Linken, unterhalb des Fensters, stand eine cremeweiße Sitzgarnitur mit einem großen Glastisch davor, auf die Steinbeis jetzt wies.

»Bitte nehmen Sie doch schon mal Platz, ich bin gleich bei Ihnen«, sagte er und verschwand hinter einer Trennwand, hinter der sich offensichtlich die Küche befand.

Kurz darauf kam er mit einem Tablett zurück, auf dem eine Kanne, Tassen und eine Zuckerdose standen.

»Sie mögen doch Tee, hoffe ich?«, fragte er. »Ist ein friesischer Schwarztee aus meiner Heimat. Hilft mir, diesen Wahnsinn hier zu überstehen! Habe ich eben aufgebrüht.«

Jule schnüffelte kurz an der Kanne. »Sagen Sie, das ist aber nicht zufällig Bünting Tee?«

Steinbeis' Miene hellte sich auf. »Gibt's nicht! Doch, doch, das stimmt, sagen Sie nur, Sie kommen aus der Gegend?«

Jule strahlte. »Jo kloar, ick bun ut Heid. Daar is Bünting ja en Spezialität. Hebb wi alltied in Teekontor Heid' holt, mien Leeven lang all, de beb ick quasi mit Modermelk upsüffelt.«

»Schall ick jo wat seggen? De is ut de Teekontor! Ick deck mi immer mit'n grooten Vorrat in, bevör ick mi hier to den Beer-Barbaren, äh Bajuwaren begeev.« Er schüttelte den Kopf und lächelte. »Ick glöövt net, een Heidjer. Ick bün ut Dithmarschen, denn sünd wie bold Nabers.«

»Dithmarschen! Umt Hoek! Net to glööven, dat Se dat so wiet in't Süden schafft hebt.«

»Jo, weet Se Froo Kommissarin, so is dat even as Joarmarktmitlooper, dor is man överall un nargens. Un Se?«

»Tja, Heer Steinbeis, de Leev, wat man doar nich allns för deit?«

»Na, well segt Se dat … as Joarmarktsmitlooper is dat so as bi een Maat. Man hett in jede Hobn sein Anloopstee, aver man kann nargens langer vör Anker gahn.« Er seufzte kurz, stellte das Tablett ab und begann, den dampfenden Tee einzuschenken. »Wat is mit'n Kluntje för de Heer Kommissar?«

Klostermeier, der die ganze Zeit über etwas steif in seinem Sessel gesessen hatte, lief rot an. Ihm wurde heiß. Er hatte zwar kapiert, dass er angesprochen wurde, der Inhalt der Frage hatte sich ihm aber nicht erschlossen. Blitzschnell rekapitulierte er das Gespräch, erkannte, dass er nicht ein Wort verstanden hatte und entschied sich vorsichtshalber dafür, mit »manchmal« zu antworten. Steinbeis runzelte die Stirn und überreichte ihm die Tasse wortlos. Auch Jule blickte Klostermeier irritiert an.

Dieser nutzte die Gesprächspause. »Weswegen wir eigentlich hier sind, Herr Steinbeis: Kennen Sie einen Ridvan Berisha?« Er hielt ihm ohne Umschweife das Foto des Toten hin.

Steinbeis sah ihn einen Moment entgeistert an. Er hatte vor lauter Freude über das unerwartete Zusammentreffen mit einer »Landsmännin« ganz vergessen, wen er da vor sich hatte. Dann nahm er das Bild und betrachtete es ruhig.

»Ja, den kenne ich«, erwiderte er und gab Klostermeier das Foto zurück. »Hat auch schon besser ausgesehen, der Mann.«

»Ja? Wann war das denn?«

»Hm, letzte Woche, Dienstag?«

»Was wollte er denn von Ihnen?«, fragte Jule.

»Nichts Bestimmtes.«

»Können Sie das genauer erklären?«

»Ach, Frau Kommissarin, der Mensch ist ein Abgrund, es schwindelt einem, wenn man hineinblickt.«

»Sehr tiefgründig, Herr Steinbeis!« Klostermeiers Geduld war langsam etwas strapaziert. »Jetzt konzentrieren wir uns mal und kommen zur Sache. Sie kennen den Mann also. Er war letzten Dienstag bei Ihnen – aus welchem Grund? Lassen Sie sich bitte nicht jedes Wort aus der Nase ziehen.« Er nippte an seiner Tasse, verzog das Gesicht und stellte sie wieder ab. Der Tee schmeckte eigenartig. »Hätten Sie vielleicht ein Stückerl Zucker?«, fragte er eine Spur freundlicher.

Steinbeis schaute Jule an und zwinkerte ihr zu. »De Bavaren. Een unstadig un unberekenbor Koppel Lüüt, ne?« Er streckte Klostermeier eine Dose mit Würfelzucker hin. »Doar heb Se hör Kluntje.«

Klostermeier lief wieder rot an. »Danke«, murmelte er betreten, nahm die Dose und warf fünf Stück in seine Tasse.

»Georg«, sagte Jule leise und schüttelte den Kopf.

»Was denn?«, erwiderte Klostermeier, »ich bin halt ein Süßer. Aber jetzt müssen wir wirklich zum Thema kommen. Also. Der Herr Berisha war bei Ihnen letzten Donnerstag. Um was ging's denn?«

»Er wollte wissen, wie es um den Aufbau des Fahrgeschäfts steht. Ob ich noch im Plan sei und alles in der Zeit schaffe, oder ob ich kurzfristig noch Hilfe bräuchte. Fand ich schon ein bisschen seltsam, vier Tage vor Beginn des Oktoberfests. Na ja, und dann habe ich mich erkundigt, was er damit meint. Rein aus Interesse natürlich.«

»Und?«, fragte Jule.

»Immer mit der Ruhe, Frau Kommissarin, ich erzähle es Ihnen ja. Er hat dann gemeint, er hätte mehrere Hilfskräfte an der Hand, die man auch kurzfristig einsetzen könnte und die sehr günstig seien. Da sind bei mir natürlich alle Alarmglocken angegangen. So was geht gar nicht. Das habe ich ihm auch so gesagt und dass er sich jetzt empfehlen darf. Das war's.«

»Wie hat er darauf reagiert?«

»Er hat zwei-, dreimal gefragt, ob ich mir wirklich sicher sei, und meinte, ich solle es mir doch noch mal überlegen, er würde morgen um die gleiche Zeit wieder vorbeikommen. Klang ein bisschen verzweifelt, wenn Sie mich fragen. Ich habe ihm dann noch mal gesagt, dass ich keinen bräuchte, heute nicht und morgen auch nicht und dass er abziehen soll. Und dann hat der mich beschimpft, auf Russisch oder so, wie ein Rohrspatz. Richtig aggressiv ist der geworden. War mir aber egal, ich bin dann einfach gegangen.«

»Und ist er am nächsten Tag wiedergekommen?«

»Nee, ich hab ihn nicht mehr gesehen, bis eben auf dem Foto. Und der ist wirklich tot?«

»Mausetot«, sagte Klostermeier. »Und das Einzige, was wir wissen, ist, dass er sich in den Tagen vor Wiesn-Beginn öfters auf der Theresienwiese aufgehalten hat. Wissen Sie, ob der Berisha auch noch bei anderen Kollegen von Ihnen war?«

Steinbeis verneinte. »Über so etwas spricht man nicht auf dem Oktoberfest. Dafür sind wir alle viel zu sehr Konkurrenten, es ist alles mehr ein Gegen- als ein Miteinander. Man muss ohnehin ständig aufpassen, dass man nicht angeschwärzt wird. So ist das auch nur hier im Süden, bei uns im Norden –«

»Gut, dass Sie zumindest mit uns darüber gesprochen haben«, unterbrach ihn Klostermeier und erhob sich. »Ich würd Sie bitten, dass Sie sich in den nächsten Tagen auf dem Präsidium einfinden und Ihre Aussage zu Protokoll geben. Da ham'S meine Karte. Wenn noch was wäre, dann melden'S sich einfach. Auf Wiederschaun und danke für den Tee. Bisserl süß, aber ansonsten ganz gut.«

»Georg«, flüsterte Jule und errötete.

Als sie aus dem Wohnwagen stiegen, hatte es aufgehört zu regnen. Der Himmel hatte aufgeklart und einzelne Sonnenstrahlen stießen durch die Wolken. Die Schreie der Menschen in den Fahrgeschäften drangen zu ihnen herüber.

Klostermeier sah auf seine Armbanduhr. »Eine halbe Stunde hätten wir noch«, sagte er. »Wennst magst.«

»Ich will.« Jule hakte sich bei ihm ein und sie schlenderten in Richtung Wirtsbudenstraße. Scharenweise zogen die Menschen an ihnen vorbei. Viele waren in Tracht gekommen, wobei es Klostermeiers Kennerblick nicht entging, dass es sich dabei oftmals um Landhausmode handelte und nicht um eine echte Tracht. Mädchen in quietschroten oder rosafarbenen Dirndln gingen Arm in Arm und flirteten lachend mit Jungs, die vor den »In-Geschäften« wie dem *Top Spin*, dem *Free Fall* und anderen warteten. Das Oktoberfest war neben dem größten Volksfest klammheimlich auch die größte Singlebörse geworden. Verständlicherweise, denn im seligen Bierrausch reduzierten sich die Hemmschwellen auf ein absolutes Minimum – oder waren schlichtweg nicht mehr vorhanden. Daher war es seit dem letzten Jahr den weiblichen Besuchern, vor allem denen aus Neuseeland und Australien, verboten, ihre T-Shirts über den Kopf zu ziehen, ganz besonders, wenn sie nichts darunter trugen. Und natürlich war es umgekehrt den männlichen Wiesnbesuchern – aus aller Welt – verboten, diese entblößten Frauen zu fotografieren.

Doch das Oktoberfest war nicht nur zum Flirten da, wie Klostermeier aus Statistiken, aber auch aus eigener Erfahrung nur allzu gut wusste. Die Zahl sexueller Übergriffe stieg von Jahr zu Jahr, teilweise fanden diese noch auf der Festwiese selbst statt. Die sogenannte »Kotzwiese« direkt hinter dem Hacker-Pschorr-Festzelt hatte eine traurige Berühmtheit erlangt. Hier traf sich alles, was sich nach einem Zeltbesuch jenseits von Gut und Böse befand. Wer sich übergeben musste, ließ seinem Inneren hier freien Lauf. Ebenso diejenigen, die einen starken Harndrang verspürten, aber den Weg zu den Toiletten nicht mehr fanden. Den Höhepunkt stellte aber – wie sollte es auch anders sein – der Geschlechtsverkehr da, der ebenso auf dieser Wiese praktiziert wurde. Hier bildeten sich oftmals derartige Massen an Schaulustigen, dass die Polizei hart eingreifen und das sich liebende Paar gewaltsam trennen musste. Es soll sogar schon vorgekommen sein, dass die beiden Liebenden das gar nicht mehr mitbekamen.

Aber wo es Schattenseiten gibt, gibt es auch schöne! Klostermeier zog Jule sanft zu einer nahe gelegenen Schießbude.

»Zehn Schuss«, sagte er zu dem Mann, der die Gewehre lud und an die Besucher verteilte. »Auf die Hasen.«

Jule musste lachen. »Aber Georg, das muss doch jetzt wirklich nicht sein«, setzte sie zaghaft an, aber Klostermeier schüttelte nur den Kopf.

»Doch Jule, des muss sein, weil wenn man mit einem feschen Madl auf der Wiesn ist, dann gehört sich des so!« Er legte an, drückte ab und mit einem blechernen, dumpfen Ton fiel der erste Hase. Klostermeier grinste stolz. Er lud nach, setzte erneut an und schoss einen Hasen nach dem anderen, bis er alle zehn erwischt hatte. »So, und jetzt darfst du dir was aussuchen«, sagte er strahlend zu Jule.

Aber der Mitarbeiter teilte ihnen mit, dass zehn Treffer gerade mal für eine Rose oder ein Stofftierchen reichten. Klostermeier war fassungslos. Zugegeben, er hatte das letzte Mal vor Jahren, wenn nicht Jahrzehnten etwas für ein »Madl« geschossen, aber für so viele Treffer nur so was? Er war drauf und dran, lauthals zu protestieren, doch Jule kam ihm zuvor: »Oh, wie schön, ich hätte gern eine gelbe Rose.« Als sie die Blume überreicht bekommen hatte, tat sie so, als würde sie daran riechen, und säuselte nur »Sie duftet herrlich, Georg«, woraufhin dieser die Plastikrose nahm und sie an Jules Revers festmachte. Um den guten Eindruck gleich noch auszubauen, kaufte er Jule am nächsten Stand noch einen Spieß mit Schokoladenerdbeeren und sich selbst eine Tüte frisch gebrannter Mandeln.

Danach spazierten sie noch ein wenig an den Buden und Fahrgeschäften vorbei, genossen die Sonne, die sich nun gänzlich durchgesetzt hatte, und betrachteten das Treiben um sie herum. So hätte es wohl noch länger gehen können – wäre da nicht ein Mordfall zu klären gewesen.

Auch während der Wiesn hielt Klostermeier an einem seiner wenigen Rituale fest: Er ging montagabends immer zu seinem kleinen Stammtisch ins *Happy Au'r.* Dort war er nicht der Hauptkommissar, sondern einfach nur der Schorsch, und das genoss er sehr. Hier musste er keine Fälle lösen, sondern konnte einfach nur mit seinen Freunden ratschen. An diesem Abend jedoch war es anders. Klostermeiers bester Freund Luca Confine, ein bayerischer Italiener, war ebenfalls da. Sie hatten sich vor zehn Jahren in einem Kaufhaus kennengelernt, wo sie ihre damaligen Damen in der Schuhabteilung zurückgelassen hatten und in das Café im obersten Stockwerk gegangen waren, das zu diesem Zeitpunkt sehr voll gewesen war. Klostermeier war zu Luca an den Tisch gekommen und hatte gefragt, ob er sich dazusetzen dürfe. In dem folgenden Gespräch hatten sie so viele Gemeinsamkeiten entdeckt, dass sie Nummern ausgetauscht hatten. Ihre Ehen gehörten längst der Vergangenheit an, aber sie waren immer noch beste Freunde. Luca arbeitete schon seit Jahren in der Verwaltung beim Münchner Zoll, und Klostermeier erhoffte sich ein paar Informationen zum Thema Schwarzarbeit auf dem Oktoberfest. Als er ins *Happy Au'r* kam, begrüßte er nur kurz seine Spezln und nahm sich Confine gleich zur Seite.

»Du, Luca, sag mal, hättest du kurz a Momenterl für mich, vielleicht unter vier Augen?«

Sein Freund war im ersten Augenblick überrascht, nickte dann aber. Sie setzten sich an einen Bistrotisch, der in dem kleinen Nebenraum des *Happy Au'r* stand. Schwaches Neonlicht beleuchtete den Raum nur spärlich, es roch nach kaltem Rauch.

Confine sah Klostermeier ernst an: »Schorschi, was is'n los? Hast an Ärger mit der Mama?«

»Nein, Gott sei Dank nicht, is was rein Berufliches, ich bräucht einfach ein paar Infos von dir.«

»Heut, am Stammtisch?«, fragte Confine ungläubig, »bist doch krank, Schorschi, ha? Du kennst doch die Regeln: kein Job, keine Politik, keine Religion.«

»Freilich, Luca, aber heut is a Ausnahme, ich brauch einfach ein paar Infos zu den Abläufen beim Zoll, besonders im Bezug auf Schwarzarbeit und Wiesn.«

Luca seufzte. Er mochte es nicht, nach Feierabend über seinen Job zu sprechen, der ihn an manchen Tagen gänzlich, an anderen gar nicht ausfüllte. Andererseits konnte er seinem Spezl auch keinen Gefallen ausschlagen. Er seufzte erneut. »Mamma mia, amico mio. Schieß los, was möchst'n wissn?«

Nachdem Klostermeier ihm die Vorkommnisse und die Zwischenergebnisse der Ermittlungen geschildert hatte, nickte Confine zunächst nur und dachte nach.

»Weißt, Schorschi, wenn ma unserm zuständigen Hauptzollamtleiter glauben darf, dann gibt's auf der Wiesn quasi keine Schwarzarbeit. Also eigentlich gar keine.«

»Geh, Luca, gar keine, bei so einer Riesenveranstaltung, des glaubst doch selber net! Da arbeiten doch a paar Tausend Leut, da muss doch einer falsch spielen, alles andere kann ich mir gar nicht vorstellen!«

Luca hob beschwichtigend die Arme. »Ich weiß nix, Schorsch, ganz ehrlich, ich kann dir auch nur sagen, was ich selbst so hör und mitkrieg. Am besten wär's, du gehst zu dem Zuständigen für die Wiesn, Moritz Hartmann. Guter Mann, wird von allen nur der ›Schwarzarbeitjäger‹ genannt. Okay, ab und zu is der scho a bisserl abgehoben, ich mein allerweil, dem ist sein Erfolg zu sehr zu Kopf gestiegen, aber die Arbeit, die er abliefert, ist eins a! Kommst am besten bei uns vorbei und sprichst mit ihm persönlich, oder was meinst?«

»Vermutlich. Trotzdem danke für deine Info. Und jetzt, würd ich sagen, spendier ich dir ein Dunkles, oder?«

»Ui, des wär a Gschicht, Schorschi, ich hab heut nämlich kein Diridari dabei, der Franzl hat mir des erste Weißbier scho ausglegt.«

Klostermeier klopfte seinem Freund auf die Schultern und lächelte ihn an. »Is scho recht, Luca, is scho recht.« Dann gingen beide zurück in den Hauptraum, wo die anderen Männer schon am Stammtisch auf sie warteten. Der Abend war wie immer heiter und lustig, nur einer war nicht so wie sonst: Klostermeier. Er blieb weitestgehend stumm und beteiligte sich kaum an den Gesprächen, nicht einmal, als es um das übliche Streitthema FC Bayern und 1860 München ging. Er war in Gedanken ganz woanders. Bei dem Toten vom Westkreuz.

Tag 4

Klostermeier schreckte hoch und sah sich hastig um. Sein Herz pochte, sein T-Shirt klebte an seinem Rücken, Schweiß stand ihm auf der Stirn. Als er schluckte, merkte er, dass seine Kehle staubtrocken war. Langsam lehnte er sich wieder zurück in das Kopfkissen. Der Radiowecker zeigte acht Uhr dreißig.

»Herrschaftszeiten«, seufzte er.

Er hatte gestern Abend vergessen, ihn zu stellen. War er so angetrunken gewesen? Er schaltete sein Handy ein, das kurz darauf vibrierte. Jule schrieb, dass er um zehn Uhr einen Termin bei Moritz Hartmann vom Zoll hatte. Klostermeier hatte Jule gestern nach dem Stammtisch eine SMS geschickt und sie gebeten, am nächsten Tag sofort einen Termin bei Hartmann zu organisieren, sobald sie im Büro war.

Er legte den Kopf in beide Hände.

Er hatte geträumt. Von der Wiesn. Er war wieder dort gewesen am Eröffnungstag, mit Jule, Stefan und Andi. Zunächst war alles verlaufen wie an ihrem wirklichen Besuch. Bis zum Auftritt des Bürgermeisters. In Lederhose und langer grüner Schürze trat er entschlossen an das 200-Liter-Fass und trieb den Messinghahn mit zwei kräftigen Schlägen hinein. Der Moderator vom Bayerischen Fernsehen streckte erwartungsvoll das Mikrofon in seine Richtung. Schwungvoll drehte sich der Bürgermeister zum Publikum, streckte den Holzhammer in die Luft und rief die zwei Worte, auf die alle warteten: »Ozapft is!« Gerade wollte er neu ansetzen und die »friedliche Wiesn« beschwören, als ein gellender Schrei durch den Applaus und die Jubelrufe drang. Blitzartig wurde es still. Plötzlich erneut ein Schrei. Dann noch einer. Immer mehr, bis das Zelt erfüllt war von einer schrillen Lärmkulisse. Klostermeier und seine Kollegen drängten sich vor zur Bühne – und dann sahen sie es. Was dort langsam aus dem Hahn quoll und vor dem Fass eine immer größer werdende Pfütze bildete, war kein schäumendes, goldgelbes Bier, sondern eine tiefrote, träge Flüssigkeit. Etwa Blut? Panik brach aus. Die Menschen drängten in Massen zu den Ausgängen, doch die waren verschlossen. Ein paar junge Männer versuchten sie einzutreten, und dann passierte es. Die Türen wichen zur Seite, und als seien Dämme geöffnet worden, schossen riesige Wassermengen auf die Besucher zu. Klostermeier griff instinktiv nach Jules Hand, doch er griff ins Leere. Er drehte sich zu ihr hin und wurde im selben Moment von einer Welle umgerissen und in die Tiefe gerissen. Als er wieder an die Oberfläche gelangte und nach Luft schnappte, begriff er, dass es sich hier nicht um Wasser handelte. Es war Bier! Ein reißender Bierfluss trieb die Menschen von der einen Seite des Festzelts auf die andere. Zwischen ihnen schaukelten die Posaunen und Trompeten der Blaskapelle. Ein grotesk großes Brathendl, gefolgt von einer Riesenbrezn, schwamm direkt vor Klostermeiers Gesicht vorbei. Er machte hastige Armbewegungen und suchte nach Jule. Plötzlich sah er sie etwa dreißig Meter von sich entfernt in der schäumenden Brühe schwimmen. Als er ihren Namen rief, wandte sie sich ruckartig zu ihm und schrie etwas zurück, was er nicht verstehen konnte. Er versuchte, zu ihr zu schwimmen, doch eine Bierbank riss ihn weiter weg von ihr. Wieder rief er ihren Namen, wieder rief sie etwas Unverständliches zurück. Irgendwann war er von den Schreien aufgewacht und hochgeschreckt.

Klostermeier setzte sich auf und schob ein Bein nach dem anderen aus dem Bett. »So ein surrealistischer Scheißdreck«, murmelte er. »Ein Bierfluss, so ein Schmarrn.«

Er schloss kurz die Augen und lauschte. Ganz leise hörte er das Rauschen des Auer Mühlbachs, der hinter seinem Haus vorbeifloss.

Vielleicht war er doch überarbeitet. Brauchte Urlaub, wie es jeder normale Mensch hin und wieder brauchte. Wann hatte er zuletzt ausgespannt, nicht an die Arbeit, an einen ungelösten Fall gedacht? Klostermeier konnte sich nicht erinnern.

Er stand auf und schlurfte ins Bad, vermied den Blick in den Spiegel und zog sich rasch aus. Unter der lauwarmen Dusche regten sich seine Lebensgeister wieder. Urlaub würde er später machen. Jetzt galt es, einen Fall zu lösen, der den Fortlauf der Jubiläumswiesn gefährdete. Wenn bekannt würde, dass zumindest der Verdacht bestand, dass der Tote für einen der Wiesn-Schausteller gearbeitet hatte, könnte das weitreichende Folgen haben.

Um Viertel nach neun trat er aus der Haustür. Die Luft war frisch und roch bereits nach Herbst. Die Kastanien in der Lilienstraße begannen allmählich, sich zu verfärben.

Irene Griesmaier aus dem Nachbarhaus stand am Bordstein. Mit der rechten Hand stützte sie sich auf einen Gehstock, den rechten Fuß schob sie immer wieder vorsichtig in Richtung Straße und zog ihn dann zurück. Sie war sechsundneunzig und lebte allein in einer Wohnung im zweiten Stock. Klostermeier traf sie regelmäßig auf der Straße, unterhielt sich hie und da mit ihr oder half ihr über die Straße. Behutsam trat er neben sie und bot seinen Arm an. »Darf ich's wagen?«

»Schlimm ist des, wenn man nicht mehr laufen kann«, sagte Frau Griesmaier, nahm statt seinem Arm seine Hand und umschloss sie fest.

»Sie san doch wirklich noch ganz fit für Ihr Alter, Frau Griesmaier.«

»Ich sag immer: Hauptsach, der Kopf spielt noch mit.«

Im Schneckentempo bewegten sie sich über die Straße. Als sie die Bäckerei passierten, hob Klostermeier kurz seine freie Hand und winkte Sabine zu, die er durch die gläserne Ladenfront hinter der Theke sehen konnte. Sie winkte zurück.

Sie krochen weiter. Klostermeier spürte Frau Griesmaiers Hand warm in der seinen und musste für einen Augenblick an seine Mutter denken, die noch viel jünger als Frau Griesmaier, aber eine lebende Tote war, seitdem sein Vater gegangen war.

»Wo wollen'S denn überhaupt hin, Frau Griesmaier.«

»A Zeidung hoin. Vorn am Zeitungskasten an der Kreuzung.«

»So weit?«

»Normalerweise holt der Fritz mir die Zeitung, aber er kann heute nicht.«

Er spürte, wie sich ihre Hand zusammenballte. Frau Griesmaier hatte drei Söhne, von denen sie häufig und gern erzählte. Alle drei waren schon pensioniert, der Jüngste, der siebzigjährige Fritz, kümmerte sich noch am meisten um sie.

Klostermeier blieb stehen. »Frau Griesmaier, warten'S kurz hier, ich hol Ihnen die *tz*.« Sonst kommen wir vor Fronleichnam niemals an, dachte er.

»Moment, ich geb Ihnen das Geld.« Sie fischte ihr Portemonnaie aus der Handtasche und begann, mit zittrigen Fingern darin herumzupicken.

»Lassen'S. Geben'S mir nachher des Geld.«

Sie schob ihr Portemonnaie umständlich zurück in die Tasche.

Klostermeier ging rasch zur nächsten Kreuzung, wo sich drei Zeitungskästen befanden, warf die Münzen ein und fischte eine *tz* heraus. Als er zurückkam, stand Frau Griesmaier eng neben einem der angeketteten Stühle vom *Happy Au'r*. Ihre Hand umkrampfte die Rückenlehne.

»Hab ich Ihnen genug Geld mitgebn?«, fragte sie.

»Passt schon, Frau Griesmaier.«

»Schlimm ist das, wenn man nicht mehr laufen kann«, sagte sie.

»Immerhin können'S noch hören und sehen, Frau Griesmaier. Hier ist Ihre *tz* – ich steck sie in Ihre Tasche. Sie schaffen's allein nach Hause?«

»Hauptsach, der Kopf spielt noch mit.«

»Auf Wiederschaun, Frau Griesmaier.«

Er sah ihr noch einen Moment nach, wie sie unendlich langsam davonschlich, gebückt, den Kopf nach vorne gestreckt. Wie eine uralte Schildkröte. Er dachte an eine Sendung, die er vor ein paar Wochen bei seiner Mutter gesehen hatte. Sie hatte über eine uralte männliche Riesenschildkröte berichtet, die auf den Galapagosinseln lebte und die letzte ihrer Art war. Alle Paarungsversuche mit genetisch näher verwandten Schildkröten waren bis jetzt gescheitert. »Lonesome George« hieß das arme Tier. Einsamer Georg. Klostermeier dachte an Jule und seufzte.

Dann zwang er sich, seine Gedanken auf seine nächsten Aufgaben zu richten, und machte sich auf den Weg.

Er war sich nicht sicher, was er bei Moritz Hartmann in Erfahrung bringen wollte, aber er verfolgte seit Jahren schon die Strategie, dort nachzuforschen – und zwar persönlich –, wo er instinktiv Hinweise vermutete. Angesichts eines toten Kosovaren, der während des Wiesn-Aufbaus günstige, sofort verfügbare Arbeitskräfte feilbot, war es sicher keine kriminalistische Meisterleistung, beim Zoll grundsätzliche Informationen über Schwarzarbeit einzuholen, aber es entsprach Klostermeiers bevorzugter Ermittlungsweise: Er wollte alles von Grund auf wissen. Und er machte am liebsten alles selbst, von Anfang an.

Die Isar glitzerte in mattem Türkis, als er über die Ludwigsbrücke ging. Der Turm des Müller'schen Volksbades mit seiner grünen Spitze hob sich leuchtend weiß vor dem strahlend blauen Himmel ab. Klostermeier rannte quer über die Straße, um die Trambahn noch zu erwischen, die eben an ihm vorbeigefahren war und jetzt an der Haltstelle vor dem Deutschen Museum zum Stehen kam. Etwa zwanzig Kindergartenkinder schoben sich zusammen mit ihren Erzieherinnen umständlich aus der vorderen Tür und gaben Klostermeier etwas Zeit. Er erreichte die Tram, setzte sich ganz nach hinten auf eine der beiden

Querbänke und beobachtete durch das Rückfenster das wechselnde Panorama, das sich ihm bot.

Am Hauptbahnhof-Nord stieg er aus, um zu Fuß weiter zum Hauptzollamt in die Sophienstraße zu gehen. Es war mittlerweile fast warm geworden. Klostermeier ging ein paar zügige Schritte und drosselte dann sein Tempo. Er fühlte, wie auf seiner Stirn und unter den Achseln der Schweiß ausbrach, und wusste, dass das nicht nur mit den gestiegenen Temperaturen zu tun hatte. Bevor er in die Luisenstraße einbog, tat er das, was er seit seinem Abschied von Frau Griesmaier hatte tun wollen: Er drehte sich abrupt um. Blitzschnell ließ er seine Augen über die Menschen schweifen. Es waren zu viele. Menschen, die an Ampeln standen, über die Straße liefen, in Richtung Bahnhofsgebäude hetzten, von der Rolltreppe nach oben oder nach unten gespült wurden. Menschen mit Rollkoffern, Aktentaschen und Rücksäcken, mit Kaffeebechern, Zeitungen und MP3-Playern. Er fixierte einige Passanten, doch sie schenkten ihm keine Beachtung, sondern hasteten weiter. Langsam wandte sich Klostermeier wieder um und ging weiter. Er griff wie nebenbei in die Innenseite seiner Jacke, um seine Waffe zu fühlen.

Um zehn Uhr saß er im Büro von Moritz A. Hartmann, Leiter des Zollkommissariats München, Vorgesetzter von Luca und nach dessen wie auch nach eigener Aussage ein höchst engagierter »Schwarzarbeitjäger«.

Auf Hartmanns Schreibtisch befanden sich lediglich ein Flachbildschirm, eine elektronische Maus und eine graue Schreibunterlage. Das einzige Arbeitsgerät, das er sonst noch zu brauchen schien, würde er am Ende des Gesprächs mit Klostermeier zücken, um sich einige Notizen zu machen: Es war ein Kugelschreiber mit der Aufschrift: »Zoll? Find ich toll!«

Klostermeier hörte Hartmann im Nebenraum schallend lachen. Hartmann, ein mittelgroßer Mann Ende vierzig mit korrekt geföhnter Frisur, hatte sich gleich nach seinem Eintreffen entschuldigt – er müsse noch kurz telefonieren. Der »Herr Hauptkommissar« möge doch schon einmal Platz nehmen, er sei gleich da, und die Frau Nonninger (»Klostermeier und Nonninger, na, Sie wären ja ein tolles Paar, haha«) werde ihm in der Zwischenzeit einen Kaffee machen.

»Sie mögen doch einen, oder?«

»Ja, gern«, antwortete Klostermeier.

»Ich frage nur deswegen, weil immer mehr Menschen mit stressigen

Berufen auf den Kaffee verzichten.« Er klopfte sich auf den Bauch, bevor er nach nebenan verschwand. »Dem Magen zuliebe. Ich trinke seit Jahren nur noch Tee.«

Klostermeier sah auf Hartmanns Sakko, das über dem Bürostuhl hinter dem Schreibtisch hing. Er selbst hatte seines angelassen. Er wusste nicht, wie sich die Schweißflecken unter seinen Achseln entwickelt hatten, und wollte kein Risiko eingehen. Er hörte, wie sich Hartmann von seinem Gesprächspartner verabschiedete, und nahm schnell einen Schluck Kaffee, den ihm Frau Nonninger – eine korpulente Dame um die sechzig – gebracht hatte.

Hartmann kam in sein Büro und klopfte Klostermeier im Vorbeigehen auf die Schulter. »Sodala, Herr Hauptkommissar. Jetzt bin ich ganz der Ihre.« Er setzte sich auf seinen Drehstuhl, schlug die Beine übereinander und steckte seine Hände in die Hosentaschen. »Was kann ich für Sie tun? Ihre Mitarbeiterin hat mir vorhin am Telefon grob die Sachlage erklärt, aber ich bin nicht ganz sicher, wie ich Ihnen in diesem Fall helfen kann.«

»Sie könnten mir einige grundsätzliche Informationen zum Thema Schwarzarbeit auf der Wiesn geben.«

Hartmann lachte genauso schallend, wie er es eben am Telefon getan hatte. Als Klostermeier ihn irritiert ansah, verwandelte sich das Lachen in ein stakkatoartiges Meckern und verstummte schließlich.

»Bitte entschuldigen Sie, Herr Hauptkommissar«, sagte Hartmann und fuhr sich mit der Hand über die Augen. »Ich bin etwas überarbeitet im Moment, aber eine Sache ist dafür mit Sicherheit *nicht* verantwortlich.« Er beugte sich nach vorne und stützte die Ellenbogen auf den Schreibtisch. »Das Oktoberfest. Das Oktoberfest ist – nicht erst seitdem ich diese Stelle innehabe, aber gut, vor allem seitdem, das sage ich nicht ohne Stolz – sauber.«

»Was macht Sie da so sicher?«

»Mehr Mitarbeiter in diesem Bereich, effizientere und häufigere Kontrollen, bessere Zusammenarbeit mit den Wirten und Schaustellern. Schon seit Jahren. Das Oktoberfest, das kann ich Ihnen versichern, Herr Hauptkommissar«, Hartmann zeigte eine Reihe blendend weißer Zähne, »ist schwarzarbeiterfrei. Das zeigen auch die Statistiken.«

»Herr Hartmann, ich denk, ich muss Ihnen nicht sagen, dass Statistiken nur die eine Seite sind. Von mir aus gibt's wenig Schwarzarbeit auf der Wiesn, aber es gibt sie mit Sicherheit. Es ist sogar völlig ausgeschlossen, dass es sie dort nicht gibt. Wir haben einen Toten, bei dem der konkrete Verdacht vorliegt, dass er Wirten und Schaustellern illegale Arbeitskräfte vermitteln wollte, und ich bin hier, um von Ihnen verlässliche Informationen dazu zu bekommen. Also: Was macht Sie so sicher, dass es nicht auch hier – wie in vergleichbaren Bereichen – illegale Beschäftigung gibt?«

»Schwarze Schafe gibt es immer wieder, Herr Hauptkommissar. Aber das sind Einzelfälle, Bagatellen. Und vermutlich war Ihr Toter auch so ein Einzelfall. Viele wollen schwarzarbeiten – auch auf dem Oktoberfest. Aber es wird sie keiner nehmen, die Strafen sind einfach zu drastisch und unsere Kontrollen zu engmaschig. Das Oktoberfest ist sauber.«

Klostermeier seufzte. »Gut, dann muss ich Sie bitten, mir sämtliche relevanten Unterlagen und Daten zum Thema Schwarzarbeit auf der Wiesn in den letzten Jahren zukommen zu lassen.« Er erhob sich. »Ich denke, das war es für den Moment.«

»Jetzt immer mal langsam mit den jungen Pferden, Herr Hauptkommissar.« Hartmann stand ebenfalls auf und fischte einen Kugelschreiber aus seinem Jackett über dem Stuhl. »Statistiken, Zahlen – das ist nur die eine Seite, da gebe ich Ihnen recht. Was zählt, ist die Arbeit vor Ort, mit den Wirten, mit den Schaustellern.« Er holte ein Blatt Papier aus einer Schublade, schrieb etwas darauf und reichte es Klostermeier. »Hier, wir haben morgen einen Einsatz auf dem Oktoberfest. Routinesache, aber für Sie sicher interessant. Ort und Zeit habe ich notiert.«

»Herr Hartmann, was ich brauche, sind verlässliche Zahlen und Auskünfte. Ich glaub Ihnen, dass Sie und Ihre Leute gute Arbeit leisten, aber für meine Ermittlungen bringt das nichts.«

»Oh, ich denke doch.« Hartmann steckte seinen Kugelschreiber ein und zwinkerte. »Schauen Sie es sich an, Herr Hauptkommissar, seien Sie dabei.«

Klostermeier seufzte erneut. »Gut, ich werd schauen, was sich machen lässt.«

»Freut mich, Herr Hauptkommissar. Sie werden sehen – bei einer Truppe wie meiner, da hat Schwarzarbeit keine Chance.«

Um kurz vor elf verließ Klostermeier das Hauptzollamt und machte sich auf den Weg in die Arbeit. Den Mann um die Ecke, der ihn seit dem Morgen verfolgt hatte, sah er dabei nicht.

Tag 5

Klostermeier hielt sich dicht an seinen Vordermann, der sich zügig den Weg durch die Masse bahnte. Das Gedränge im Zelt war schon groß. Eine korpulente Bedienung mit geschätzten zehn Maßkrügen in den Händen rammte ihm ihren Ellenbogen in die Seite. »Obacht! Vorsicht! Auf d' Seitn!«, brüllte sie ihm direkt ins Ohr. Klostermeier musste sich zusammenreißen, nicht zurückzuschreien. Er hatte Mühe, sich auf die Aktion zu konzentrieren. Die Blasmusik der Kapelle dröhnte aus den Lautsprechern. Menschen standen auf den Bänken, klatschten und tanzten, ständig rauschten Bierkrüge zusammen, begleitet von einem lauten »Prost!«. Es roch nach Hendl und abgestandenem Fett, nach Schweiß und anderen unangenehmen Körperausdünstungen. Seitdem das Rauchverbot auch hier Einzug gehalten hatte, war es kaum noch auszuhalten.

Hartmann drehte sich zu Klostermeier um: »Jetzt erfolgt der Zugriff! Also anschnallen, Herr Hauptkommissar.«

Dann ging alles ganz schnell. Hartmann und zwei Kollegen liefen direkt auf einen Mitarbeiter des Security Service zu und zogen ihn von der Einlasstür weg.

»Hey, was soll denn das?«, blaffte der Sicherheitsmann.

»Zollkontrolle, Personalausweis, bitte«, rief einer von Hartmanns Männern und hielt dem bulligen Typen seine Dienstplakette hin. Der Sicherheitsmann wusste gar nicht, wie er reagieren sollte. Ohne nachzudenken kramte er hektisch seinen Pass aus der Innentasche seiner blauen Bomberjacke hervor. Der zweite Zollbeamte nahm ihn entgegen und notierte die Daten auf ein Formular, während Hartmann dem verdutzten Sicherheitsmann weitere Fragen stellte:

»Bei welcher Firma sind Sie beschäftigt?«

»Äh, SFS, ähm, Safety First Sicherheitsservice«, stammelte der Sicherheitsmann.

»Wie lange schon?«

»Ja, äh, seit, äh, Mitte Juli. Und jetzt halt vor allem für die Wiesn. Als Verstärkung für die anderen.«

»Krankenkasse?«

»Krankenkasse? Uh, äh, DGK, also Deutsche Gesundheitskasse.«

Klostermeier, der sich etwas außerhalb des Kreises befand, beobachtete das Geschehen genau. Er fand es beeindruckend, wie ruhig und souverän Hartmann trotz des Trubels um ihn herum blieb.

»Verdienst?«

»1200. Brutto.«

»Damit kommen Sie über die Runden?«, fragte Hartmann und grinste schmierig.

Der Sicherheitsbeamte sah ihn scharf an. »Geht Sie das was an?«

Hartmanns Miene verdunkelte sich schlagartig. »Die Fragen stelle ich hier. Sozialabgaben?«

»Boah, Sie wollen was wissen … zahlt mein Arbeitgeber, ist doch klar. Müssen Sie den fragen.«

»Wie geht's nach dem Oktoberfest weiter?«

»Weiß ich nicht. Ich hoffe, dass ich bei SFS weitermachen kann. Is'n cooler Job, wissen Sie? Aber wenn Sie mich hier noch länger festhalten, dann kann ich das wohl gleich vergessen. Sie sehen ja, was hier los ist!«

»Ganz ruhig«, erwiderte Hartmann, »die Arbeitgeber hier auf dem Oktoberfest wissen, dass es unangemeldete Zollkontrollen gibt, wenn's sein muss auch am Samstag um zwanzig Uhr – glauben Sie mir, Ärger gibt's nur, wenn was nicht in Ordnung ist. Also, weiter im Text.«

Nachdem Hartmann sämtliche Antworten auf einem doppelseitigen Fragebogen notiert hatte, war die Sache erledigt. Sie hatte nicht länger als drei Minuten gedauert. Sie überprüften noch zwei weitere Wachmänner und trafen sich anschließend Punkt zwölf mit den anderen neun Zollbeamten, die zeitgleich ihre Kontrollen durchgeführt hatten, im Biergarten vor dem Zelt wieder. Unter ihnen war auch Jule, die sich einer anderen Gruppe angeschlossen hatte. Als sie eintraf, warf ihr Klostermeier nur schnell einen Blick zu. »Alles okay?«

Jule lächelte. »Ja, alles in Ordnung. Sehr interessant gewesen.«

»Und? Irgendwelche besonderen Vorfälle, Kollegen?«, fragte Hartmann.

»Alles sauber, Chef«, erwiderte eifrig ein schnauzbärtiger, offenbar noch recht junger Mitarbeiter der Einsatztruppe. »Wir müssen nur noch die Personalbögen im Büro der Sicherheitsfirma und die Daten beim Finanzamt abgleichen, aber es sieht so aus, als sei alles im grünen Bereich.«

Hartmann lächelte zufrieden. »So, Herr Kommissar, jetzt haben Sie das also auch miterlebt. Wie ich Ihnen gesagt habe – keine Vorkommnisse. Die Leute auf der Wiesn kennen und fürchten mich und meine Truppe eben schon.« Er klopfte Klostermeier auf die Schulter und ließ seine Hand dort liegen.

»Den Eindruck hatte ich auch«, sagte Klostermeier und entzog seine Schulter umständlich. »Aber wie können Sie sicher sein, dass Ihre ›Truppe‹ die schwarzen Schafe wirklich aufspürt. Ich hab den Eindruck, dass das sehr willkürlich ablief. Sie haben ja auch gar nicht alle Mitarbeiter kontrolliert, oder?«

»Ach, papperlapapp, konzentriertes Stichprobennehmen nennt man das. Glauben Sie mir, hier hat keiner eine Chance, ungeschoren davonzukommen – um bei Ihrem Schafbild zu bleiben.« Er kicherte. »Die Strafen schrecken außerdem schon von vornherein ab: Wenn jemand mehrere Leute illegal beschäftigt, dann droht eine saftige Geldstrafe und teilweise sogar Freiheitsentzug. Und wenn es sich dabei um EU-Ausländer ohne Arbeitsgenehmigung handelt, dann wird's richtig teuer – bis in den Hunderttausenderbereich! Und die Konzession für die Wiesn ist selbstverständlich auch futsch. Und die ist wahrlich Gold wert!«

»Das ist mir schon alles klar, Herr Hartmann. Aber es ist doch sehr unwahrscheinlich, dass man einen illegal Beschäftigten prominent an den Eingangstüren platziert. Die sind doch eher beim Kloputzn, im Keller oder was weiß ich wo, aber doch nicht auf den ersten Blick sichtbar.«

»Glauben Sie mir, Herr Kommissar, ich hab da seit Jahren mein eigenes System und der Erfolg gibt mir recht: Auf der Wiesn gibt es keine Schwarzarbeit!«

»Aber –«

»Nichts aber, Herr Kommissar, jetzt haben wir uns eine Brotzeit verdient. Und weil wir ohnehin schon im Biergarten sind, würde ich sagen, bleiben wir doch gleich hier. Bei so einem Prachtwetter sofort ins Büro zurückgehen, wäre doch eine Schande! Außerdem hat die Mittagswiesn in München doch Tradition, oder? Und die soll man doch bewahren, nicht wahr?« Er winkte der Bedienung. »Resi, wir sind so weit! Wo dürfen wir uns denn hinsetzen?«

»Da, Moritz, i hob eich extra meine zwoa bestn Disch freighaltn, d' Sun scheint heit scho so schee.«

Hartmann strahlte. »Dieses Bairisch! Manchmal klingt das doch wie eine Mischung aus Chinesisch und Französisch! Kommen Sie, Herr Kommissar, nehmen Sie Platz. Ihre reizende Kollegin kann sich auch gern zu uns gesellen. Frau Holtkamp, kommen Sie doch hierher!« Er winkte Jule herbei.

»Is scho recht«, murmelte Klostermeier vor sich hin. Er wäre eigentlich lieber ins Büro zurück, um an dem Fall weiterzuarbeiten, doch der bestimmenden Freundlichkeit Hartmanns konnte er sich nicht entziehen. Aber wer weiß – vielleicht würde dieser nach ein bisschen Alkohol und in entspannter Atmosphäre doch noch mehr Informationen preisgeben.

Sie setzten sich an die Tische und bestellten jeweils eine Maß. Das Treiben um sie herum war größer, als Klostermeier das gedacht hätte. Die Mittagswiesn war extra für die Einheimischen eingerichtet worden. Montag bis Freitag gab es bis fünfzehn Uhr verbilligt Essen und Getränke. Wurfbuden und andere Schausteller lockten die Münchner mit reduzierten Preisen. Und doch war es nicht viel anders als sonst. Tausende von Touristen bummelten über das Oktoberfest, der Biergarten, in dem sie saßen, war bis auf den letzten Platz gefüllt und die Sonne brannte auf sie herunter. Manche Besucher versuchten, die weißen Papierservietten, die sie zu ihren Hendln oder Ochsen erhalten hatten, zu Kopftüchern zu formen und sich zumindest notdürftig vor einem Sonnenbrand zu schützen. Andere wiederum – ausschließlich Männer – wollten so viel von der wunderbaren Spätsommersonne aufnehmen wie nur eben möglich und zogen sich gleich oben herum aus.

Klostermeier war heiß. Er schwitzte. Das kühle Bier linderte zwar seinen Durst, schwächte aber seine Konzentration. Jule ging es nicht anders, sie hatte allerdings – in weiser Voraussicht – nur eine Radlermaß bestellt. Auch wenn sie sich dafür ein paar blöde Sprüche von den Zollbeamten einfing.

»Sagen Sie, Herr Hartmann«, setzte Klostermeier an, »Sie kennen und schätzen die Mittagswiesn wohl auch sehr? Oder wie kommt's, dass die Bedienung schon einen Tisch reserviert hatte. Nein, es waren ja sogar zwei!«

»Na sicher, Herr Kommissar, wir kommen jedes Jahr am Montag um diese Uhrzeit hierher. Bei schönem Wetter draußen, bei schlechtem Wetter drinnen, so ist das mit der Resi vereinbart. Ist doch ne schöne Sache, oder? Da staunen Sie von der Mordkommisson, wie wir Zoller es uns auch mal gut gehen lassen, oder? Aber seien Sie versichert, das passiert nur ein Mal im Jahr. Ansonsten schuften wir genauso hart wie Sie.« Er grinste.

Klostermeier nickte. Wie das wohl wäre, wenn er mit seinen Kollegen von der Mordkommission einmal im Jahr zur Mittagswiesn käme? Sicher wären die Bedienungen nicht so freundlich und würden gleich einen Tisch für sie reservieren. Auf der anderen Seite war es auch nicht weiter verwunderlich, dass Hartmann ein wenig hofiert wurde. Mit dem wollte es sich bestimmt keiner verderben hier auf dem Oktoberfest. Und wer wollte schon die Mordkommission im Haus haben? Wenn sie auftauchte, verhieß das meist nichts Gutes.

»Herr Hartmann«, schaltete sich nun Jule ein, »wie ist denn das normalerweise? Untersuchen Sie nur die Security-Leute im Zelt oder gehören auch andere Leute zu Ihrer ›Zielgruppe‹?«

Hartmann lachte höhnisch. »Sie sind wohl noch nicht lange dabei, Frau Kommissarin, was? Natürlich kontrollieren wir nicht nur die Sicherheitsleute, ist doch klar, auch wenn Ihr Kollege das angenommen hat.« Er zwinkerte Klostermeier zu. »Zu unseren Kunden zählen genauso Putzkolonnen, Wurstbrater, Mitarbeiter von Fahrgeschäften, Wiesnbedienungen und Küchenhilfen und so weiter. Eben jeder, der schwarzarbeiten könnte. Nur, und das hatte ich Ihrem geschätzten Kollegen auch schon gesagt, die Strafen sind so drastisch, dass es meiner Meinung nach kaum jemand riskieren würde, mit Schwarzarbeitern erwischt zu werden. Es gab mal einen Wirt, den sogenannten ›Wirte-Napoleon‹, Richard Süßmeier. Der hat damals doch wirklich gemeint, Peter Gauweiler von der CSU vorführen zu können, ehrlich wahr! Sein Schankkellner Biwi demonstrierte vor der versammelten Presse, wie einfach aus einem ganzen Hendl drei halbe werden können. Die Medienleute lachten, Gauweiler nicht. Ganz im Gegenteil. Der hat dann das KVR und uns darauf angesetzt, das Armbrustschützenzelt mal genauer zu untersuchen, und siehe da: Zuerst haben die Kollegen vom Referat Süßmeier drangekriegt wegen schlechten Einschenkens, 4000 Mark hat er dafür zahlen müssen. Und dann haben wir zugeschlagen, und zwar mehr als erfolgreich! Bei einer Razzia haben wir doch glatt dreiundzwanzig illegal Beschäftigte bei ihm im Zelt aufgedeckt. Da war was los, sag ich Ihnen! Gauweiler hat sich gefreut wie ein Schnitzel! Und Süßmeier hat dann tatsächlich noch während der Wiesn seine Konzession verloren. Wir waren sozusagen sein persönliches Wiesn-Waterloo.« Hartmann wieherte los, so sehr amüsierte ihn sein Witz.

So ging es noch ein wenig weiter. Hartmann erzählte seine Zollanekdoten, Klostermeier und Jule hörten entweder gar nicht zu oder nur sehr flüchtig. Sie waren in Gedanken bei dem Toten vom Westkreuz. Viele Fragen gingen den beiden durch den Kopf. Sie konnten einfach keine einwandfreie Verbindung von Ridvan Berisha zum Oktoberfest herstellen. Die Indizien waren da, zuhauf sogar: die Streifenkarte, die Fahrchips, Schmidhuber und Steinbeis, die beide bestätigten, dass Berisha Arbeitskräfte angeboten hatte, die mit Sicherheit nicht angemeldet waren – allein es fehlte die heiße Spur. Hatte Berisha tatsächlich seine Männer auf dem Oktoberfest unterbringen können? Und wenn ja, wo waren sie? Und warum Berisha sterben musste, dazu gab es noch gar keine Anhaltspunkte. Sie mussten noch im Umfeld des Toten recherchieren. Wenn der Tote seinen Mörder gekannt hatte, dann lag es nahe, dass dieser in irgendeiner Beziehung zum Oktoberfest stand. Aber die Suche nach einem Menschen auf dem Oktoberfest kam der nach einer Nadel im Heuhaufen in gewisser Weise gleich.

»Jule«, riss Klostermeier seine Kollegin aus den Gedanken, »trink zam, wir müssen wieder aufs Revier!«

Holtkamp sah ihn verdutzt an. »Ja, aber, ich meine …«

»Nix meinen, sondern machen«, unterbrach sie Klostermeier, »wir ham immer noch einen Toten und keinerlei Anhaltspunkte für den Mörder. Da kann man nicht hier rumsitzen und a Bier saufn. Also, pack ma's! Herr Hartmann, besten Dank für die kleine Einweisung in den Alltag eines Zollbeamten, war sehr eindrucksvoll! Sollte Ihnen noch etwas einfallen im Zusammenhang mit unserem Toten, sein'S doch so nett, melden Sie sich. Hier ham'S meine Nummer.« Er streckte Hartmann seine Visitenkarte hin.

»War mir eine Freude, Herr Kommissar. Und wenn Sie das gute Essen verpassen wollen, ist das natürlich Ihre Sache. Wenn mir noch was einfällt, sind Sie jedenfalls der Erste, der es erfährt.« Hartmann schüttelte den beiden Kommissaren nochmals kräftig die Hände. »Und immer schön sauber bleiben, Kollegen!«

Als sie beide im Büro ankamen, brummte Klostermeier ein wenig der Schädel. Nicht dass er übermäßig viel getrunken hatte, aber eine Maß in der prallen Sonne war schon ausreichend genug gewesen. Jule, der es offensichtlich besser ging, kümmerte sich nochmals um die Akten von

Berisha, während Klostermeier sich in seinen Bürostuhl fallen ließ, tief durchatmete und dann seinen PC startete. Ein wenig Entspannung hat noch keinem geschadet, dachte er, ein bisschen Ablenkung tut sicherlich gut. Mit einem Doppelklick startete er seinen Browser. Bevor er seine Sucheingabe machte, vergewisserte er sich nochmals, dass sich keiner der Kollegen im Büro aufhielt. Er spähte über seinen Bildschirm hinweg in den Raum hinein. Nicht, dass er noch eine peinliche Überraschung erleben musste. Aber die Luft war rein.

Das Bier zeigte seine Wirkung. Klostermeier, der sonst nie privat im Netz surfte, wenn er im Kommissariat war, legte los. Er spürte den Nervenkitzel, dem er sich aussetzte, doch das erregte ihn eher, als dass es ihn zur Vernunft brachte. Zuerst besuchte er seine Standardseiten, die er mittlerweile in- und auswendig kannte. Die meisten Abbildungen hatte er auch schon gesehen. Doch das machte nichts. Seine Augen rasten über die Webseiten, stets auf der Suche nach Nachschub. Er klickte wie besessen. Immer neue Bilder poppten auf, blinkten ihm am Bildschirm entgegen. Er konnte sich gar nicht sattsehen an all den in seinen Augen wundervollen Dingen! Es bereitete ihm eine diebische Freude, immer wieder neue Suchbegriffe einzugeben, um so andere Ergebnisse zu erhalten und auch einmal exotische Exemplare zu Gesicht zu bekommen. Hoffentlich waren auch ältere Modelle dabei oder auch neue, die er noch nicht kannte. Der Mitgliedsbeitrag für diesen Online-Club hatte sich auf jeden Fall schon amortisiert; schon nach drei Monaten, die er nun Premium Member war, hatte er sich über zwanzig Prozent gespart im Vergleich zu früher, als er einfach so den Content, wie das in seinem Club hieß, bezogen hatte. Jetzt wollte er nach bayerischen Exemplaren schauen, die liebte er ganz besonders. Die waren rar, vor allem die schönen, die, die noch nicht jeder in den Händen hatte. Just, als er die Suche starten wollte, klingelte sein Handy. Als wäre er aus einem wunderschönen Traum herausgerissen worden, musste sich Klostermeier erst einmal orientieren. Die Melodie von »Monaco Franze«, die ihm Luca aufs Handy geladen hatte, dudelte laut aus seinem Telefon.

»Georg, Telefon. Sag mal, hörst du dein Handy nicht?«, rief Jule aus dem Nebenraum. Ihre Schritte hallten auf dem Fußboden, sie näherte sich Klostermeiers Büro. Dieser kapierte nun, dass »Gefahr im Verzug« war und klickte hektisch nach dem X oben bei seinem Browser. Vor lauter Nervosität traf er erst beim dritten Versuch, just als Jule sein Zimmer betrat.

»Georg! Bist du taub? Dein Handy läutet wie verrückt! Geh doch mal dran, bei dem Lärm kann sich ja keiner konzentrieren.«

Klostermeier erwiderte nichts. Das war knapp, beinahe hätte Jule ihn erwischt. Das wäre mehr als peinlich geworden. Er zitterte fast ein wenig, als er seine Hand nach seinem Mobiltelefon ausstreckte, um es aus der Innentasche zu fischen. Auf dem Display war keine Nummer angegeben.

»Ja, Klostermeier«, meldete er sich.

»Herr Kommissar, ich bin es, Moritz A. Hartmann. Na, sind Sie tatsächlich noch fleißig im Büro?«

»Sicher, Herr Hartmann, wo sonst?«

»Sehr löblich, Herr Kommissar, sehr löblich! Na, wie auch immer. Ich habe einen mehr als heißen Tipp bekommen und dachte mir, dass das auch für Sie interessant sein könnte!«

»Eha! Na dann schießen'S los!«

»Ja, Oktoberfest, wissen Sie? Ernst zu nehmende Sache, das Ganze. Angeblich gibt es dort doch jemanden, der einen Arbeiter unangemeldet beschäftigt. Ich habe da so einen anonymen Hinweis bekommen, und es scheint wirklich was dran zu sein. Der Mann heißt Schmal, er hat nen Bratwurststand am Ende von der Matthias-Pschorr-Straße, Richtung Bavaria.«

»Und das heißt?«

»Gleich morgen Vormittag wird Schmal kontrolliert. Ich wollte fragen, ob Sie nicht an der Kontrolle teilnehmen wollen? Könnte immerhin sein, dass Sie da Hinweise auf Ihren Toten finden, oder?«

Klostermeier überlegte blitzschnell. War das wirklich realistisch?

»Das wär natürlich möglich«, sagte er dann langsam. »Gut, ich bin dabei!«

»Bestens, Herr Kommissar, bestens. Dann finden Sie sich doch einfach morgen um elf Uhr beim *Toboggan* ein. Ich selbst bin übrigens nicht mit von der Partie, so gern ich wollte. Es handelt sich eben nur um einen einzigen möglichen Schwarzarbeiter, also eher eine kleine Sache für den Zoll. Ich dagegen werde morgen in einer größeren Aktion auf einer Baustelle in Ramersdorf zuschlagen. Polen, angeblich gleich zwei Dutzend! Da lohnt sich's dann halt schon eher, stimmt's, Herr Kommissar? Aber meine Kollegen vor Ort auf der Theresienwiese werden das sicherlich ebenso gut machen wie ich, schließlich haben sie ja alle bei mir gelernt! Ach, und kommen Sie auf jeden Fall in Zivil, bitte, wir wollen ja keine unnötige Aufmerksamkeit erregen. Nicht, dass der Schmal sich am Ende noch verdünnisiert, nicht wahr?« Hartmann lachte lauthals.

»Passt scho, ich bin eh nie in Uniform unterwegs. Danke, Herr Hartmann, Sie könnten uns sehr helfen damit!«

»Kein Ding, Herr Kommissar, schließlich hilft man sich ja unter Kollegen, oder? Also, dann viel Erfolg morgen. Wiederhören.«

Hartmann hatte aufgelegt. Klostermeier dachte nach. Wenn dieser Schmal tatsächlich einen Schwarzarbeiter beschäftigte, wäre es durchaus möglich, dass dieser den Toten kannte. Nicht, dass jeder, der schwarzarbeiten würde, Berisha kennen musste, aber wenn Hartmann Glauben zu schenken war, dann gab es auf der Wiesn wirklich wenige bis keine Schwarzarbeiter. Und das erhöhte natürlich die Wahrscheinlichkeit, dass man sich untereinander kannte. Es war sicher nicht verkehrt, wenn er dabei war! Vielleicht ging ja dann endlich etwas vorwärts im Fall Berisha!

»Jule!«, rief er laut. »Jule, kommst bitte mal rüber!«

Holtkamp streckte ihren blonden Kopf durch den Türrahmen. »Ja, was ist denn?«

»Pass auf, der Hartmann war's, der mich grad angerufen hat. Morgen schlägt der Zoll noch mal auf der Wiesn zu, bei einem Bratwurststand. Scheint ein heißer Tipp gewesen zu sein. Ich werd jedenfalls dabei sein, weil es sich wohl um einen Schwarzarbeiter handelt. Vielleicht hat der ja was mit unserem Toten zu tun? Jedenfalls, der Betreiber des Stands heißt Schmal, der Stand ist neben dem *Toboggan*. Geh, sei so nett, schau doch mal, was du so über den rauskriegst. Also Vorstrafen, war er schon mal auffällig in Bezug auf Schwarzarbeiter, wie steht's um seine Finanzen, wie viele Angestellte hat er so, was hat des KVR über ihn und so weiter. Das volle Programm halt!«

»Klar, Georg, ich schau, was ich herausbekomme. Sonst noch was?«

»Naa, merci auf jeden Fall. Vielleicht kannst grad die Tür zu machen, ich bräuchte ein bisserl Ruhe, muss da an einer Sache konzentriert arbeiten, kon-zen-triert, verstehst, Jule?«

»Schon klar, Herr Hauptkommissar, kon-zen-triert!«

Klostermeier war Jules Ironie entgangen. Gierig wandte er sich wieder seinem Rechner zu, ein kurzes Schütteln der Maus ließ den Bildschirmschoner verschwinden. Er startete erneut seinen Browser und klickte auf »Alle Seiten der letzten Sitzung erneut öffnen«. Gott sei Dank hatte er neulich von Andi diesen Hinweis bekommen, auch wenn der gar nicht ahnte, wozu das seinem Chef dienen sollte. Alle Seiten, auf denen er sich zuletzt bewegt hatte, waren wieder da. Ein kurzes, zufriedenes Lächeln huschte über das Gesicht des Kommissars. Er musste nicht wieder von vorne anfangen, sondern konnte da weitermachen, wo er so unsanft unterbrochen worden war.

»Jetza, gehts nur her, ihr Schätze«, murmelte er vor sich hin und widmete sich wieder der Suche nach wunderschönen Exemplaren bayerischer Herkunft. Auch die, die nach Bayern geschickt worden waren, interessierten ihn. Besonders, wenn sie aus dem Ausland kamen. Manche der Offerten waren allerdings unbrauchbar, da sie von ihren Besitzern offenkundig zu schlecht behandelt wurden, andere waren hingegen allererste Sahne. So eine wollte Klostermeier sich jetzt unbedingt sichern: eine ausländische Exotin, die in Bayern gelandet war! Wenige Klicks, schon hatte er sie sich genau angeschaut, als herausragend eingestuft und war sicher, sie sich holen zu wollen. Doch genau in dem Moment, als er den Vorgang abschließen wollte, klingelte schon wieder sein Telefon, dieses Mal aber jenes, das auf seinem Schreibtisch stand. Fluchend klickte Klostermeier seinen Browser zu und nahm den Hörer ab.

»Ja?«, brummte er genervt in sein Telefon.

Eine Männerstimme mit osteuropäischem Akzent meldete sich.

»Spreche ich mit Kommissar Klostermeier?«

»So isses, und mit wem hab ich die Ehre?«

»Das spielt jetzt keine Rolle. Können wir ungestört sprechen? Sind Sie allein?«

Klostermeier richtete sich kerzengerade auf.

»Wer sind Sie?«

»Sie ermitteln doch in dem Mordfall am Westkreuz, richtig?«

»Sagen Sie mir, wer Sie sind. Davor werde ich Ihnen keine Antworten geben. Wie sind Sie an diese Nummer gekommen?«

»Viel haben Sie ja noch nicht herausgefunden, Herr Kommissar, wenn ich Ihnen das sagen darf.« Der Mann lachte hämisch.

Klostermeier schwieg.

»Ich habe Informationen zu Berisha, die Sie interessieren dürften!«

»Gut, dann erzählen Sie mir davon.«
»Das kann ich Ihnen nicht am Telefon sagen.«
Klostermeier hörte im Hintergrund eine Trambahn bimmeln.
»Wo sind Sie?«, fragte er.
»Lassen Sie uns das unter vier Augen besprechen. Ich garantiere Ihnen, dass Ihnen meine Informationen weiterhelfen werden.«
»Auch gut, kommen'S halt her in mein Büro, da können wir ungestört reden. Ettstraße 2, gleich hinter'm Isartor.«
»Nein, nein, das geht nicht, ich darf nicht gesehen werden. Ich mache Ihnen einen anderen Vorschlag. Wie wäre es mit dem *Happy Au'r* in der Lilienstraße? Morgen um zwölf Uhr mittags.«
Klostermeier spürte, wie sein Herz schneller klopfte. War das ein Zufall? Oder woher wusste der Unbekannte von seiner Stammkneipe? War er etwa beobachtet worden? Aber er hatte nichts gesehen, auch wenn ihn hin und wieder ein mulmiges Gefühl beschlichen hatte, wenn er unterwegs war. Er ließ sich seine Unsicherheit nicht anmerken, reagierte auch nicht weiter auf den Vorschlag seines Gesprächpartners und sagte lediglich: »Um zwölf Uhr im *Mariandl*, das ist gleich hinter dem Oktoberfest am Beethovenplatz. Ich bin vorher eh um die Ecke, das wäre für mich zu schaffen. Passt des?«
Der Mann schwieg eine Weile. »Na gut, Herr Kommissar, von mir aus. Um zwölf Uhr dort. Ich erwarte Sie allein! Und seien Sie versichert, ich würde es merken, wenn andere Bullen oder Ihre sehr hübsche blonde Kollegin aus der Baaderstraße Sie heimlich begleiten würden!«
Jule. Er hatte Jule ebenfalls beobachtet.
»Gut, ich komm allein, ganz sicher. Woran erkenne ich Sie?«
»Keine Sorge, ich erkenne Sie. Seien Sie einfach da. Bis morgen!«
»Aber –«
Das Freizeichen war zu hören. Der Mann hatte aufgelegt.

Nachdem er aufgelegt hatte, streichelte er zufrieden über sein Handy. Es war sein erstes Telefonat gewesen, seitdem er es in dem Laden in der Schwanthalerstraße gekauft hatte, und er fragte sich, warum er das nicht viel eher gemacht hatte. Weil der Boss es ihm verboten hatte? Ha! Der würde es ohnehin nicht mitbekommen, wie auch. Aber er musste ihn anrufen, es war Zeit für das tägliche Telefonat. Er sah sich rasch nach einem öffentlichen Telefon um. Auch wenn die Nummer seines Handys unterdrückt war, wollte er nichts riskieren. Der Boss hatte ihm gesagt, dass er am Telefon einen Computer habe, der ihm sagen könne, ob von einem Handy aus angerufen werde. Vielleicht stimmte das. Vielleicht war es auch nur eine Lüge, um ihm Angst zu machen. Aber bald wäre es mit diesen Schikanen vorbei.

Das Gespräch dauerte nicht sehr lange. Der Boss wollte prüfen, ob wirklich alles seinen gewohnten Gang ging und sich am nächsten Tag mit ihm in der Nähe eines Einsatzortes treffen. Bitteschön, er hatte nichts dagegen, gar nichts.

Nachdem er aufgelegt hatte, holte er sein Handy wieder aus der Tasche und sah es an. Er freute sich auf morgen. Er hatte umwerfende Neuigkeiten für seinen Chef.

Tag 6

Am 23. September verließ Christian Böhm um halb neun Uhr seine Wohnung in der Schluderstraße. Er hatte gerade Urlaub und war auf dem Weg, um seinen sechsjährigen Sohn Jakob bei seiner Exfrau Eva abzuholen, die ganz in der Nähe wohnte. Die Scheidung war für alle hart gewesen, aber Jakob hatte am meisten darunter gelitten, und seine Eltern hatten schon im Frühjahr beschlossen, ihn in diesem Jahr nicht einzuschulen, sondern ihm noch ein Jahr Zeit zu geben, bevor er sich den neuen Anforderungen stellen musste. Lesen konnte er ohnehin schon, seitdem er fünf war. Jakob war ein stiller, sensibler Junge und verbrachte Stunden damit, in den »Kinderuni«-Büchern zu schmökern und anschließend das Gelesene in einer seltsam monotonen Stimme wiederzugeben, wobei man nie wusste, ob er Kommentare und Einwände erwartete oder gern ohne Unterbrechung monologisierte. Christian Böhm musste zugeben, dass er seinen Sohn gelegentlich seltsam fand. Jakobs Kindergarten war wegen eines Streiks seit Tagen geschlossen und weil Eva arbeiten musste, war Christian Böhm täglich eingesprungen und hatte auf ihn aufgepasst, obwohl er seine freie Zeit lieber anders verbracht hätte, wenn er ehrlich war. Heute würde er mit den beiden zusammen frühstücken und später mit Jakob auf die Wiesn gehen. Er wusste nicht, ob das eine gute Idee war. Er selbst hatte es als kleiner Junge geliebt, mit seinen Eltern auf das Oktoberfest zu gehen, aber er war auch ein anderes Kind gewesen als Jakob.

Er schaute zum Himmel. Vereinzelte Schäfchenwolken auf strahlend blauem Himmel. Zumindest würde das Wetter gut werden. Er strich sein helles Sommerjackett glatt, bevor er den Klingelknopf drückte, auf dem Evas Mädchenname stand, und atmete tief durch.

Um kurz nach elf waren Georg Klostermeier und vier Mitarbeiter des Zolls – zwei hatten sich als Wolf und Fraunthaler vorgestellt, die Namen der anderen hatte er schon wieder vergessen – auf dem Weg zur Bratwurstbude von Egidius Schmal. Klostermeier genoss das zügige Tempo, in dem er und die anderen Männer voranschritten, und die lässig-unauffällige Eleganz, mit der sie sich den Weg durch die Menschen bahnten, die jetzt schon einigermaßen zahlreich unterwegs waren. Er bewegte sich gern und war doch in den letzten Jahren mehr und mehr zum »Schreibtischtäter« geworden. Vielleicht sollte er wieder mehr joggen. Drei- bis viermal die Woche, wie früher, vom Deutschen Museum bis zum Tierpark und wieder zurück, knapp zehn Kilometer. Und vielleicht doch wieder ins Fitnessstudio gehen und etwas mehr auf die Ernährung achten und weniger Ungesundes – der Duft frischer Bratwürste riss ihn aus seinen Gedanken.

Er und Fraunthaler traten an den Stand, die drei anderen Männer platzierten sich in einigem Abstand und jeweils fünf Meter voneinander entfernt vor die Bude, um im Ernstfall aus verschiedenen Richtungen eine mögliche Verfolgung starten zu können.

In dem Stand wendete ein Mann mittleren Alters gerade ein paar Bratwürste.

»Grüß Gott«, sagte Fraunthaler, »sind Sie Herr Schmal?«

Der Mann sah auf. Er war sehr dick und die weiße Schürze vor seinem mächtigen Bauch spannte. Geplatzte Äderchen überzogen seine Nase und Wangen. »Der bin ich, ja. Was hätten'S denn gern?«

»Eine Auskunft bitte. Zollkontrolle. Bitte zeigen Sie mir die Papiere und die Arbeitserlaubnis Ihrer Mitarbeiter.«

Für einen Augenblick zuckte es in Schmals Gesicht, doch schon im nächsten Moment hatte er sich wieder unter Kontrolle.

»Würd ich gern, aber ich hab dieses Jahr keine.« Er griff mit der Grillzange nach einer Wurst und drehte sie bedächtig um. »Die Gschäfte san nimmer so gut wie die letzten Jahre.«

»Herr Schmal«, sagte Klostermeier, »uns liegen diesbezüglich andere Informationen vor. Bitte zeigen Sie uns jetzt die Papiere Ihrer Mitarbeiter.«

Schmal schwieg und wendete erneut eine Wurst. Klostermeier sah, dass seine Hand leicht zitterte. Ein seltsames Gefühl überkam ihn und er hätte später nicht sagen können, was ihn bewog, genau in diesem Moment den Blick nach links zu wenden. Zwischen den anderen Menschen machte er einen jungen Mann aus, der gedankenverloren in ihre Richtung schlenderte. Seine Haare waren fast schwarz und kontrastierten mit dem weißen T-Shirt und der langen weißen – Schürze! Eine Schürze, wie man sie in Bratwustbuden trug! Der Mann war etwa fünfzig Meter entfernt. Klostermeier wandte sich langsam wieder nach vorne.

»Auf neun Uhr nähert sich interessantes Objekt«, raunte er Fraunthaler zu. »Aber jetzt nicht schauen.«

Im selben Moment hätte er sich ohrfeigen können über seine Unfähigkeit, den Mund zu halten. Fraunthaler machte einen abrupten Schritt zurück, blickte nach links, um dann genauso hastig wieder an den Stand heranzutreten.

»Herr Schmal, könnt es sein, dass Ihre Mitarbeiter gerade einfach nur unterwegs sind?«, fragte er.

Egidius Schmal schüttelte den Kopf. Dann beugte er sich blitzschnell so weit über den Tresen wie sein Bauch es zuließ, und schrie aus seiner Bratwurstbude: »Artan, schaug, dass'd weiderkimmst!«

Klostermeier und Fraunthaler wandten sich entsetzt um, die drei Kollegen starrten sie fragend an. Klostermeiers Blick traf auf den des jungen Mannes. Dieser war stehen geblieben, die Augen angstvoll geweitet. Für eine Sekunde blieb er wie angewurzelt stehen, dann machte er auf dem Absatz kehrt und sprintete davon.

»Wir sprechen uns noch, Herr Schmal!«, zischte Klostermeier und rannte los. Er hörte Fraunthaler noch etwas rufen von »Zugriff!« und »Verstärkung!« und nahm an, dass ihm die Mitarbeiter vom Zoll folgen und zusätzliche Polizisten bald zur Stelle sein würden.

Im Zickzackkurs rannte er in die Richtung, in die der Mann verschwunden war, stieß immer wieder mit Menschen zusammen, entschuldigte sich, rannte weiter, hörte ihre empörten Rufe hinter in seinem Rücken. »Passen Sie doch auf, Sie Vollidiot!«

Er darf die Wiesn nicht verlassen, dachte er. Wenn er irgendwo in den Straßen verschwindet, dann ist er weg.

Er fragte sich, ob die Männer vom Zoll direkt hinter ihm waren oder ihn schon längst überholt hatten, wollte sich aber nicht umschauen, weil er fürchtete, dann den dunklen Haarschopf aus den Augen zu verlieren, den er mühsam im Blick behielt und der immer wieder verschwand und dann wieder auftauchte.

Er will zum Ausgang!, dachte Klostermeier. Zefix, wo sind denn die anderen? Er griff nach seinem Handy in der linken Innentasche seines Jacketts, fand es nicht sofort, verlangsamte seinen Schritt und sah einen Moment nicht nach vorne.

»Sagen Sie mal, können Sie nicht schauen, wo Sie hinrennen!«

Er war in einen Mann in seinem Alter gerannt, der einen lächerlichen Plüschteddy in der einen, einen kleinen Jungen an der anderen Hand hielt. Der Junge hatte Zuckerwatte in der Hand, einen verschmierten Mund und sah Klostermeier mit großen Augen an.

»Entschuldigen Sie bitte«, sagte Klostermeier und schob den Mann, der zu weiteren Schimpftiraden anhob, zur Seite. »Nicht jetzt.«

Er rannte weiter. Fieberhaft suchten seine Augen nach dem schwarzhaarigen Mann in der weißen Schütze. Er hatte ihn verloren! Nein – halt! Da lief er, er war fast am Ausgang. Aber was war jetzt? Er blieb plötzlich stehen und ging, wie beiläufig, auf den *Toboggan* zu. Klostermeier hielt an und ging langsam ein paar Schritte. Was war passiert? Der Mann musste doch wissen, dass sie ihm gefolgt waren. Klostermeier drehte sich um. Etwas hinter ihm standen die Männer vom Zoll, die ihm offensichtlich die ganze Zeit auf den Fersen gewesen waren. Sie schienen ebenfalls bemerkt zu haben, dass der Flüchtende stehen geblieben war, und sahen ihn fragend an. Klostermeier bedeutete ihnen mit einem Handzeichen, dass sie zurückbleiben sollten. Als er sich wieder nach vorne wandte, wusste er, warum der Mann nicht weitergelaufen war: Vom Eingang her näherten sich zwei Polizisten. Der Mann saß in der Falle! Wenn er nicht … wenn er nicht zwischen den Fahrgeschäften verschwinden würde! Klostermeier fing an zu rennen.

»Stehen bleiben!«, rief er. »Polizei!«

Die Menschen in seiner unmittelbaren Umgebung stoben auseinander, ein paar stießen erschrockene Schreie aus. Der junge Mann in der Schürze wandte sich langsam um und sah Klostermeier direkt ins Gesicht. Dann drehte er sich wieder nach vorne, sprintete los und drängte sich durch die am Kassenhäuschen Wartenden hindurch. Er schob sich an einem Mitarbeiter vorbei, sprang auf das Förderband, das die Fahrgäste zur Mitte des Turmes transportierte, stellte sich seitlich und fuhr in sicherem Stand, die Beine hüftbreit auseinandergestellt, die Arme vor der Brust verschränkt, nach oben.

Die Menschen vor dem *Toboggan* johlten und klatschten. Es kam nicht häufig vor, dass jemand die Fahrt auf dem Band so souverän meisterte, noch dazu in einer knielangen Schürze. Die meisten Fahrgäste, die die Hilfe der *Toboggan*-Mitarbeiter ausschlugen, stürzten wegen des schnellen Tempos des Förderbands und des statischen Handgriffs schon im unteren Drittel und wurden auf dem Bauch oder Rücken liegend, gelegentlich auch rückwärts nach oben gefahren – sehr zur Belustigung der Zuschauer, die oft zu mehreren Hundert vor dem Fahrgeschäft standen.

Klostermeier war dem Mann ohne nachzudenken nachgestürmt, doch als er auf das Band springen wollte, schloss sich etwas wie ein Schraubstock um seinen Arm.

»Wenn hier Tag der offenen Tür wär, dann hätt ma des unten angschlagen«, hörte er die raue Stimme eines Mannes. »Sie gengan jetzt zruck und stelln sich wie alle anderen unten an. Ihren Spezl schnapp ma uns, wenn er wieda unten is.«

»Polizei«, raunte Klostermeier. »Wenn Sie mich ned augenblicklich loslassen, wird des die schlechteste Wiesn Ihrer Geschichte, des garantier ich Ihnen.«

Der Mann sah ihn zweifelnd an und lockerte für einen Moment seinen Griff. Klostermeier nützte die Gelegenheit, um sich von ihm loszureißen. Das Nächste, was er hörte, war der Aufprall seines eigenes Gesäßes auf dem Band, gefolgt von aufbrandendem Gelächter und Applaus. Es hatte ihm regelrecht die Füße weggezogen und er beschloss, seine Position bis nach oben nicht mehr zu ändern, um nicht noch mehr Heiterkeit auszulösen. Er fuhr auf dem Rücken liegend, die Beine abgewinkelt aufgestellt, nach oben und sah in den blauen Himmel. Schön, dachte er kurz, Cumulus humilis. Schönwetterwolken.

Am Ende des Bands wartete ein junger Mann mit ausgestreckter Hand auf ihn, nach der Klostermeier dankbar griff.

»Wo ist der Typ in der weißen Schürzn hin?«, fragte er, während er hochgezogen wurde. »Ist der hier hinten irgendwo runtergeklettert?«

Der junge Mann sah ihn verständnislos an. »Wieso runter*geklettert*? Runtergerutscht ist er halt, wie alle anderen auch.«

»Aber …«

»Nichts aber, jetzt schauen Sie mal, dass Sie weiterkommen, die anderen Fahrgäste wollen auch was für ihr Geld. Gehen Sie bitte rauf und rutschen Sie dann runter. Aber jeder nur eine Unterlage!«

»Des is doch lächerlich! Kann ich ned hier schnell an der Seite wieder runtergehen?«

»Geht nicht, Sicherheitsvorschriften.«

»Zefix nochmal.« Klostermeier rannte die Stufen zur Turmspitze hinauf, vergaß, sich eine der Sackleinwände, die als Unterlage dienten, zu nehmen und rutschte auf dem Hosenboden los. Schon nach der ersten Kurve blieb er stehen. Fluchend schob er sich mit den Händen an.

Als er endlich am Ende der Rutsche ankam, hatte er zwei junge Frauen im Dirndl im Rücken, die zu ihm aufgefahren waren. Die vier Männer vom Zoll warteten bereits auf ihn. Einer von ihnen schüttelte den Kopf.

»Herr Klostermeier, was hat Sie denn geritten? War doch klar, dass der Kerl runterrutscht. Zwei Ihrer Kollegen haben ihn schon festgenommen und warten mit ihm am Eingang auf Sie.«

»Aha, klar war das also«, sagte Klostermeier und half den kichernden Frauen aus der Rutsche. »Aha. Und was, wenn der hinterm *Toboggan* verschwunden wäre? Wenn er abgehauen wäre? Immerhin hab ich noch was unternommen, während Sie tatenlos hier rumgestanden sind und ...«

»... den *Toboggan* von allen Seiten umstellt haben, Herr Klostermeier. Der Typ hatte keine Chance. Er ist uns direkt in die Arme gerutscht und hat keinerlei Widerstand geleistet.«

Klostermeier putzte sich den Staub von der Hose. »Aha. Am Eingang sagen Sie.« Er sah auf die Uhr. »Zefix.«

»Herr Klostermeier?«

»Es ist so, dass ich jetzt gleich einen Termin habe, einen wichtigen. Bitte«, er befühlte vorsichtig den Teil seiner Hose, auf dem er gerutscht war, »bitte sagen Sie den Kollegen, dass sie den Herrn zu uns aufs Präsidium bringen, man wird sich dort um ihn kümmern. Ich muss los.«

»Machen wir sofort.«

»Gut, sehr gut.« Klostermeier wandte sich zum Gehen. »Und äh – bitte ... des mit meiner Rutschpartie ... wär schön, wenn des unter uns bleibt.«

Christian Böhm fühlte sich unbehaglich. Die Menschenmassen begannen ihn zu nerven und ihm war zu warm. Er hätte gern sein Sakko ausgezogen, aber in der linken Hand trug er einen großen Bären in wunderlichen Farben und seine rechte war durch eine Mischung aus Softeis- und Zuckerwatterückständen fest an die seines Sohnes geklebt. Jakob hatte seit etwa dreißig Minuten nichts mehr gesagt und schlurfte lustlos neben ihm her, obwohl sie erst eine Stunde auf der Wiesn waren. Jakob war alleine Kettenkarussell und zusammen mit ihm eine Runde Autoskooter gefahren, hatte dann aber behauptet, dass ihm schlecht sei und er zur Mama wolle.

»Weißt du, was wir jetzt machen, Jakob?«

Keine Antwort.

»Wir gehen zum *Schichtl.* Weißt du, was das ist?«

Schweigen.

»Das älteste Theater auf dem Oktoberfest. Und da passiert jeden Tag was ganz Außergewöhnliches. Was Gruseliges. Willst du es hören?«

»Hmm.«

»Beim *Schichtl* werden jeden Tag Menschen geköpft! Mit der Guillotine. Sie werden aus dem Publikum geholt, auf die Bühne gebeten und ratsch – schon liegen sie unter der Guillotine und der Kopf ist ab! Und das ist richtig realistisch, der Kopf wird an den Haaren hochgehalten, die Augen stieren ins Leere, das Blut tropft unten raus und …«

»Papa?«

»Ja?«

»Kinder sollten so was nicht sehen.«

»Wer sagt das – die Mama?«

»Nein, ich.«

»Ah.«

»Das Erleben direkter und indirekter Gewalt hat immer Auswirkungen auf Kinder.«

»Ah.« Er hatte definitiv einen seltsamen Sohn. Auf der anderen Seite hatte Jakob natürlich recht. Christian Böhm war sich plötzlich auch gar nicht mehr sicher, ob Kinder überhaupt in die *Schichtl*-Vorstellungen durften.

»Aber Geisterbahn fahren wäre okay«, sagte Jakob.

»Ach, Geisterbahn fahren ist okay? Aber das sind doch auch gruselige Kerle drin.«

»Ja, aber die tun nichts. Die sind eher lustig.«

»Das beim *Schichtl* ist auch – na gut. Wie Sie wünschen. Fahren wir Geisterbahn.«

Vor der *Castle of Horror* in der Schaustellerstraße blieben sie stehen. Ihre Fassade war wie eine alte marode Ritterburg gestaltet. Aus den Fenstern in den Türmen beugten sich Männer in Mönchskutten, die statt eines Gesichts schwarze Löcher hatten, aus denen zwei rot glühende Augen stierten. Aus einem Erker ragte die Hand eines Skeletts. Leicht blechernes Stöhnen dröhnte aus mehreren Lautsprechern. Überall hingen Spinnweben.

Christian Böhm fühlte, wie sich die klebrige Hand seines Sohnes in der seinen anspannte.

»Wir müssen da nicht reingehen, Jakob.«

»Doch, ich will ja.«

»Gut, na dann lass uns mal anstellen.«

»Papa …«

»Ja?«

»Ich will aber mit dir fahren.«

»Na klar, mit wem denn sonst?«

»Manche müssen mit den gruseligen Puppen fahren«, flüsterte Jakob.

»Mit welchen Puppen? Nein, Jakob, es fahren immer zwei Fahrgäste miteinander.«

»Aber wenn wir drankommen und es ist grad der Wagen mit der Puppe da, was machen wir denn dann?« Verzweiflung schwang jetzt in Jakobs Stimme mit.

Christian Böhm ging in die Hocke und wackelte mit dem Bären. »Aber Jakob«, sagte er mit tiefer Stimme, »ich und der Papa, wir kommen doch mit in die Geisterbahn.«

»Schau doch mal, Papa!«, rief Jakob.

Christian Böhm richtete sich wieder auf und schaute in die Richtung, in die Jakobs Zeigefinger wies. In dem letzten der Waggons, die aus der Geisterbahn kamen und sich aneinanderreihten, saß ein Mann. Sein Kopf war auf die Brust gesunken. Der Wagen war offensichtlich eben aus der Bahn gefahren.

Christian Böhm lachte. »Ach Jakob, das ist ein Betrunkener, der eingeschlafen ist. Weißt du, wenn man richtig viel Bier trinkt, dann kann man überall auf der Welt einschlafen, auch mal in der Geisterbahn. Die Männer, die bei der Geisterbahn arbeiten, werden ihn gleich höflich aufwecken und bitten zu gehen.«

»Aber da ist Blut.«

Böhm kniff die Augen zusammen. Das hellblaue T-Shirt des Mannes war tatsächlich feucht – aber war es wirklich Blut? Er ging ein paar Schritte auf den Mann zu und wandte sich im nächsten Moment abrupt zu Jakob um.

»Bleib, wo du bist! Geh keinen Schritt weiter!« Er drückte seinem Sohn den Teddy in die Hand und zog sein Jackett aus. »Ist ein Arzt hier?«, schrie er. »Wir brauchen sofort einen Arzt! Hier ist ein Verletzter!«

»Papa!«, brüllte Jakob.

Ein paar Menschen kamen angelaufen. Eine Frau verständigte mit dem Handy den Notarzt, während Christian Böhm über die Absperrung kletterte und sein Jackett auf die Brust des Mannes presste.

»Hallo! Können Sie mich hören!« Er legte seine Hand an den Hals des Mannes, um seinen Puls zu fühlen, und zog sie wie elektrisiert weg. »Oh mein Gott«, flüsterte er und hob seine Finger. Sie waren blutverschmiert.

Im selben Moment fuhr der nächste Wagen aus der Geisterbahn und stieß an den vor ihm stehenden. Der Kopf des Mannes kippte leicht nach vorne, dann nach hinten und offenbarte eine lange, klaffende Wunde am Hals. Man hatte ihm die Kehle durchgeschnitten.

An den Rest des Tages würde sich Christian Böhm sein Leben lang nicht mehr erinnern können. Wie durch einen Schleier nahm er wahr, dass Mitarbeiter der Geisterbahn angelaufen kamen, dass später ein Notarztteam eintraf und ihn von dem Toten wegschob und jemand irgendwann Jakob zu ihm brachte, dessen Weinen er wie aus weiter Ferne hörte. Er wusste später nicht mehr, wie er Eva verständigt hatte, wie er Jakob nach Hause gebracht hatte und in seine eigene Wohnung gekommen war.

Er stand da wie ein Geist. Er starrte schweigend auf den blutverschmierten Ärmel seines Sommerjacketts, während sich immer mehr Menschen um ihn versammelten.

Im *Café Mariandl* war es fast leer und sehr ruhig. Klostermeier lehnte sich seufzend in seinem Stuhl zurück. Was für ein Tag und dabei war er erst zur Hälfte vorbei. Ein zwielichtiger Bratwurstbudenbesitzer, ein fliehender Artan in Schürze, eine Verfolgungsjagd über die halbe Wiesn, die lächerliche Aktion auf dem *Toboggan* – Klostermeier stöhnte leicht auf bei dem Gedanken daran – und jetzt noch ein zweifelhaftes Treffen mit einem zweifelhaften Mann. Er nahm einen Schluck von seinem Kaffee und sah auf seine Armbanduhr. Ein zwielichtiger Mann, der auch noch zu spät kam!

Sein Handy klingelte. Wollte der Unbekannte womöglich doch absagen? Nein, der hatte ihn auf dem Präsidium angerufen und konnte unmöglich auch noch seine Handynummer haben.

Er zog das Handy aus seiner Jackentasche. Es war Jule.

»Servus, Jule. Was würdst du sagen, wenn ich an dieser Stelle hoch und heilig versichere, dass du der Höhepunkt meines Tages bist.« Er hätte sich am liebsten auf die Zunge gebissen. »Also, dass dein Anruf das bisher Angenehmste meines bisherigen Tages ist?«

»Georg, du musst sofort herkommen!« Jule klang angespannt.

»Ins Büro? Des geht nicht, ich hab hier einen wichtigen Termin. Kann des nicht warten?«

»Nicht ins Büro, Georg. Auf die Wiesn.«

Einen Moment war er perplex.

»Da war ich doch grad. Was machst du da? Die wollten den Kerl doch zu euch bringen.«

»Georg, jetzt hör mir doch zu. Wir haben einen Toten. Er wurde offensichtlich in der Geisterbahn ermordet. Jemand hat ihm die Kehle aufgeschlitzt.«

Für einen Moment war Klostermeier sprachlos.

»Jessas«, sagte er dann. »Was für eine Scheiße. Hör zu Jule«, er schloss die Augen und massierte sich mit einer Hand die rechte Schläfe, »könntest du … könntet ihr des kurz alleine machen … ich steck hier fest bei einer wichtigen Sache und würde dann später …«

»Georg.« Jules Stimme klang jetzt tonlos. »Du solltest wirklich kommen.«

Er unterbrach seine Massage und sah auf. »Jule, was ist los?«

»Der Tote … hat …«

»Was hat er, Jule?«

»Er hat deine …?«

»Meine was? Was hat er mit mir? Verdammt noch mal, Jule, jetzt sag schon, was los ist.«

»Er hat mit dir telefoniert, Georg. Du bist vermutlich einer der Letzten, der vor seinem Tod mit ihm gesprochen hat.«

Tag 7

Die Tür der Kabine nebenan ging auf und wurde verriegelt. Ein Gürtel öffnete sich, eine Hose glitt zu Boden. Die Gürtelschnalle klirrte leise, als sie auf die Fliesen stieß. Mit einem erleichterten Stöhnen ließ sich jemand auf die Klobrille nieder, die kurz aufquietschte.

Klostermeier rollte die Augen. Die Ruhe war vorbei. Seit zehn Minuten saß er hier, vollständig bekleidet. Nur die Ärmel seines Hemds hatte er ein wenig nach oben gerollt. Er hatte sich zurückgezogen, um zumindest einen Moment seine Gedanken sortieren zu können. In seinem Kopf rauschte es. Die Ereignisse des Vortags. Die schreckliche letzte Nacht, in der er alle halbe Stunde wach geworden war, aufgeschreckt durch lose, wirre Traumfetzen, Bilder von blutgetränkter Zuckerwatte und schreienden Menschen, die auf dem Förderband des *Toboggans* auf einen riesigen schwarzen Schlund zu befördert wurden, der sie verschluckte. Und der Druck. Die Presse, die sich überschlug. Der Oberbürgermeister, der um die Jubiläumswiesn fürchtete, genauso wie die Schausteller und Wirte. Der Polizeipräsident. Die Öffentlichkeit. Druck von allen Seiten. Das Verlangen nach schneller Aufklärung. Klostermeier ließ seinen Kopf in die Hände sinken. Er fühlte, wie sein Herz schneller schlug. Druck. Hatte ihm früher nicht viel ausgemacht, wenn er so darüber nachdachte. Und jetzt? Die Welt schaut auf München, Herr Klostermeier! Und sie schaut auch auf Ihre Arbeit und die Ihrer Kollegen! Starker Tobak, klar, aber im Grunde Floskeln. Warum ging ihm das dieses Mal so nahe? Was war überhaupt mit ihm los. Warum träumte er so viel und wirr? Warum konnte er Jule nicht einfach fragen, ob sie mal was mit ihm trinken gehen wollte? Warum saß er seit einer Viertelstunde auf der Herrentoilette und grübelte, anstatt weiter an einem Fall zu arbeiten, der seine volle Aufmerksamkeit erforderte? Zwei Vernehmungen sollten heute stattfinden – von Männern, von denen überhaupt nicht klar war, ob sie überhaupt etwas mit den Morden zu tun hatten. Genauso gut könnten sie jetzt auch bei den Kollegen vom Zoll sitzen. Nur dem engagierten Einsatz Jules war es verdanken, dass sie sich jetzt in den Händen der Mordkommission befanden. Aber ob das sinnvoll war?

In der anderen Kabine plätscherte es. Wieder erleichtertes Stöhnen.

Klostermeier hob den Kopf. Das war zu viel. Er musste zurück zu der Vernehmung. Jule würde sich sicher fragen, wo er so lange blieb. Er stand auf und betätigte die Spülung, ohne dass es nötig gewesen wäre.

»Hallo?«, kam es von nebenan.

Klostermeier antwortete nicht. Konversationen über Toilettentrennwände hinweg empfand er als albern.

»Hallo, wer ist denn da?«

Als besonders albern, wenn man sich dabei namentlich vorstellen musste.

Er verließ die Kabine und trat ans Waschbecken. Ein Mann mittleren Alters sah ihm aus dem Spiegel entgegen. Seine Gesichtshaut war leicht gebräunt und noch ziemlich glatt, nur wenn er breit lachte – er verzog sein Gesicht kurz zu einem grimassenhaften Grinsen –, bildeten sich rund um seine Augen Faltenkränze. Durch sein dunkelbraunes Haar zogen sich lediglich einzelne silberne Fäden. Bevor er seine Hemdärmel herunterzog, befühlte er seinen Bizeps. Er war in Ordnung, fest und straff, auch wenn er in letzter Zeit nicht oft zum Trainieren gekommen war. Alles war doch eigentlich in Ordnung. Er war gesund. Erst zweiundvierzig Jahre alt. Geschieden und kinderlos. Hatte alles noch vor sich. Und diesen Fall würde er auch lösen. Mit kühlem Kopf und wachem Verstand. Erst der Fall. Dann Jule einladen. Dann Urlaub. Basta.

»Sagen Sie, haben Sie Klopapier? Hier ist nur noch ein kümmerlicher Rest«, kam es aus der Kabine.

Klostermeier konnte die Stimme nicht zuordnen, aber sie schien einem jungen Mann zu gehören, vielleicht einem Polizeimeister, den er nicht kannte. Er drehte den Wasserhahn auf und wusch sich die Hände.

»Sind Sie sicher, dass nicht noch irgendwo eine Rolle ist?«, fragte er dann. »Nach dem von meinem Kollegen rekonstruierten Tathergang verhält es sich so, dass die Rolle aus Faulheit lediglich nicht ausgetauscht wird, dass sich aber dennoch noch eine in der Kabine befindet. Das Übriglassen des kümmerlichen Rests, wie Sie es nennen, ist ein Ablenkungsmanöver und soll die Tatsache verschleiern, dass der Täter den Aufwand scheut, den es benötigt, eine neue Rolle einzulegen.«

In der Kabine einen Moment Schweigen. Dann wieder das Klirren der Gürtelschnalle. Der Mann sah sich offensichtlich um.

»Tatsächlich«, sagte er dann. »Hier hinten liegt noch eine.«

»Wenn Sie als Zeuge auftreten wollen, wenden Sie sich an den Kollegen Andi. Eigentlich Mitarbeiter der Mordkommission, aber zusätzlich Leiter der Soko Rolle. Er wird alles aufnehmen, was Sie zu diesem Vorfall zu sagen haben.«

In der Kabine wieder Schweigen.

Klostermeier musste grinsen. Der Aufenthalt auf der Toilette hatte sich doch gelohnt – er war etwas besser gelaunt als vorher.

Jule stand vor dem Fenster zum Vernehmungsraum, das auf der anderen Seite verspiegelt war, und wandte sich um, als er die Tür hinter sich schloss. »Wo warst du denn so lange?«

»Auf der Toilette. Durchatmen.«

»Du siehst nicht gut aus.« Sie sah ihn besorgt an und trat auf ihn zu. »Hör zu Georg, es tut mir leid, dass ich gestern so dramatisch war. Aber es war alles ein bisschen viel. So viel Blut, die vielen Gaffer, die …«

»Jule, brauchst dich nicht zu entschuldigen.«

»Und dann deine Nummer im Handy des Mannes. Er hatte keinen Pass dabei, nichts. Nur ein Handy und es …«

»… waren keine Nummern darin gespeichert, ich weiß. Nur meine. Jule, des ham wir doch gestern schon alles besprochen. Es ist doch völlig klar, dass du dich erst einmal darüber wunderst.«

»Wundern wäre ja okay. Aber ich hab dich schon als Geisterbahnmörder gesehen!«

»Na ja, mein Alibi war dann doch wasserfest. Ein halbes Dutzend Zollbeamter kann sich nicht irren. Wie heißt der Tote von gestern noch mal?«

»Llukar. Gent Llukar.«

»Wieder so ein seltsamer Name.« Klostermeier wies mit dem Kopf zum Fenster. »Wie schauts denn aus? Irgendwas Neues?«

Jule seufzte. »Nein, Schmal bleibt dabei, dass ihn während der Aufbauarbeiten ein junger Mann angesprochen und ihm eine billige Arbeitskraft angeboten habe. Wir haben ihm Fotos vom toten Llukar gezeigt und er hat ihn eindeutig identifiziert. Er habe ihn abgewimmelt, aber am ersten Wiesn-Tag hätte plötzlich dieser Artan vor ihm gestanden, ganz flehentlich, und da habe er ihn aus Mitleid erst stundenweise und dann den ganzen Tag eingesetzt. Für fünfzehn Euro Stundenlohn, sagt er, bar auf die Hand am Abend, das täte niemandem weh und der junge Männe hätte das Geld doch so dringend gebraucht wegen seiner kranken Eltern in der Heimat. Er habe alles nur gut gemeint.«

»Aha, reine Nächstenliebe also.«

Klostermeier betrachtete Schmal. Über den kahlen roten Kopf des Wurstbudenbesitzers ergossen sich Sturzbäche von Schweiß, die er gerade mit einem Taschenbuch trockenzulegen versuchte. Kurz nach Beginn der Vernehmung hatte er sein beiges Jackett ausgezogen und ein dunkelrosa Hemd präsentiert, das über seinem mächtigen Bauch bedrohlich spannte. Unter seinen Achseln hatten sich untertassengroße dunkle Flecken gebildet.

»Ich glaub ihm kein Wort«, murmelte Klostermeier. »Ganz dreist hat der sich doch noch kurzfristig einen billigen Sklaven besorgt, weil's am Anfang der Wiesn hieß, das Wetter wird doch noch gut. Ein Mordsgeschäft hat er gewittert, und das wollt er sich nicht durch einen angemeldeten Mitarbeiter vermiesen lassen.«

Einer der beiden Vernehmungsbeamten erhob sich, sah in Klostermeiers Richtung und nickte leicht. Die Vernehmung war zu Ende.

»Keiner glaubt ihm, Georg«, sagte Jule ruhig. »Das ist nicht das Problem. Er hatte von Artan lediglich die Kopie eines gefälschten Ausweises. Keine Sozialversicherungsnummer, nichts. Er verliert seine Konzession und muss mit einer saftigen Geldstrafe rechnen.«

»Du meinst, das Problem ist dieser Artan Soundso.«

»Bojaxhio. Artan Bojaxhio. Oder wie auch immer er wirklich heißt. Sein Pass ist auf jeden Fall gefälscht. Sehr professionell gefälscht.«

»Hat der Schmal gesagt, woher der Artan stammt?«

»Osteuropa, meint er.«

Klostermeier schnalzte mit der Zunge. »Na, des ist aber mal eine konkrete Auskunft. Da hat er so viel Mitleid mit dem jungen Mann und fragt nicht einmal, wo er genau herkommt?«

»Er wollte ihn nicht bedrängen, weil er so zurückhaltend wirkte. Hat er eben gesagt, als du weg warst.«

»Er hat ihn nicht fragen wollen, weil's ihn einen Scheißdreck interessiert.« Klostermeier schnaufte. »Und wir haben keinen Anhaltspunkt, wie er wirklich heißt und woher er stammt?«

»Nein, er hat bis jetzt nichts dazu gesagt. Er spricht nur gebrochen deutsch, aber aufgrund seines Akzents können wir seine Herkunft nicht ermitteln.«

»DNA-Proben genommen und eingeschickt?«

»Alles in Arbeit.«

Die zwei Vernehmungsbeamten schüttelten Schmals feiste Hand und verabschiedeten sich danach auch von dessen Anwalt, der während der Befragung dabeigewesen war. Zwei Polizisten betraten den Raum und brachten die beiden Männer nach draußen.

»Da geht es hin, das Schwein«, murmelte Klostermeier.

»Ja, er ist wirklich kein sympathischer Zeitgenosse«, sagte Jule. »Aber den Geisterbahnmord kann er nicht begangen haben. Und Bojaxhio auch nicht. Das war von Anfang an klar. Bojaxhio war zwar nicht an der Wurstbude, als ihr ihn angetroffen habt, aber zu diesem Zeitpunkt war Llukar auch noch nicht umgebracht worden.«

»Das stimmt. Es muss passiert sein, nachdem wir ihn erwischt hatten. Der Tote kann nicht sehr lange Geisterbahn gefahren sein. Nicht so lange, wie wir den Artan über die Wiesn und den *Toboggan* gejagt haben. Die Leiche wäre viel früher entdeckt worden.«

»Aber trotzdem hängt das alles zusammen.« Jule hatte Flecken am Hals bekommen, wie immer, wenn sie aufgeregt war. »Ich hab ein ganz komisches Gefühl, Georg. Als ob da was Größeres im Busch wäre.«

»Wie meinst du das?«

»Am Eröffnungssamstag wird ein Toter gefunden, Ridvan Berisha. Ein Kosovare mit Aufenthaltsgenehmigung, der anscheinend auf dreisteste Weise den Fahrgeschäftbetreibern Schwarzarbeiter vermitteln wollte und es scheinbar auch getan hat. Jeder auf der Wiesn kannte ihn, das war doch offensichtlich.«

»Nur der Zoll anscheinend nicht.«

»Jein«, sagte Jule.

»Jein?«

»Nach unseren Informationen hat Berisha selber früher schwarzgearbeitet, kleine Geschichten, Jahre her.«

»Aber warum kennt der Zoll ihn dann nicht?«

»Er kennt ihn ja. Aber er hat sich seit Jahren nichts zuschulden kommen lassen. Er arbeitet hier, zahlt seine Steuern, er ist nie mehr aufgefallen in irgendeiner Hinsicht.«

»Aber warum hat ihn keiner verpfiffen von den Wirten und Schaustellern?«, fragte Klostermeier. »Dem Zoll gesagt, hier treibt sich einer rum, der will uns Schwarzarbeiter andrehen?«

»Wie willst du jemanden verpfeifen, dessen Namen du nicht kennst? Und kann es nicht sein, dass keiner auf der Wiesn den anderen reinreiten will, weil er Angst hat, dass er dann vielleicht selber Ärger bekommt?«

»Angst muss man nur haben, wenn man etwas zu verbergen hat. Und laut Hartmann ist die Wiesn nahezu schwarzarbeiterfrei.«

»Von mir aus. Aber schon der Verdacht ist doch geschäftsschädigend.«

»Ich glaube eher, dass sie den Berisha einfach ned ernst genommen haben. Warum sollten sie sich wegen einem so armen Würschtl aufregen.«

»Irgendjemand hat ihn ernst genommen, Georg. Sonst hätte er ihn nicht so bestialisch abgestochen. Und das Absurde: Sechs Tage später wird in der Geisterbahn wieder ein Mann ermordet. Und was finden wir über ihn heraus?«

»Er ist Kosovare und hat einen dauerhaften Aufenthaltsstatus. Lass mich raten: Er hat früher auch schwarzgearbeitet?«

»Das müssen wir noch überprüfen. Auf jeden ist das noch nicht alles.« Jule schwang sich auf den kleinen Tisch, der neben dem Fenster stand, und begann mit den Beinen zu baumeln. Die Flecken an ihrem Hals waren inzwischen tiefrot. »Am selben Tag, an dem wir Gent Llukar tot in der Geisterbahn finden, erwischen wir einen fetten Bratwurstbudenbesitzer namens Schmal, der einen Schwarzarbeiter beschäftigt, der ihm von Llukar vermittelt wurde. Das kann doch alles kein Zufall sein.«

Wie ein aufgeregtes Schulmädchen, dachte Klostermeier.

»Doch, das kann es theoretisch, Jule«, sagte er vorsichtig. »Ich sehe noch keinen richtigen Zusammenhang zwischen den beiden Morden. Es kann sein, dass die überhaupt nichts miteinander zu tun haben, auch wenn es wegen des ähnlichen Hintergrunds der Toten den Anschein hat.«

Jule sprang vom Tisch. »Mein Gefühl sagt mir aber, dass es so ist. Und falls sich herausstellt, dass Artan einen der beiden Toten kannte, dann wird es richtig interessant.« Sie sah auf die Uhr. »Noch eine Stunde bis zur Vernehmung. Kommst du mit in die Kantine?«

Beim Hinausgehen fiel Klostermeiers Blick auf die *Abendzeitung,* die jemand auf einen Stuhl gelegt hatte. »Horrormord in der Geisterbahn!«, lautete die Schlagzeile. »Wird die Jubiläums-Wiesn jetzt abgebrochen?«

»Nie im Leben brechen die ab«, sagte Jule, die seinen Blick bemerkt hatte. »Auch die Geisterbahn wird bald wieder geöffnet. Sobald die Spurensicherung abgeschlossen ist, nimmt sie wieder ihren Betrieb auf, hundertprozentig. Und vermutlich finden es die Menschen dann auch noch megaspannend, in einer Geisterbahn zu fahren, in der ein Mord stattgefunden hat! Abgebrochen wird garantiert nicht – am Wochenende kommen die Italiener und sorgen für Riesenumsatz, auf den will keiner verzichten.«

»Du bist ja schon ganz schön informiert inzwischen!«

»Information ist mein zweiter Vorname. Ich bin pfiffig und auf Zack.«

»Und sehr aufgedreht.«

»Das macht der Hunger!« Sie stieß ihm in die Seite. »Komm, lass uns gehen.«

Nach dem Mittagessen überfiel Klostermeier bleierne Müdigkeit, und auch von Jules Spritzigkeit war nicht mehr viel übrig. Langsam gingen sie nebeneinander den Flur entlang.

»Wie lange ist deine Scheidung jetzt her?«, fragte sie unvermittelt.

»Fast ein Jahr.« Er gähnte. »Wieso?«

»Hmm, nur so.« Sie gähnte ebenfalls.

»Und deine Trennung?«, fragte er.

»Ach, ist doch schon ein alter Hut.«

»Na, immerhin bist wegen ihm von Bremen hierher gezogen.«

»Vergiss es.« Jule winkte ab. »Aber sag, wie geht's dir inzwischen mit dem Alleinsein?«

»Wunderbar. Schon zum Zeitpunkt der Scheidung ist es mir gut gegangen. Unangenehm war's eher die Zeit davor.«

»Und meinst du, du findest wieder eine.« Sie gähnte erneut. »Also, ich meine eine, die du heiraten willst. Bist ja nicht mehr der Jüngste.«

Er blieb verblüfft stehen, während sie weiterschlurfte.

»Ich hol uns noch einen Kaffee!«, rief er ihr dann nach. »Sonst wird das Verhör kein Spaß.«

Er ging zu dem Kaffeeautomaten am Ende des Flurs, stellte einen Becher ein und drückte auf *Cappuccino.*

»Bist ja nicht mehr der Jüngste«, murmelte er. »Freches Stück. Ich bin fitter als Stefan und Andi zusammen.«

Er ließ noch einen zweiten Cappuccino einlaufen und ging in Richtung

Vernehmungsraum. Auf halbem Weg kam ihm ein junger Polizist mit vor Aufregung geröteten Wangen entgegen und stürmte mit großen Schritten an ihm vorbei. In der Hand hatte er zwei kleine Kartonrollen. Soweit Klostermeier das erkennen konnten, hing an beiden ein kümmerlicher Rest von Klopapier.

Na, wenigstens laufen diese Ermittlungen auf Hochtouren, dachte er.

Jule saß wieder auf dem Tisch, als er eintrat, und baumelte mit den Beinen. Auf ihrem Schoß lag die aufgeschlagene *Abendzeitung.*

»Die bezweifeln, dass wir auch nur den Hauch einer Chance haben, den Täter zu finden«, sagte sie. »Zumindest durch DNA-Spuren.«

»Womit sie nicht ganz unrecht haben.« Klostermeier reichte ihr den dampfenden Becher. »In der Geisterbahn befindet sich die DNA von mehreren Hundert Leuten. Wir können nur hoffen, dass irgendjemand was beobachtet hat.«

»Oder der Bojaxhio weiß mehr.« Jule nahm einen Schluck Kaffee. Wann geht's denn eigentlich los? Die müssten doch schon längst angefangen haben.«

In diesem Moment öffnete sich die Tür des Vernehmungsraums. Die beiden Beamten, die vorhin Schmal verhört hatten, traten ein. Sie waren – anders als Klostermeier und Jule – Artan Bojaxhio bis zu diesem Zeitpunkt nie begegnet und lediglich im Besitz der Informationen, die ihnen über die Vorfälle vorgelegt worden waren. Kurz danach kamen zwei Polizisten mit Bojaxhio in den Raum. Er trug seine eigene Kleidung und keine Handschellen.

Klostermeier trat dichter an das Fenster heran. Er hatte Bojaxhio am Vortag nur sehr kurz gesehen und war noch so außer sich gewesen wegen der *Toboggan*-Aktion und schon zu sehr mit den Gedanken bei dem bevorstehenden Treffen mit dem anonymen Anrufer, dass er nicht wahrgenommen hatte, wie schmal und mitgenommen der Mann aussah. Viel älter als die achtundzwanzig Jahre, die er laut – gefälschtem – Ausweis war. Er trug Jeans, T-Shirt und Turnschuhe. Seine Haut war gebräunt, seine braunen Haare trug er kurz geschoren, vermutlich wegen der kahlen Stelle, die an seinem Hinterkopf zu erkennen war. Er war unauffällig. Nur die fast schwarzen Augen gaben seiner Erscheinung etwas Markantes.

Bojaxhio nahm auf dem Stuhl Platz, den ihm einer der Beamten anbot, und ließ seinen Blick durch den spartanisch möblierten Raum schweifen. Als er am Spiegel angelangt war, hielt er einen Moment inne.

»Grüß Gott, Herr Bojaxhio«, murmelte Klostermeier.

Er hatte sich auch nach all den Jahren nicht an das seltsame Gefühl gewöhnt, das ihn beschlich, wenn die Verhörten ihn durch die Spiegelwand direkt anzuschauen schienen.

Mittlerweile war die Schreibkraft eingetroffen, die die Vernehmung protokollieren würde. Die Beamten setzten sich an den Tisch, einer nahm gegenüber von Bojaxhio Platz, der andere neben ihm. Die Polizisten verließen den Raum.

»Was machen eigentlich Stefan und Andi jetzt grad genau?«, flüsterte Klostermeier.

»Helfen bei der Befragung der Menschen, die sich freiwillig gemeldet haben«, raunte Jule zurück. »Auf unseren Aufruf hin. Jeder, der gestern zum fraglichen Zeitpunkt in oder an der Geisterbahn war, ist ein potenzieller Zeuge.«

»Warum flüsterst du?«

»Weil du es tust.«

»Ich denk manchmal immer noch, die Verhörten könnten uns hören.«

»Tun sie nicht.«

»Gehst du heute Abend mit mir was trinken?«

»Warum?«

»Weil's mich freuen würde.«

»Das ist so ein Klischee.«

»Was?«

»Der Hauptkommissar und die junge Kollegin.«

»Aha.«

»Ja, in jedem zweiten Fernsehkrimi knistert's zwischen denen. Oder zwischen dem Kommissar und der Staatsanwältin.«

»Aha. Knistert's zwischen uns auch?«

»Nein.«

»Aha. Gehst du trotzdem was trinken mit mir?«

»Ich gehe aus genau diesem Grund mit dir was trinken.«

»Aha.«

»Weißt du – Affäre mit einem Kollegen, Sex am Arbeitsplatz – das hatte ich alles schon. Das funktioniert nie. Das …«

»Ich wollte doch nur …«

»Ich weiß schon. Also: Ja, ich gehe was mit dir trinken. Auch wenn deine offensichtliche Midlife-Crisis auch ein ganz schönes Klischee ist.«

»Aber …«

»Können wir jetzt wieder in einer normalen Lautstärke reden?«

Klostermeier räusperte sich. »Klar«, sagte er laut.

»Beziehungsweise gar nichts reden.« Jule sprang vom Tisch. »Es geht nämlich los.«

»Herr Bojaxhio«, begann der Vernehmungsbeamte, der dem jungen Mann gegenüber Platz genommen hatte. »Uns ist allen klar, dass Sie vermutlich nicht so heißen, aber ich werde Sie trotzdem in der nächsten Stunde so nennen.«

Der Angesprochene schwieg, nickte aber leicht.

»Wie Ihnen sicher bekannt ist, wurde gestern auf dem Oktoberfest ein Mann auf brutale Weise umgebracht. Sein Name ist Gent Llukar. Kennen Sie ihn?«

Bojaxhio schüttelte den Kopf. »Nie gehört.«

Klostermeier war überrascht, wie tief seine Stimme klang.

»Sie kennen diese Person also nicht?« Der Beamte schob ihm ein Foto des Toten über den Tisch.

Bojaxhio warf einen kurzen Blick darauf. »Nein.«

»Dieser Mann hat Herrn Schmal während der Aufbauarbeiten zum Oktoberfest Schwarzarbeiter angeboten. Kurze Zeit später standen Sie im Bratwurststand von Herrn Schmal. Ohne gültigen Pass. Ohne Arbeitserlaubnis. Sind Sie sicher, dass Sie Herrn Llukar nicht kennen?«

»Ja.«

»Wie sind Sie denn dann zu Herrn Schmal gekommen?«

Bojaxhio hielt seinen Kopf gesenkt. »Von alleine. Hab einfach spontan nachgefragt.«

»Dass Herr Schmal Sie illegal beschäftigt, ist eine Sache, derer sich die Kollegen vom Zoll noch annehmen werden.« Der Vernehmungsbeamte beugte sich vor. »Uns interessiert mehr die Tatsache, dass Sie sich zum Zeitpunkt eines Mordes ganz in der Nähe des Tatorts befanden und – da sind wir ziemlich sicher, Herr Bojaxhio – das Opfer kannten. Bitte schildern Sie uns den Ablauf Ihres gestrigen Vormittags und versuchen Sie sich bitte genau an alles zu erinnern.«

»Um halb acht bin ich von zu Hause los«, antwortete Bojaxhio kaum vernehmlich.

»Wo ist das – zu Hause?«

Bojaxhio schüttelte stumm den Kopf.

»Netter Versuch«, murmelte Klostermeier.

»Gut, um halb acht los – wohin sind Sie dann?«, fragte der Vernehmungsbeamte.

»Zur Arbeit.«

»Zu Herrn Schmal?«

»Ja.«

»Wohnen Sie zwei Stunden von der Theresienwiese entfernt?«

Bojaxhio sah hoch. Er wirkte irritiert. »Nein, ich fange um acht an.«

»Herr Schmal meint, dass Sie immer erst eine halbe Stunde vor Öffnung der Wiesn kommen, das wäre dann also …«, der Beamte blätterte in seinen Unterlagen, »um halb zehn.«

»Nein, nein.« Bojaxhio sah die Beamten abwechselnd an und machte dabei abwehrende Bewegungen mit den Händen. »Ich fange immer um acht an. Bitte. Ich lüge nicht.«

»Laut Vernehmungsprotokoll von Herrn Schmal fangen Sie gegen halb zehn zu arbeiten an und machen gegen sechs Uhr Feierabend. Anschließend erhalten Sie von ihm für diese achteinhalb Stunden Arbeit einhundertvierzig Euro bar auf die Hand, 127,50 für die acht Stunden Arbeit plus eine Art Trinkgeld. Bei sechzehn Tagen Wiesn macht das über zweitausend Euro. Ein nettes Sümmchen.«

Bojaxhio starrte den Beamten mit offenem Mund an. Kurz schien es, als wolle er etwas erwidern, doch dann legte er die Hände flach vor sich auf den Tisch und senkte wieder den Kopf.

»Ja«, sagte er mit tonloser Stimme. »Herr Schmal hat recht.«

»Als mein Kollege und die Herren vom Zoll gestern um zehn an den Stand von Herrn Schmal kamen, waren Sie nicht anzutreffen. Wo waren Sie da?«

»Pause machen. Es war nicht so viel los und Herr Schmal hat gesagt, ich darf kurz gehen.«

»Ja …«, wieder blätterte der Beamte in seinen Unterlagen, »er hat auch ausgesagt, dass sie viele Pausen machen und dann herumgehen dürfen.«

Bojaxhio schwieg.

»Wohin sind Sie gegangen?«

»Zum Turm mit Rutsche.«

»Zum Turm mit Rutsche?«

»Am Eingang vom Oktoberfest«, erklärte Bojaxhio. »Da, wo mich der Polizist geschnappt hat.«

»Ah, da. Zum *Toboggan*.«

Die Beamten sahen sich über den Tisch kurz an. Klostermeier meinte ein Zucken um ihre Mundwinkel zu erkennen. Seine grandiose Verfolgungstaktik schien sich also doch herumgesprochen zu haben.

»Deppen«, murmelte er.

»Was wollten Sie dort, Herr Bojaxhio?«

»Nur zuschauen. Es ist immer sehr lustig da. Ich war auch nur zehn Minuten und bin dann wieder zurück. Und dann waren da Ihre Männer und ich wurde geschnappt.« Er sah hoch. »Mehr war nicht, ehrlich.«

»Kann jemand bezeugen, dass Sie zu dem Zeitpunkt am *Toboggan* waren?«

»Nein. Aber Herr Schmal kann sagen, dass ich um zehn weg bin.«

»Sie sind also weg, obwohl Sie erst eine halbe Stunde gearbeitet hatten.«

Jule nahm einen Schluck von dem längst kalten Kaffee. »Oje, das ist aber jetzt echt gemein.«

»Er provoziert ihn«, murmelte Klostermeier. Er beobachtete Bojaxhio, der nach den Worten des Beamten seine Hände zu Fäusten geballt hatte, die jetzt zitternd vor ihm lagen. An seinen Schläfen hatten sich Schweißperlen gebildet, sein Mund war zu einem Strich verkrampft.

»Komm, Junge«, sagte er leise. »Du willst doch was sagen. Du platzt doch gleich. Du hast dich doch auch fangen lassen.«

Jule sah ihn verwundert an. »Hat er?«

»Na ja, er hätte zumindest versuchen könne, über den *Toboggan* zu fliehen. Stattdessen ist er den Beamten brav in die Arme gerutscht. Ich sag dir, der wollte, dass wir ihn kriegen.«

Der Vernehmungsbeamte ließ von den Unterlagen ab und sah Bojaxhio direkt in die Augen.

»Herr Schmal hat auch gesagt, dass Sie nicht nur oft, sondern gelegentlich auch sehr lange unterwegs waren und er dann den Laden alleine schmeißen musste und nicht wusste, wo Sie sich aufhielten.«

Klostermeier und Jule sahen sich an.

»Hat er das wirklich gesagt?«, fragte Klostermeier.

»Ich bin nicht sicher.«

Bojaxhio schwieg. Fast eine Minute verging. Klostermeier sah, wie sich die Fäuste des jungen Mannes leicht entspannten. Schließlich legte er erneut beide Hände flach auf den Tisch und setzte sich kerzengerade auf. Er sah von einem Vernehmungsbeamten zum anderen und dann zu der Protokollantin, die ihn erwartungsvoll anblickte.

»Mein Name ist nicht Artan Bojaxhio«, sagte er ruhig und deutlich. »Das wissen Sie ja schon. Bitte verstehen Sie, dass ich Ihnen meinen richtigen Namen nicht nennen kann, aber Sie müssen mir glauben, dass ich jetzt die Wahrheit sage. Ich weiß nicht, was Sie danach mit mir machen, aber es ist mir auch egal. Mir ist fast alles egal mittlerweile, aber ich möchte nicht, dass ein Mensch wie Herr Schmal Lügen über mich erzählt. Er ist der, der lügt. Er hat mich schlecht behandelt. Es ist alles so, wie ich Ihnen gesagt habe. Ich fange um acht Uhr morgens an mit der Arbeit bei ihm und reinige den Stand von außen. Danach arbeite ich bis Mitternacht. Sechzehn Stunden und immer in der Bude, immer Fett und Hitze und Dampf und Stress.«

Die Vernehmungsbeamten warfen sich einen kurzen Blick zu. Der eine, der bis jetzt das Verhör geführt hatte, lehnte sich ein wenig zurück. Der zweite übernahm das Gespräch.

»Sechzehn Stunden ohne Pause?«

»Ganz selten hab ich kurz gehen dürfen, aber nur, wenn wirklich gar kein Geschäft war. Länger als eine Viertelstunde hab ich nicht dürfen. Er hat mir gedroht, dass er dann die Polizei holt.«

»So ein elender Mistkerl«, murmelte Klostermeier. »Nie im Leben hätte er das gemacht, des fette Schwein, des. Was hätte er denn sagen sollen: Hier, Herr Wachtmeister, schaun'S bitte her, mein Schwarzarbeiter mag nicht vierundzwanzig Stunden durcharbeiten. Bitte maßregeln Sie ihn?«

»Sei still, Georg!«, zischte Jule.

»Ich bekomme keine fünfzehn Euro Stundenlohn, es ist viel weniger«, fuhr Bojaxhio fort. »Und Herr Schmal gibt mir das Geld auch nicht bar auf die Hand nach Geschäftsschluss.«

»Lassen Sie mich raten«, sagte der Vernehmungsbeamte. »Er hat es Gent Llukar gegeben.«

»Ja.«

»Sie kannten den Toten also doch.«

»Ja, ich kannte ihn.«

Der Vernehmungsbeamte fischte ein weiteres Foto aus den Unterlagen vor ihm. Es zeigte Ridvan Berisha, den Toten aus der Wohnung am Westkreuz.

»Kennen Sie diesen Mann auch?«

Bojaxhio beugte sich nach vorne. »Nein, wirklich«, sagte er schnell, eine Spur zu schnell, wie Klostermeier fand. »Ich habe diesen Mann noch nie gesehen. Bitte, das müssen Sie mir glauben. Ich würde es sagen, wenn ich ihn kennen würde.«

Der Beamte steckte das Foto zurück. »Gut. Lassen wir das zunächst. Llukar hat Sie also ausgezahlt.«

»Ja.«

»Immer?«

»Während der Wiesn immer.«

»Während der Wiesn? Das heißt, er hat Sie schon öfter als Schwarzarbeiter vermittelt?«

»Nein.«

»Wirklich?«

»Spielt das eine Rolle?«

»Das tut es. Herr Llukar ist kaltblütig ermordet worden. Wir müssen sein gesamtes Umfeld abklopfen und wissen, mit wem er zusammengearbeitet hat.«

»Ich kenne sein Umfeld nicht.«

»Sie haben aber durch ihn auch schon vor dem Oktoberfest Arbeit gefunden. Bei wem?«

»Dazu kann ich nichts sagen.«

»Gut, dann stelle ich Ihnen die Frage von vorhin noch einmal anders: Herr Llukar hat Sie während der Wiesn immer ausgezahlt – bei anderen Jobs auch?«

Bojaxhio schwieg.

»Er hat Ihnen nie Geld vorenthalten, das Ihnen eigentlich zusteht. Geld, das Sie unbedingt haben wollten.«

»Nein.«

»Hat Herr Llukar hat Ihnen kein Geld geschuldet?«

»Nein.«

»Sie waren nicht wütend auf ihn?«

»Nein. Llukar war okay.«

»Das heißt?«, fragte der Beamte.

»Er war okay zu uns.«

»Zu uns?«

Bojaxhio schwieg. Wieder verstrich eine Minute. Er griff zum Wasserglas, das ihm vor der Vernehmung auf den Tisch gestellt worden war, und trank es in einem Zug aus.

»Sie kennen noch andere Arbeiter, die Herr Llukar vermittelt«, sagte der Beamte.

»Ja.«

»Arbeiten davon auch welche auf dem Oktoberfest?«

Bojaxhio senkte den Kopf.

»Wo arbeiten sie?«

»Bitte.« Bojaxhio schloss kurz die Augen. »Bitte nicht. Das kann ich nicht sagen.«

»Warum können Sie das nicht?«

»Ich will sie nicht verraten.«

»Herr Bojaxhio, Ihre Aussagen können entscheidend zu der Aufklärung eines Mordes beitragen. Wir können morgen auch jedes Bierzelt, jedes Fahrgeschäft, jede Mandelbude durchsuchen, dann finden wir auch alle Schwarzarbeiter. Einfacher wäre es allerdings, wenn Sie uns helfen würden.«

Minutenlange Stille. Bojaxhio saß steif auf seinem Stuhl und starrte ins Leere. Gelegentlich zuckten seine fast schwarzen Augen, als würden ihm Gedanken durch den Kopf jagen, die ihn erschreckten.

»Er wägt ab«, murmelte Jule.

»Nur schade, dass er nicht der Mörder sein kann«, seufzte Klostermeier.

»Aber er könnte ihn kennen.«

Bojaxhio ließ den Kopf in beide Hände sinken und stöhnte vernehmlich. Die Protokollantin tippte eifrig. Klostermeier kannte sie von vielen anderen Verhören. Sie war bekannt dafür, jede Geste des Verhörten, jeden Ton, den er von sich gab, jede Änderung der Sitzposition akribisch zu beschreiben.

»Es ist ja ohnehin alles zu spät«, sagte Bojaxhio leise. »Ich sage Ihnen, was ich weiß.« Er schluckte. »Ich weiß, dass welche beim *Shining Star* arbeiten.«

»Schmidhuber«, murmelte Klostermeier. »Des wundert mich irgendwie gar nicht.«

»Beim *Shining Star*« wiederholte der Vernehmungsbeamte. »Wissen Sie noch mehr?«

»Beim *Wheel of Joy* und bei der *Sensation Slide*, der großen Rutsche.« Bojaxhio hatte die Namen hastig ausgesprochen und die Hände wieder zu Fäusten geballt. »Mehr kann ich nicht sagen. Bitte.« Er zitterte. »Ich möchte jetzt aufhören.«

»In Ordnung, Herr Bojaxhio. Wir machen eine Pause.«

Klostermeier wandte sich vom Fenster weg. Jule sah ihn mit hochgezogenen Brauen an. »Was sagste?«

»Ich fass mal kurz zusammen: Wir haben zwei tote Kosovaren, Berisha und Llukar, die ein dauerhaftes Aufenthaltsrecht in Deutschland haben. Der eine ist regelrecht hingemetzelt worden, aber die Täter-DNA am Tatort hat uns noch nicht weitergebracht, kein Datenbanktreffer. Der zweite ist im Vergleich dazu fast schon elegant um die Ecke gebracht worden – mit einem sauberen Schnitt durch die Kehle. Ob brauchbare DNA-Spuren gefunden wurden, das ist …« Er sah Jule fragend an, die die Schultern zuckte, »noch nicht klar, okay, ich hab den Bericht gestern Nacht nur überflogen. Die Wiesn wimmelt anscheinend von Schwarzarbeitern. Einer davon ist unser Herr Bojaxhio, der von Llukar an den fetten Schmal vermittelt wurde. Er stammt ziemlich sicher aus Osteuropa, wenn nicht auch aus dem Kosovo, besitzt aber anders als die Toten keine Aufenthaltsgenehmigung. Sowohl er als auch Schmal kommen als Täter nicht in Frage. Bojaxhio steht in Kontakt mit anderen Schwarzarbeitern, die theoretisch mit beiden Toten in Verbindung gestanden haben können. Wir müssen sie alle schnappen und befragen und DNA-Proben nehmen. Ich werd gleich Hartmann anrufen und morgen mit den Burschen vom Zoll mal bei den Fahrgeschäften vorbeischauen, die Bojaxhio genannt hat.«

»Und ich erkundige mich gleich, was die Befragung der Wiesnbesucher ergeben hat«, sagte Jule. »Und werde mich noch einmal mit Herrn Schmal unterhalten wegen seiner offensichtlichen Falschaussage.«

»Mach das. Ich bin in meinem Büro.« An der Tür wandte er sich noch einmal um. »Jule?«

»Ja?«

»Das mit heute Abend steht?«

»Klar. Wann und wo?«

»Kennst du das *Café Stör* direkt bei mir um die Ecke.«

»Kenn ich, ja.«

»Da um acht?«

»Okay.«

»Bis später.«

Als er auf den Flur trat, ging die Tür zum Vernehmungszimmer auf. Er blickte zur Seite und direkt in die schwarzen Augen von Bojaxhio. Er sah Klostermeier unbewegt an und machte einen Schritt auf ihn zu. In seinem Gesicht regte sich nichts. Einer der beiden Polizisten, die bei ihm waren, fasste ihn leicht am Arm und zog ihn behutsam in die Gegenrichtung. Bojaxhio folgte ihm widerstandslos, wandte den Kopf aber nicht um, sondern fixierte den Kommissar weiterhin. Klostermeier schaute wie hypnotisiert zurück. Erst als die Männer um die Ecke verschwunden waren, löste er sich aus der Starre. Jule stand neben ihm, das Handy am Ohr.

»Nein, er sagt nichts. Ich habe ihn jetzt dreimal angesprochen, aber er scheint sehr verliebt in unseren glutäugigen Herrn Bojaxhio zu sein, der eben verhört wurde. Er ist völlig weggetreten.«

Klostermeier rollte mit den Augen. »Was gibt's?«

»Keine verwertbare Täter-DNA im Geisterbahnwagen und am Toten. Nur Kleidungsfussel. Der Täter muss sehr gezielt und überlegt vorgegangen sein.«

»Schade«, sagte Klostermeier. »Aber gut, an unserem morgigen Plan ändert das nichts. Gib Bescheid, wenn die Befragungen was Interessantes ergeben haben.«

»Mach ich. Bis um acht.«

»Bis dann.«

Klostermeier ging in sein Büro, schloss die Tür und lehnte sich einen Moment mit geschlossenen Augen dagegen. Dann rief er Hartmann an, um mit ihm die geplante Aktion für den nächsten Tag durchzusprechen, ging noch einmal alle Unterlagen durch, die sich zu den beiden Fällen vor ihm auf dem Schreibtisch angesammelt hatten, und beschloss dann, sich eine kurze Pause zu gönnen und ein wenig zu entspannen. Er ging ins Internet und klickte ein wenig, bis er sich dort befand, wo ihm das am besten gelang und er die schwarzen, anklagenden Augen von Artan Bojaxhio vergessen konnte.

»Ich schwör's dir, Georg, ich hab's ungefähr fünfhundert Mal im Internet gelesen, es ist – hoppla, nicht umfallen, Glas!«

Jule Holtkamp war beschwipst, ein Zustand, der wie immer ohne die Investition größerer Geldsummen eingetreten war. Nach zwei Apfelschorlen hatte sie sich einen Spritz bestellt und das Glas, gegen das sie wegen ihrer ausufernden Gesten nun beständig stieß, in wenigen Minuten geleert. Klostermeier versuchte seit geraumer Zeit, das Thema zu wechseln und mehr über private Dinge zu plaudern, doch Jule war offensichtlich fest entschlossen, jetzt und hier, an diesem lauen Herbstabend, auf der Terrasse des *Café Stör* die zwei spektakulärsten Mordfälle ihrer bisherigen Laufbahn aufzuklären.

Sie stellte das Glas etwas auf Abstand. »Bojaxhio ist der Nachname von Mutter Teresa. Ihr bürgerlicher Name war Agnes Gonxha Bojaxhio. Ich hab den Namen Bojaxhio gegoogelt, um etwas über seine Herkunft und Verbreitung zu erfahren. Mutter Teresa stammte aus dem heutigen Skopje in Mazedonien. Unser Bojaxhio könnte also auch aus dieser Gegend kommen.«

»Oder eben aus dem Kosovo wie die beiden Toten. Liegt ja gleich nebenan.« Klostermeier gähnte. »Ich glaube allerdings nicht, dass unser Bojaxhio wirklich so heißt.«

»Ich auch nicht. Die Frage ist: Warum gibt er sich den Namen einer quasi Heiligen?«

»Frag ich mich auch. In erster Linie scheint er ein Illegaler zu sein, der hier schwarz arbeitet.«

»Das ist mir zu drastisch ausgedrückt, Georg. Illegal – das klingt so, als dürfe er nicht existieren. Ich bin sicher, es hat einen tieferen Grund, warum er sich diesen Namen gegeben hat. Er kam mir sehr weich und verletzlich vor.«

»Er hatte die Hosen voll.«

»Mensch Georg!«

»Es tut mir leid, Jule, aber ich hab einfach keine Lust, mich auch nach Feierabend nur über diese Fälle zu unterhalten. Schau, es ist ein wunderbarer Abend, vielleicht einer der letzten, an denen man draußen sitzen kann. Und ich bin hier mit einer hübschen jungen Dame und habe jetzt dauernd das Bild von Mutter Teresa vor mir. Das ist nicht sehr hilfreich.«

»Hilfreich für was?«

»Für das, was ich für den Abend geplant hab.«

»Was hast du denn geplant, um Himmels Willen? Georg, ich hab dir doch gesagt, dass wir nicht …«

»Herrschaft, nix hab ich geplant in der Richtung! Ich wollt mich einfach mal mit dir unterhalten, dich besser kennenlernen.«

»Okay.« Jule winkte der Kellnerin. »Einen Spritz noch, bitte! Und für den Herren noch ein Bier. So.« Sie wandte sich wieder an Klostermeier. »Gut. Lass uns kennenlernen. Ich werde nicht mehr von Mutter Teresa oder anderen älteren Semestern reden.« Sie kicherte. »Auch wenn du selber eines bist.«

»Jule, meinst du, es is gescheid, wenn du jetzt noch was trinkst?«

»Ach papperlapapp, du müsstest mal sehen, was ich früher so weggetrunken habe! Du willst einen fröhlichen Abend, also machen wir ihn uns jetzt auch! Prost!«

Es war schon eine Weile ruhig im Badezimmer. Klostermeier trat an die Tür und wollte schon klopfen und nachfragen, als die Toilettenspülung ging. Dann ein zweites Mal. Er hörte, wie sie den Wasserhahn am Waschbecken aufdrehte, und ging langsam zurück ins Wohnzimmer. Er setzte sich auf die Couch und brachte die Kissen in eine seiner Meinung nach etwas attraktivere Anordnung, schenkte sich ein Glas Wasser ein und schlug die Beine übereinander. Nein – das war zu weiblich. Er stellte die Füße in geringem Abstand nebeneinander auf den Boden. Zefix, jetzt saß er da wie ein Schuljunge. Er platzierte die Füße etwas weiter auseinander – nein, das ging gar nicht, es wirkte zu sexy-leger, und sie wollte es doch ausschließlich leger – wenn überhaupt. Sein Blick fiel auf die Fernsehzeitung auf dem Couchtisch – ein Inbegriff für Spießigkeit, der sofort weg musste. Er sprang auf und stopfte die Zeitung in den kleinen übervollen Schrank neben der Tür. In dem Moment hörte er das Badezimmerschloss. Schnell warf er die Schranktür zu und setzte sich wieder.

Jule sah zum Fürchten aus, als sie hereinschlurfte. Ihr Mascara hatte sich anscheinend vollständig von den Wimpern gelöst und sich unter den Augen versammelt. Ihr blondes Haar stand wirr nach allen Seiten ab. Sie war leichenblass.

»Irgendwas war mit dem letzten Spritz nicht in Ordnung«, stöhnte sie. »Tut mir sehr leid.«

»Kein Problem, des kann doch jedem mal passieren.«

»Danke, dass ich deine Toilette benutzen durfte. Nach Hause hätte ich das nie im Leben geschafft.«

»Nicht der Rede wert. Wenn ich schon quasi nebenan wohne. Jetzt setz dich doch und erhol dich ein bisserl.«

»Nein.« Sie stand noch immer im Türrahmen und schwankte ein bisschen. »Nein, ich muss nach Hause. Meine Tasche ist im Flur, oder?« Sie drehte sich ungeschickt um und stieß dabei gegen den Schrank. Die Tür öffnete sich langsam. Schwungvoll klatschte die Fernsehzeitung auf den Boden.

»Oje, ich bin so tapsig, bitte entschuldige.«

Bevor Klostermeier aufspringen und einschreiten konnten, hatte sie sich gebückt und die Zeitschrift aufgehoben. Eine Weile blieb sie ruhig stehen, die Zeitschrift an die Brust gepresst, wieder leicht schwankend.

»Grundgütiger, was ist nur …«

»Gib her, Jule, ich mach des schon. Setz dich bitte aufs Sofa.«

»Was ist nur mit dir los, Georg? Was ist das da?«

Er folgte ihrem Blick. Verdammte Scheiße. Sie hatte die Karte auf der Rückseite der Schrankseite entdeckt. Seine geheime Schwäche. Seine Ergänzung zu den Sessions im Internet. Sein Hobby, das so gar nicht zu einem toughen Kommissar passte.

»Des is nix.«

»Sieht aber nicht so aus.«

Es war eine detaillierte, aktuelle Karte des Freistaates Bayern. Dutzende von Stecknadeln mit roten Köpfen steckten in ihr, die meisten in München, Nürnberg, Augsburg und Passau. Nadeln mit grünen Köpfen waren dagegen über die ganze Karte verteilt zu sehen. Zwischen den Nadeln verliefen leuchtend gelbe Pfeile und bildeten ein verworrenes, undurchsichtiges Netz.

»Das Konzept ist nicht besonders gut«, sagte Klostermeier, »da muss ich mir bald mal was Neues einfallen lassen. Jetzt komm und trink noch ein Wasser.«

»Konzept für was?« Jule trat näher an die Karte heran. »Sind das Standorte, wo du Leichen gefunden hast?« Sie sah ihn mit glasigen Augen an. »Oder welche verbuddelt hast?«

Klostermeier seufzte. »Jule, komm und setz dich.«

»Erst will ich wissen, was das ist.«

»Das sind die Wege von Postkarten.«

»Was bedeuten die Stecknadeln?«

»Rot sind die Orte, an denen die Karte eingeworfen wurde. Die blauen

Nadeln stehen für den Ort, in dem der Adressat gewohnt hat. Die Pfeile zwischen Rot nach Blau symbolisieren den Postweg, deswegen sind sie gelb. Hier ist beispielsweise eine Karte aus München nach Wasserburg am Inn verschickt worden, deswegen der gelbe Pfeil zwischen den beiden Städten.«

»Du machst das mit jeder Postkarte, die du verschickst?«

»Nein … jessas … Jule, bitte. Jetzt trink ma noch ein bisschen ein Wasser.«

»Um zu sehen, wie viele Freunde und Bekannte du wo hast?«

»Jule, des sind nicht Postkarten von mir.« »

Sie wankte vor und zurück. Offensichtlich arbeitete ihr Gehirn auf Hochtouren, um die Informationen der letzten Minuten zu verarbeiten.

»Das verstehe ich nicht«, konstatierte sie nach einer Weile.

»Das sind Postkarten, die von anderen verschickt wurden, teilweise vor hundert Jahren.«

»Aber wie kommst du an die?«

»Ich komm an die, weil ich sie suche.«

»Wo?«

Er sandte einen Blick zum Himmel. »Im Internet, bei Tauschbörsen. Auf dem Flohmarkt. Jule, ich mag alte Postkarten. Vor allem solche, die schon verschickt worden, die gelaufen sind, wie man im Fachjargon sagt.«

»Ach so.« Jule wankte noch einmal bedächtig nach vorne und wieder zurück. »Und die wolltest du mir heute noch zeigen, deine Postkartensammlung?« Sie kicherte.

»Nein, Schmarrn.«

»Also, ich hab ja schon viele komische Käuze bei der Polizei erlebt, aber alte Postkarten hat noch keiner gesammelt.«

»Na ja, sammeln … sammeln wär jetzt etwas zu viel gsagt.«

Er schaute mit Jule auf die unzähligen Stecknadeln.

»Doch … gut … ja … ich sammel die richtig.«

»Ich muss jetzt nach Hause, Georg.« Sie klang nicht mehr betrunken, sondern unendlich müde. »Danke dir für den Abend.«

»Du kannst doch so nicht mehr nach Hause fahren, Jule! Ich könnt dir die Schlafcouch herrichten.«

»Nein, lass mal. Ich nehm ein Taxi.«

»Soll ich dir eins rufen?«

»Nein, ich find schon eins.«
»Bist du sicher?«
»Ja, ein bisschen frische Luft tut mir sicher gut.«

Er brachte sie an die Wohnungstür, wo sich etwas steif voneinander verabschiedeten. Vorsichtig, mit einer Hand am Geländer begann sie die Treppe herunterzusteigen. Klostermeier blieb stehen und lauschte, bis er im Erdgeschoss die Haustür zuschlagen hörte, dann ging er in die Küche und machte sich eine Flasche Bier auf. Damit war das halbe Dutzend voll. Fünf Bier hatte er im *Café Stör* getrunken, drei während Jules endloser Analysen der Mordfälle, zwei, als sie Spritz Nummer zwei und drei getrunken hatte. Dann war ihr übel geworden und der Abend gelaufen gewesen. Gelaufen! Ich mag Postkarten, vor allem, solche, die *gelaufen* sind. War er noch ganz bei Trost?

Er ging ins Wohnzimmer, kickte die Fernsehzeitung, die Jule wieder auf den Boden hatte fallen lassen, zur Seite, setzte sich auf die Couch und legte die Füße auf den Beistelltisch. Kurze Zeit später war er eingenickt.

Mitten in der Nacht wachte er auf und spürte etwas Feuchtes auf seinem Oberschenkel. Die Bierflasche war ihm aus der Hand geglitten und hatte sich über seine Jeans entleert. Fluchend schlurfte er ins Badezimmer, zog sich bis auf die Unterhose aus und schüttete sich einen Schwall Wasser ins Gesicht. Als er ins Bett schlüpfte, nahm er sich vor, mit Jule noch einmal über den Abend zu sprechen und seine Sammelleidenschaft zu relativieren. Über diesem Gedanken schlief er erneut ein.

Die Hand des Mannes zitterte, als er nach dem Hörer des öffentlichen Telefons griff. Er war viel zu spät dran, aber das war nicht der Grund für seinen Zustand. Er hatte genug von allem. Er wollte Schluss machen.

»Ja?«, meldete sich eine verschlafene Stimme.
»Ich bin es«, sagte er leise.
»Wo zum Teufel hast du gesteckt?«
»Boss, ich kann nicht …«
»Hör zu, du musst mir jetzt genau zuhören.«
»Nein, Boss, ich … ich kann nicht mehr, das geht so …«
»Das geht schön alles so weiter. Wir ziehen das jetzt so durch. Es sind nur noch neun Tage.«
»Aber wenn …«

»Wenn was? Junge, es kann nichts passieren. Dafür sorg ich schon.«

»Nein, will …«

»Na komm schon, Junge, jetzt springt doch auch mehr für dich raus! Du bist der Letzte deiner Art. Mein *last man standing.* Ist das nicht ein schönes Gefühl?« Er lachte heiser. Dann wurde er schlagartig ernst. »Das ist ein Befehl, Hashim. Wenn du nicht auf mich hörst, werde ich dafür sorgen, dass du mit deinen beiden toten Freunden bald Wiedersehensparty feiern kannst.«

Klick. Der Boss hatte aufgelegt.

Er hielt den Hörer noch eine Weile in der Hand und stand bewegungslos da. Dann gab er sich einen Ruck, legte auf und machte sich auf den Heimweg. Sein Entschluss stand fest.

Tag 8

Als der Wecker klingelte, wusste Klostermeier zunächst gar nicht, wie ihm geschah. Er hatte geträumt – von meterhohen Postkartenstapeln, die zu Mauern angeordnet waren. Er versuchte, an einer Mauer entlangzugehen, fand auch einen Durchgang, aber dort traf er wieder auf neue Postkartenhindernisse. Er irrte hilflos durch ein Labyrinth, bestehend aus Abermillionen von Postkarten, eine schöner als die andere, deutsche, bayerische, europäische, exotische, gelaufene und postfrische, Botschaften in Sütterlin und in Druckbuchstaben, nur mit Symbolen und ohne Worte, von Damen- wie von Herrenhand verfasste Grüße, überall Grüße, Urlaubsgrüße, Wochenendgrüße, geschäftliche Grüße.

Klostermeier musste sie lesen, das war seine einzige Chance, um aus diesem Irrgarten aus Postkarten herausfinden zu können. Irgendwo stand der Weg in die Freiheit geschrieben. Zwischendurch fand er eine Postkarte, die er selbst an Jule geschrieben hatte, auf der er ihr alles erklären wollte, seine Sucht, dass er daran gedacht hatte, in eine Selbsthilfegruppe zu gehen, dass er dagegen ankämpfen wollte, um ihretwillen. Doch hinter der nächsten Kurve fand er eine Antwort von Jule, eine Karte mit einer scheußlichen Aufnahme vom Stachus aus den neunziger Jahren, lieblos, eine Postkarte, wie es sie hunderttausendfach gab. Das traf ihn tief ins Herz. Jule wollte offenbar von ihm nichts mehr wissen, wie sonst konnte sie ihm so eine 0815-Karte schicken?

Er wollte ihr antworten, sie mit einer Jahrhundertkarte bezirzen, er suchte eine Karte, die er in einem schwachen Moment für achtzig Euro eingekauft hatte, seinen Schatz quasi, eine höchst seltene Karte, die das Oktoberfest zu seinem hundertjährigen Jubiläum zeigte. Nicht ein Knick, kein einziger Kratzer, nichts verunstaltete dieses Kleinod. Er war fest entschlossen, sie an Jule zu schicken, denn er wusste, dass ihr einzig und allein so eine Geste verdeutlichen konnte, was er für sie empfand. Er wollte ihr klarmachen, dass keine Postkarte der Welt sie ersetzen konnte. Er wollte ihr all dies schreiben, seine Gedanken und Gefühle auf Papier bringen – doch er fand keinen Stift. Also durchkreuzte er erneut alle Postkartenstapel, lief herum, suchte, kramte, kroch umher, bis er schließlich unter einem Stapel fränkischer Postkarten, die allesamt an dieselbe Person in ein Dorf am Niederrhein geschickt worden waren, einen silbernen Füller blitzen sah – seinen besten Stift. Der ist für Jule gerade gut genug, schoss es ihm durch den Kopf, er ließ sich auf die Knie fallen und zog heftig an dem Füller. Und tatsächlich, er konnte ihn herausziehen, mit einem Ruck löste er sich. Triumphierend hielt Klostermeier den Stift in der Hand, bis er merkte, dass ein lautes Donnern einsetzte und es über ihm dunkel wurde. Er hob den Kopf. Der Stapel, unter dem der Füller eingeklemmt war, wackelte, er schaukelte hin und her, immer bedrohlicher. Heftiger Wind kam auf. Die Postkarten verdeckten die Sonne, sie neigten sich nach vorne in Richtung Klostermeier, erste Postkarten fielen vom Himmel wie erste Regentropfen bei einem Gewitter. Weltuntergangsstimmung umgab Klostermeier. Es wurden immer mehr Karten, die auf ihn einprasselten, bis der ganze Stapel schließlich einstürzte. Millionen von Karten fielen schlagartig vom Himmel auf Klostermeier zu, gleich würden sie ihn erreichen, erschlagen, ihn unter sich begraben – sein Leben war vorbei, und er konnte sich noch nicht einmal vor Jule rechtfertigen. Ein schrilles Klingeln durchschnitt die letzten Minuten im Leben des Georg Klostermeier, die Postkarten-Apokalypse wurde eingeläutet. Just, als er meinte, sterben zu müssen, wachte er auf. Das schrille Klingeln war sein Wecker. Schlagartig öffnete er die Augen und begriff – es war nur ein böser Traum.

Erschöpft setzte er sich auf. Seine Stirn war schweißgebadet, schon wieder, wie auch bei seinem Oktoberfesttraum kam ihm alles unglaublich realistisch vor. Er seufzte. Hatte das mit Jule wirklich so laufen müssen? Sicherlich, Postkarten zu sammeln war nichts Schlimmes, aber doch passte es zu einem Polizisten in etwa so gut wie der Sechzger Löwe zum Bayern-Wappen.

Klostermeiers Schädel brummte, ihm war etwas schwummrig zumute. Er ging zum Fenster und öffnete es. Strahlender Sonnenschein tauchte die Straße in ein wunderbares Licht und die sie säumenden Bäume in ein sattes Spätsommergrün, warme Luft drang in sein Zimmer, die Vögel zwitscherten munter. Föhn.

»Au weh«, murmelte Klostermeier, »des a no!«

Er vertrug den Föhn nicht immer gut, auch wenn er ihn liebte. Die warmen Fallwinde aus den Alpen sorgten zwar für den blauesten, wolkenfreiesten Himmel, den sich ein Tourist in Bayern überhaupt nur vorstellen kann, für angenehme Temperaturen und eine fantastische Sicht auf die Berge – aber auch gleichzeitig für Herz- und Kreislaufprobleme und – so war es bei Klostermeier – für Kopfschmerzen.

»Ausgerechnet heute, wo ich doch einen klaren Kopf brauch«, fluchte er leise vor sich hin. Auf dem Weg ins Bad schnappte er sich in der Küche ein Glas, füllte es mit Leitungswasser und warf eine Kopfschmerztablette hinein.

Nachdem er sich schleppend fertig gemacht hatte, ging er in die Bäckerei, um sich dort sein Frühstück zu holen. Kaum hatte er die Ladentüre geöffnet, setzte Sabine schon zum säuselnden Begrüßungsflirt an, den Klostermeier im Keim erstickte.

»Sei mir ned bös, Sabine, heut is es nix mit mir, ich hab eine Matschbirne, wegen dem Föhn, verstehst?«

»Des Föhns, meinen Sie, lieber Herr Hauptkommissar, aber ich weiß schon, hier in Bayern gibt's keinen Genitiv, nich? Der is wohl an der Donau hängen geblieben ...« Sie kicherte.

Klostermeier starrte sie irritiert an. »Passt scho. A Brezn, wennst mir geben könntest, Sabine. Des wär nett. Und a kleins Wasser und dann noch a Auszogne für nachmittags.«

»Für's Kaffetschel, ne?«

»Ja, ja, is scho recht. Des üben wir ein anders Mal, ich muss nämlich los in d'Arbeit.«

Klostermeier verließ die Bäckerei, schwang sich auf sein Fahrrad und machte sich auf den Weg Richtung Oktoberfest. Er radelte die Frühlingsanlagen flussaufwärts an der Isar entlang und fuhr über die Wittelsbacher Brücke in die Kapuzinerstraße. An der Ampel Ecke Wittelsbacherstraße musste er warten und ließ seinen Blick schweifen. Das Café am Baldeplatz war wie immer gerappelt voll, dort sonnten sich meist die Angehörigen der Münchner Schickeria und ließen sich das fantastische Brunchbüffet schmecken. Die meisten trugen heute Tracht und würden nach dem Frühstück vermutlich zu Fuß in Richtung Theresienwiese pilgern.

Am Samstag auf die Wiesn – niemals wäre Klostermeier so etwas eingefallen. Und heute, am zweiten Wiesnsamstag, machte er sich schon wieder auf den Weg dorthin.

Schon auf Höhe des Arbeitsamts waren auf den Straßen unzählige italienische Wohnmobile. Der Verkehr war teilweise zum Erliegen gekommen, was Klostermeier auf seinem Fahrrad freilich wenig störte. Ihm fiel ein, was Jule am Vortag schon angedeutet hatte: Bei dem heutigen Samstag handelte es um den ersten Tag des berühmten wie berüchtigten Italienerwochenendes. Es schien, als ob Jahr für Jahr halb Italien nur für dieses eine Wochenende nach München kam. In der Innenstadt bildeten sich Wohnmobilkolonien und belagerten – trotz der sogenannten Bannmeile, die das Parken um die Theresienwiese und im Westend verbot – die Parkplätze und -anlagen rund um die Wiesn. Meistens wurden sie dann von der Polizei auf eigens für die italienischen Besucher bereitgestellte Anlagen geschickt. Die größte befand sich mittlerweile in der Messestadt Riem und bot Platz für an die tausend Stellplätze. Vor zwei Jahren hatte sogar Luca Toni, der damals noch für den FC Bayern spielte, in einem Radiospot Tipps und Hinweise auf Italienisch gegeben, wie man am besten zum »Oktoberfest Camp« kam. Und es ging noch weiter: Es wurden extra Polizisten aus Südtirol abgestellt, die auf der Wiesn die deutsche Polizei bei den Patrouillen unterstützten und Hilfe leisteten, wenn Italiener Fragen hatten oder Ärger machten. Mit solchen Maßnahmen hatte man schon so manche Situation friedlich klären können – was nichts an der Tatsache änderte, dass nahezu ganz München und vor allem die Wiesn an diesen zwei Tagen fest in der Hand der Südländer war.

Als Klostermeier am Eingang Bavariaring, Ecke Theresienhöhe ankam, musste er schlucken. »Jessas, Maria und Josef!«, entfuhr es ihm, »da geht's ja zu wie am Stachus! Na sauber.«

Es wimmelte überall nur so von Italienern. Überall sah und hörte man sie. Es war erst elf Uhr, doch schon jetzt bewegten sich dichte Menschenmengen über die Festwiese.

Der zweite Samstag war erfahrungsgemäß der am besten besuchte Tag des ganzen Oktoberfests, und als Klostermeier am verabredeten Treffpunkt, dem *Glückshafen* direkt nach dem großen Schild »Willkommen zum Oktoberfest« am Anfang der Wirtsbudenstraße, ankam, schoben sich bereits die Massen in Richtung der Bierzelte und Biergärten. Klostermeier fluchte beim Gedanken daran, dass sie gleich mit der Truppe über das Oktoberfest in Richtung der verdächtigen Fahrgeschäfte, die Artan Bojaxhio gestern genannt hatte, gehen mussten. Sie hätten sich besser am Osteingang treffen sollen, auch wenn es da nicht so einen vielversprechenden Treffpunkt wie den *Glückshafen* gab. Die Zollbeamten und Polizisten aus Klostermeiers Team fielen trotz Uniform nicht weiter auf.

Zu präsent war die sogenannte Wiesn-Wache, die Polizei, die extra für das Oktoberfest abgestellt wurde, dort auch gleich das Hauptquartier hatte und mit insgesamt dreihundert Mann und einhundertfünfzig Zusatzkräften im Festgelände durchschnittlich zweitausend Polizeieinsätze pro Oktoberfest bewältigte. Die zusätzlichen Südtiroler Polizisten liefen in ihren eigenen Polizeiuniformen herum. So konnte jeder italienische Besucher sie sofort als Beamte, die des Italienischen mächtig waren, erkennen und ansprechen.

Nach einer kurzen Begrüßung teilte Klostermeier seine Kollegen ein. Jule ordnete er seiner eigenen Gruppe zu, mit dabei waren auch noch Wolf und Fraunthaler vom Zoll. Jule war so wie immer. Entweder ließ sie sich nichts anmerken oder sie war zu der Überzeugung gekommen, dass Postkartensammeln doch nicht so schlimm war. Oder sie hatte so viel getrunken, dass sie sich einfach nicht mehr an den Abend erinnerte. Er beschloss, dies in einem günstigeren Moment herauszufinden.

Andi und Stefan übertrug er, zusammen mit jeweils einem Kollegen vom Zoll, die Leitung der beiden anderen Gruppen. Sie sollten das *Wheel of Joy* und die *Sensation Slide* unter die Lupe nehmen.

Die Kontrolle der drei Fahrgeschäfte war weit mehr als reine Routine. Es galt, diejenigen zu finden, die als Schwarzarbeiter angeheuert worden waren, und durch Bojaxhios Tipp war die Wahrscheinlichkeit hoch, dass sie einen Treffer landen würden. Und nur so konnten sie weitere Informationen zu den Mordfällen erhalten, die sie bei der Aufklärung vielleicht endlich weiterbrachten.

»Auf geht's, Leute, seid wachsam und lasst euch von den ganzen Bierdimpfeln und Zuckerwatteschleckern hier nicht aus der Ruhe bringen«, versuchte Klostermeier alle nochmals zu motivieren.

Doch das war gar nicht nötig, jeder Einzelne fieberte dem Einsatz entgegen. Sie machten sich auf den Weg.

Schmidhubers *Shining Star* lief bereits auf Hochtouren, als sie dort eintrafen, so wie alle anderen Geschäfte in der Schaustellerstraße auch. Aus den Boxen dröhnte »There is a star« von Pharao, ein Dance-Hit aus der Mitte der 90er-Jahre, der genauso abgehalftert war wie das Fahrgeschäft selbst. Vor dem Fahrgeschäft lungerten Jungs herum und glotzten jedem Mädchen, das in einem kurzen Dirndl und mit einem großen »Balkon« vorüberging, hinterher. Manchmal pfiffen sie auch oder riefen eher weniger originelle Anmachsprüche, jedoch ohne Erfolg.

Am Kassenhäuschen hatte sich bereits eine kleine Schlange von Leuten, die alle mitfahren wollten, gebildet – es waren deutlich weniger als bei den umstehenden Fahrgeschäften.

Die Mitarbeiter des *Shining Star* liefen eifrig von Gondel zu Gondel, wenn eine Runde vorüber war und neue Fahrgäste kamen und sich hineinsetzten. Sie sammelten die Fahrchips ein, die gleichen, die sie in der Wohnung von Ridvan Berisha gefunden hatten.

Klostermeier war sich sicher, dass Schmidhuber ihnen in ihrem ersten Gespräch das Blaue vom Himmel heruntergelogen hatte, und das passte ihm gar nicht. Er gab seinen Leuten die Instruktionen.

»Jule, du nimmst dir mit Fraunthaler zusammen Schmidhuber vor, Fuchs und ich stellen uns jeweils an die Seiten des Fahrgeschäfts und beobachten die Szenerie, im Fall der Fälle können wir euch so besser Rückendeckung geben. Ich will, dass ihr ihn direkt auf das Thema Schwarzarbeit ansprecht. Setzt ihn unter Druck, sagt ihm, dass die Beweislast erdrückend ist, dass er keine Chance hat und dass es ihm nur gut ausgelegt werden wird, wenn er kooperiert. Der wird schnell einknicken, da bin ich mir sicher! Wir brauchen von ihm die Info, wer die Schwarzarbeiter sind und von wem Schmidhuber sie vermittelt bekommen hat. Ich vermute, dass es Berisha war, aber das müssen wir genau wissen!«

Jule und der Zoller nickten. Jetzt wurde es also ernst. Klostermeier war nervös. Es war riskant, Jule vorzuschicken, schließlich war sie noch relativ unerfahren, vor allem im Umgang mit so gestandenen Bayern wie Schmidhuber. Aber Klostermeier vertraute auf Fraunthaler, der zwar ein ruhiger Zeitgenosse war, aber auch ein riesiges Kreuz besaß und Arme, die ungefähr so groß waren wie Klostermeiers Oberschenkel. Er würde seine Kollegin im Zweifelsfall schon schützen und unterstützen können.

Klostermeier und Fuchs bezogen ihre Positionen, Jule und Fraunthaler begaben sich geradewegs zu der kleinen Kabine, aus der Schmidhuber beim letzten Mal gekommen war. Fraunthaler klopfte kurz an der Tür, dann traten die beiden ein, ohne eine Antwort abzuwarten. Schmidhuber saß mit dem Rücken zu ihnen an einem kleinen Tisch.

»Guten Tag, Herr Schmidhuber«, setzte Jule an.

Schmidhuber hob erschrocken den Kopf und fuhr herum. »Bei uns hoaßt des immer no ›Grias God‹, gei! Is des vielleicht a Art, einfach so in Privaträume einzudringen? Wos woin S' denn scho wida?«, polterte er los.

»Herr Schmidhuber, wenn ich vorstellen darf, das hier ist mein Kollege Fraunthaler vom Zoll. Uns liegen Informationen vor, laut derer Sie Schwarzarbeiter in Ihrem Unternehmen beschäftigen. Wir bräuchten von Ihnen eine Auflistung sämtlicher Meldeunterlagen Ihrer Mitarbeiter, Sozialversicherungsnummern, Personalausweiskopien und so weiter.«

»So, so, Zoll, da schau her. Informationen ham'S, Frau Kommissarin. Aha. Sie wissen scho, das des heftige Beschuldigungen san, die Sie da vorbringen, gei? I sag Eana oans: I hob koane Schwarzarbeiter, des is so, und des war so, und des werd a kümpftig so sei, des is so sicher wia's Amen in der Kirch! Und überhaupts, wo san's denn, Eana Informationen, ha?«

Jule war kurzzeitig irritiert. Jetzt musste sie sich auf einmal vor diesem Schmidhuber dafür rechtfertigen, dass sie hier eine unangekündigte Kontrolle machten!

»Und überhaupts«, polterte Schmidhuber weiter, »ham Sie irgendwas, an Durchsuchungsbeschluss, Haftbefehl, irgendwas, weil wenn ned, dann kemma glei aufhörn mit dem Verhör hier, ham S' mi?«

»Herr Schmidhuber, jetzt beruhigen Sie sich bitte und …«

»Beruhigen soi i mi, ha? Dass i net lach! Was dadn denn Sie sogn, wenn Sie da friedlich sitzen und plötzlich schleichan si do welche einfach o.«

»Wir haben uns doch gar nicht –«

Ehe Jule antworten konnte, schaltete sich Fraunthaler ein, der sich bislang im Hintergrund gehalten hatte.

»Du Spezi, jetzt dua di amoi ned so aufmandeln, ge«, sagte er mit bedächtiger, tiefer Stimme, »mir san schließlich a ned auf der Brennsuppn dahergschwomma! Also, 's wär besser, wennst kooperierst, des kannt si am End no strafmildernd auswirken. Solchene Haderlumpen wie du ham doch eh keine Chance! Weil deine Schwarzarbeiter, die find ma auch ohne deine Hilfe, aber mit geht's schneller. Also, raus mit der Sprache, wer isses?«

Während seiner Worte war Schmidhuber empört aufgesprungen, aber als er sah, dass er Fraunthaler nur bis zur Brust reichte, wich er zurück.

»Stimmt scho«, begann er kleinlaut, »Sie ham ja recht. Zerscht hab ich des gar net woin, wissen'S, aber die Gschäfte laufn schlecht und des scho so lang. Wenn d' Kundschaft ausbleibt, bleibt eim ned vui übrig, verstehnga'S, da kennas Eana aussuchn, ob's d' Leit entlassen oder aber an Laden zusperrn. Na ja, und dann is da der Berisha daherkema und bietet mir paar kräftige Männer an – ohne Papiere, versteht sich, aber wer kann sich des scho aussuchen? Also hab ich mir drei gnommen, und des hat sich auch rentiert, weil die ham gscheit zuglangt, sich nie beschwert und warn immer fleißig, pünktlich, ois, ge, da hat ma sich net beschwern kenna!«

»Und angemeldet haben Sie die natürlich nicht«, sagte Jule.

»Naa, hob i net, weil dann hätt ich mir des ois a sparn kenna. Die Lohnnebenkostn san schließlich des, was uns Unternehmern des Lebn so schwar macht, gei, die Krankenkassnbeiträge, Sozialabgaben und so weiter.«

»Na ja, die haben ja auch schließlich ihren Sinn, Herr Schmidhuber, das rechtfertigt Ihr Verhalten noch lange nicht.« Jule wollte zwar nicht den Moralapostel heraushängen lassen, aber diese platten Argumente störten sie doch. »Wie lief das denn ab mit den Schwarzarbeitern?«

»Wie gsagt, der Berisha kam damals in mei Büro nei und hat gmeint, dass er paar guade Leit hätt, wenn ich noch Hilfe bräucht. Ich hab auch zerscht gar net zugsagt, sondern gmeint, dass ich mir des noch überlegen müsste. Hat er auch verstandn, so is's ja net, er hat nur gmeint, dass er gern was hätt von mir als *reminder*, so hat er des gnannt«, Schmidhuber lachte keuchend, »etwas, durch des er sich erinnern könnt, dass er hier war. Weil er bei so vielen Gschäften wär hier auf der Wiesn, und dass ma da scho amoi durchanand kommen könnt. Und dann hab ich ihm zwoa Chips von mir gebn, weiß aa net, warum, die warn des Erste, was ich gseng hab hier im Büro, liegen ja überall rum, Sie sengs ja selbst! An Tag später war er dann wieder da und hat gfragt, wias ausschaugt. Und nachdem mir hier zu dem Zeitpunkt voll im Rückstand warn und ois, aber a wirklich ois no hättn machen müssen, hab ich halt drei bestellt. Die hat der Berisha dann jeden Morgen bei mir abgliefert und sie dann abends wieder abgholt. Pünktlich waren's immer, höflich und freundlich aa, aa wenn's quasi koa Wort Deutsch net kenna. Aber ma verständigt sich halt dann anders, net. Mit Händ und Fiaß und ab und zu aa anders, und wenn's a moi gar net ging, dann hab ich des am nächstn Tag den Berisha übersetzen lassn. Des hat scho passt so.«

»Und wo sans's jetzt, Eanane Schwarzarbeiter?«, fragte Fraunthaler, der während Schidhubers Reden mehrfach die Augen verdreht hatte

»Draußen san's, beim Arbeiten, is doch klar«, erwiderte dieser etwas gereizt. »Ohne die dad der ganze Laden doch gar nimmer laufn.«

»Na dann würde ich sagen, gehen wir mal und Sie zeigen sie uns. Wir brauchen trotzdem alle Papiere Ihrer angemeldeten Mitarbeiter und eine Liste, die sämtliche für Sie tätigen Leute führt. Mit einem Vermerk, wann das Arbeitsverhältnis begonnen wurde, und bei den Schwarzarbeitern das, was Sie haben.«

»Mei, Frau Kommissarin, von denen kenn ich eigentlich nur den Vornamen. Und i woaß, dass sie aus dem Kosovo kommen. Drei san's, der Arsim, der Jonuz und der Agon. Aber ois andere müssen Sie sie scho selbst fragen.«

»Na dann, gemma naus, dann wirdma scho seng, was ma da machen können«, sagte Fraunhofer. »Und was mit Eana passiert, des werd sich noch zeigen!«

Gemeinsam verließen sie das kleine Büro des *Shining Star* und gingen nach draußen, wo das Leben tobte. Menschenmassen stauten sich auf der Schaustellerstraße und schoben sich träge und zäh in beide Richtungen. Jule blickte um sich und entdeckte Fuchs, der relativ nahe am äußeren rechten Rand des Fahrgeschäfts stand und alles gut überblicken konnte. Er nickte ihr unauffällig zu, um ihr zu verstehen zu geben, dass er auf dem Posten war. Auf der anderen Seite stand Klostermeier und sah ebenfalls zu ihnen herüber, wobei ihm ab und zu die Sicht versperrt wurde durch Menschen, die an ihm vorbeigingen oder vor ihm standen und darauf warteten, dass die nächste Fahrt losging und sie einsteigen konnten oder die einfach auf Familienangehörige, Freunde oder Lebensgefährten warteten, die sich gerade durch die Luft wirbeln ließen. Klostermeier sah nur, wie Schmidhuber einen seiner Mitarbeiter zu sich winkte. Es war der gleiche wie beim letzten Mal, Tamas. Schmidhuber sprach mit ihm, zeigte auf Holtkamp und Fraunthaler und dann zunächst auf einen Mann, der gerade Fahrchips einsammelte, dann auf einen, der auf der Rückseite des *Shining Star* stand und dort am Geländer lehnend darauf wartete, dass die nächste Fahrt losging. Das mussten zwei der Schwarzarbeiter sein, das war Klostermeier klar. Schmidhuber sah sich jetzt um und schien Tamas etwas zu fragen, der mit den Schultern zuckte, sich daraufhin ebenfalls umdrehte und offensichtlich nach jemandem Ausschau hielt. Plötzlich zeigte er auf Klostermeier, als ob er ihn gesucht und gefunden hätte. Auch Schmidhuber und Jule schauten aufgeregt herüber und winkten. Jule riss die Augen auf und deutete hektisch mit dem Zeigefinger auf Klostermeier, doch der kapierte nicht, worum es eigentlich ging. Er sah um sich, dann wieder zu Jule, zeigte mit dem Finger auf sich selbst und schaute sie fragend an. Jule, die nun hastig auf ihn zukam, rief: »Hinter dir!«

Klostermeier wirbelte herum und hielt fieberhaft Ausschau nach jemandem, den Jule gemeint haben könnte. Da erblickte er einen Mann in schwarzer Jacke mit dem wohlbekannten »Schmidhuber Entertainment«-Aufdruck, der sich offensichtlich aus dem Staub machen wollte.

»Ned scho wieder«, murmelte Klostermeier und heftete sich dem Mann an die Fersen. Doch das war schwieriger als gedacht, denn vor ihm schoben sich weiterhin die Menschen behäbig in die eine oder andere Richtung. Klostermeier rempelte ein Pärchen auseinander, das Händchen haltend vor dem *Teufelsrad* stand, auf das heftige Protestieren reagierte er gar nicht mehr. In diesem Moment bereute er es, keine Uniform angezogen zu haben, denn dann wäre den Leuten vielleicht klar, dass er gerade jemanden verfolgte. Klostermeier kam nur mühsam voran. Immer wieder blickte er nach vorne, um zu sehen, ob der Mann überhaupt noch zu sehen war. Da! Wieder spitzte die schwarze Jacke aus der Menge hervor. Er war ungefähr dreißig Meter vor dem Kommissar. Der Mann sah sich hektisch um. Offenbar wollte er sehen, ob jemand seine Flucht bemerkt hatte. Klostermeier fixierte ihn. Ihrer beiden Blicke trafen sich. Er konnte die Angst und die Panik in den Augen des Flüchtenden sehen.

»Stehen bleiben!«, rief er nun so laut er konnte. »Polizei! Bleiben Sie sofort stehen!«

Die umstehenden Menschen schauten ihn zuerst verwundert an und suchten dann aufgeregt nach jemandem, den er gemeint haben könnte. Ein paar gingen auch zur Seite, um ihn durchzulassen. Klostermeier schob sich umständlich nach vorne, immer sein Ziel vor Augen. Der Mann lief nun schneller, er schubste eine Frau vor sich zur Seite, um durchzukommen, sie schrie laut und stürzte. Ihr Begleiter rief dem Fliehenden etwas wenig Freundliches hinterher, aber schon kam von hinten Klostermeier und schubste den Mann zur Seite, so dass dieser über die am Boden liegende Frau stolperte und gleichfalls fiel.

»Tschuldigung«, sagte Klostermeier und lief weiter. Der Mann hatte etwas an Vorsprung gewonnen. Er wand sich geschickt durch die Menge, sah sich aber immer wieder nach Klostermeier um. Dieser versuchte, den Anschluss nicht zu verlieren. Sein Kopf war mittlerweile rot angelaufen, er hatte sichtlich Mühe, hinterherzukommen. Er durfte den Mann nicht entkommen lassen, vielleicht war das ihr Schlüssel zu den beiden Morden. Immer wieder rief er, fluchend drückte er Menschen zur Seite, doch es half nichts, er kam nicht schnell genug vorwärts. Der Mann passierte schon den Schießstand an der Ecke, bog in die Matthias-Pschorr-Straße ein und lief auf den Ausgang des Oktoberfests zu. Als Klostermeier um die Ecke rannte, prallte er frontal in eine Gruppe männlicher italienischer Wiesnbesucher. Alle hatten graue Hüte auf dem Kopf, auf denen wahlweise ein Löwe oder ein Bierfass trohnte. Dazu trugen sie alle das gleiche T-Shirt, auf dem »Festa della Birra 2010 – squadra ubbriacca« aufgedruckt war.

»Platz da, geht's auf d' Seitn!«, brüllte Klostermeier sie an, doch die Italiener verstanden überhaupt nicht, was dieser aufgeregte Mann von ihnen wollte. Er versuchte, sich durch die Reihe durchzuschieben, aber die Italiener bewegten sich keinen Millimeter. Einer schubste Klostermeier zurück und zischte »Vaffanculo, stronzo«, was auch Klostermeier verstand – Luca sei Dank. Ein zweiter packte sich den Kommissar und versuchte, ihn in den Schwitzkasten zu nehmen. Klostermeier wusste sich nicht mehr anders zu helfen, als ihn mit einem geübten Schulterwurf zur Strecke zu bringen. Der Mann schlug mit voller Wucht auf dem Boden auf. Seine Freunde wollten sich das natürlich nicht gefallen lassen. Sie beschimpften Klostermeier übel und gingen mit geballten Fäusten und Zornesröte im Gesicht auf ihn zu. Er war sich der Gefahr, in der er sich befand, bewusst. Wie sollte er gegen fünf angetrunkene und augenscheinlich sehr aggressive Männer nur bestehen! Just, als er die erste Faust auf sich zufliegen sah, packte jemand den Italiener von hinten und drehte ihm den Arm um. Alles ging blitzschnell. Zwei andere stellten sich zwischen Klostermeier und die Italiener und hoben abwehrend die Hände. Die Wiesnpolizei. Gott sei Dank, dachte Klostermeier, des war knapp.

»Danke, Kollegen«, rief er erleichtert und wollte schnell an ihnen vorbeiziehen, da fühlte er auf einmal einen Schmerz in seinem Arm. Jemand hatte ihn gepackt und in den gleichen Hebelgriff genommen wie seinen italienischen Widersacher.

Klostermeier jaulte auf vor Schmerz. »Geh, was soll denn des, ich bin doch einer von euch! Loslassen, sofort!«

»Passt schon, Spezi, du beruhigst dich jetzt erst mal, solange geht hier keiner irgendwo hin«, sagte der Mann, der ihn festhielt, ruhig und bestimmt.

»Naa, ich beruhig mich überhaupts nicht! Loslassen! Sofort! Ich muss einen Mann erwischen, der gerade geflohen ist!« Mühsam fischte er mit der freien Hand seinen Dienstausweis aus seiner Innentasche und reichte ihn nach hinten.

Der Polizist lockerte augenblicklich seinen Griff. Klostermeier riss sich geradezu frei und suchte hektisch nach seiner Zielperson. Doch die war im Gedränge schon längst über alle Berge. Klostermeier hatte ihn verloren.

Im Moment war er so weit von einem normalen Leben entfernt wie nie zuvor. Er schloss die Augen. Schweiß schoss ihm aus allen Poren, sein Puls raste. Er hatte getötet. Der Mann, der ihm gefolgt war, wusste es. Bald würden es auch seine Freunde wissen.

Und dann alle. Bald würden es alle wissen.

Er blickte sich vorsichtig um und beobachtete die Leute im Abteil. Sein Herz schlug ihm bis zum Hals und er hatte das Gefühl, als ob es für jeden zu hören war. Aber die Leute nahmen keinerlei Notiz von ihm, starrten vor sich hin oder in Zeitungen. Er sah an sich hinunter. Er trug eines seiner ältesten weißen T-Shirts, das seine Arme betonte, die nach den Sommermonaten tiefbraun gebrannt waren. Sein Gesicht sowieso. Er saß unrasiert und verlottert inmitten von normalen Menschen, die ein normales Leben führten. Die Fahrkartenkontrolleure, die an der Hackerbrücke eingestiegen waren, hatten ihn scheel angeschaut und sich zu zweit vor ihm aufgebaut. Erst als sie seine Streifenkarte gesehen und gemerkt hatten, dass er regelmäßig stempelte, waren sie abgezogen. Während sie seine Karte geprüft hatten, war ihm plötzlich speiübel geworden und er hatte sich mit beiden Händen am Sitz festgekrallt, weil er Angst hatte, umzukippen. Hatte ihn am Hauptbahnhof jemand dabei beobachtet, als er die schwarze Jacke in einen Abfalleimer gestopft hatte? Er wollte nicht daran denken.

Was sollte er jetzt tun? Wohin sollte er gehen? Er hatte den Mann, der ihn verfolgt hatte, zwar abgehängt, aber es war nur eine Frage der Zeit, bis sie ihn aufspüren würden. Was, wenn die anderen schon verraten hatten, wo sie wohnten? Wenn sie dort schon auf ihn warteten?

Die S-Bahn hielt am Westkreuz. Er zögerte. Sollte er nicht besser eine Station weiterfahren? Nein, er musste so schnell wie möglich in die Wohnung, um ein paar Sachen zu holen. Er sprang auf und zwängte sich durch die Türen, die schon im Begriff waren, sich zu schließen.

Draußen stieß er in eine Frau mit Rollkoffer, die gleich nach dem Aussteigen stehen geblieben war und ihr Handy aus Handtasche holte.

»Tschuldigung«, murmelte er.

Nicht zu hastig, schärfte er sich ein. Zügig, aber ruhig. Nicht auffällig. Nicht hetzen, dachte er.

Er ging in Richtung Treppe. Als sein Blick auf den des Polizisten traf, zwang er sich, nicht ruckartig wegzusehen. Verdammte Scheiße, warum waren hier zwei Bullen? Waren sie wegen ihm hier? Hatten die anderen so schnell ausgepackt und verraten, wohin er fahren würde?

Der Polizist sah ihn an. Schau ins Leere, sagte er zu sich. Durch ihn hindurch. Als würdest du ihn nicht wahrnehmen. Als wäre er gar nicht da. Als würdest du in Gedanken versunken in seine Richtung sehen. Den Kopf nicht zu schnell wegdrehen. Mach es wie immer. Wie schon so oft.

Rasch, aber nicht hastig, ging er zur Treppe. Dreh dich nicht um. Wenn sie dir nachsehen und du dich jetzt umdrehst, dann ist alles vorbei. Dann folgen sie dir und dann hast du genau zwei Möglichkeiten: Du kannst versuchen zu fliehen, was fürchterlich in die Hose gehen kann, oder du sagst es ihnen. Sagst es ihnen ruhig und gelassen.

Alles, was danach passieren würde, läge nicht mehr in seiner Hand. Er müsste sich um nichts mehr kümmern. Endlich um nichts mehr kümmern. Die ewige Hast wäre vorbei. Aber er hatte ihnen doch versprochen durchzuhalten. Jetzt die Rolltreppe hoch. Entspannt stehen bleiben und nicht gehen. Rechts stehen, links gehen.

Er war endlich an der Oberfläche. Konnte die Bäume auf der Aubinger Straße sehen. Zwei S-Bahnwachen kamen ihm entgegen. Er schluckte. Bitte nicht, nicht jetzt. Bitte lasst mich in Ruhe! Ihr habt mich jahrelang in Ruhe gelassen, dann tut es auch jetzt. Die zwei Sicherheitsleute gingen dicht an ihm vorbei. Sie waren ins Gespräch vertieft und beachteten ihn nicht.

Das war knapp. Tief durchatmen. Er trat ins Freie.

»Entschuldigen Sie?«

Er blieb stehen. Jetzt erst merkte er, dass ihm der Schweiß auf der Stirn stand und seine Hände zitterten. Vermutlich sah er aus wie ein Junkie. Langsam wandte er sich um. Er würde nicht fliehen. Er war müde und wollte nicht mehr davonrennen. Sollten sie doch mit ihm machen, was sie wollten.

Eine junge Frau stand vor ihm. An ihrer Hand ein kleines Mädchen, das ihn konzentriert ansah. Sein Anblick versetzte ihm einen Stich.

»Wissen Sie zufällig, wie ich von hier zum Roten Kreuz komme?«

Als sie seinen verständnislosen Blick sah, fügte sie hinzu: »Das Rote Kreuz. Hier muss irgendwo die Sozialservicestelle sein, Aubinger Straße 51.«

Er zuckte mit den Schultern. »Sorry.«

Sie lächelte. »Danke trotzdem.«

Er sah den beiden nach. Nach einer Weile sprach die Frau erneut einen Passanten an, der kurz darauf mit seinem Arm in westliche Richtung wies.

Er lief langsam die Straße entlang und bog in die Heimburgstraße ein. Alles war ruhig. Nirgendwo Polizeiautos. Sein Herzschlag beruhigte sich ein wenig. Er musste sich konzentrieren. Hier konnte er nicht mehr bleiben, er musste fort. Einmal mehr. Er war so müde. Er konnte nicht mehr, und doch konnte und durfte er jetzt nicht aufgeben. Er musste so schnell wie möglich weg von hier.

Er atmete tief ein und aus und schloss die Haustür auf.

Das Verhör brachte brisante Erkenntnisse. Insgesamt hatten die drei Einsatzgruppen fünf Schwarzarbeiter festnehmen können, der sechste war Klostermeier entkommen. Er ärgerte sich immer noch maßlos über seine Unfähigkeit, die besoffenen Italiener und die Kollegen, die ihn – zugegebenermaßen ahnungslos – festgehalten hatten. Das Verhör führten diesmal Andi und Stefan, Jule und Klostermeier standen mit Staatsanwältin Marga Berninger hinter dem verspiegelten Fenster und lauschten dem, was da in erstaunlich gutem Deutsch von den Männern berichtet wurde. Sie waren laut eigener Aussage 2007 zusammen aus dem Kosovo geflohen und illegal nach Deutschland eingereist. Keine Papiere, keine Aufenthaltsgenehmigung, es gab nichts, wodurch ihre Identität überprüft und verifiziert werden konnte. Nur falsche Pässe.

Die Männer hatten Angst, das war ihnen anzusehen. Ihre Augen irrten ziellos im Raum herum, ununterbrochen trommelten sie mit ihren Fingern auf den Tisch, ballten sie zu Fäusten. Sie schwitzten und häufig musste die Vernehmung unterbrochen werden, damit ihnen neues Wasser gebracht werden konnte. Abbrechen wollten sie das Gespräch aber zu keinem Zeitpunkt. Sie hatten Angst, aber waren kooperativ. Sie wollten berichten, das spürten alle Anwesenden.

Sie lebten gemeinsam in einer Unterkunft in der Franckensteinstraße – wie bezeichnend, dachte Klostermeier, der sich kein bisschen wunderte, dass diese Straße nur etwa zehn Minuten entfernt lag von der Wohnung von Ridvan Berisha in der Heimburgstraße, dem Toten, mit dem alles begonnen hatte. Mittlerweile war Klostermeier überzeugt, dass Jule recht hatte und die beiden Mordfälle in unmittelbarem Zusammenhang standen.

Auch Bojaxhio lebte mit den Männern zusammen. Sie hatten ihn zum Verhör dazugeholt und er hatte ohne Umschweife zugegeben, die Männer zu kennen und sich mit ihnen eine Bleibe zu teilen. Die Männer hatten sich gefreut, ihn zu sehen, und ihn umarmt.

Interessant war, dass offenbar lediglich die drei Mitarbeiter von Schmidhuber, der sich wie die beiden anderen Fahrgeschäftbetreiber, die sie gestern kontrolliert hatten, in Untersuchungshaft befand, von Berisha vermittelt worden waren. Die drei anderen hingegen berichteten – wie zuvor schon Bojaxhio –, dass sie Llukar unterstellt waren und von ihm die Anweisungen erhielten, wo und wann sie arbeiten mussten, auch wenn sie – das gaben sie unumwunden zu – Berisha ebenfalls kannten.

Auf die Frage, ob noch andere Männer ihnen Arbeit zuteilten, schwiegen sie zum ersten Mal, aber allen war klar, dass es noch mehr Männer geben musste. Klostermeier war sich sicher, dass sie früher oder später auch dazu aussagen würden.

Alle sieben waren von der gleichen Schlepperbande nach Deutschland geschleust worden, ein Unterfangen, das sie alle und auch ihre Familien sehr viel Geld gekostet hatte. Nun wollten und mussten sie mit dem in Deutschland hart erarbeiteten Geld ihre Zurückgelassenen in der Heimat versorgen. Auffällig war, dass sie alle auf unterschiedlichen Fahrten eingereist, letzten Endes aber doch zu Berisha und Llukar gebracht worden waren. Es gab also eine Verbindung der beiden Toten zu den

Schleusern, alles deutete darauf hin, dass es sich um ein größeres Netzwerk organisierter Kriminalität handelte. Klostermeier notierte sich im Geiste, dass er sich die Zollakten von Berisha und Llukar noch einmal genau ansehen musste.

Nach den Schilderungen der Männer hatten Berisha und Llukar ein strenges Regime geführt und dafür gesorgt, dass sich seit ihrer Einreise kein Tag vom anderen unterschieden hatte.

Unter der Woche wurden sie morgens gegen sieben Uhr von Berisha oder Llukar mit einem großen VW-Bus mit verdunkelten Scheiben abgeholt. Auf der Fahrt bekamen sie jeweils die Instruktionen, sie erfuhren, was sie erwartete, wohin sie gebracht wurden, welche Art von Arbeit sie zu verrichten hatten, worauf zu achten war und so weiter. Dann wurden sie an den jeweiligen Einsatzort gebracht. Meistens mit dem VW-Bus, in letzter Zeit aber häufiger mit öffentlichen Verkehrsmitteln, denn ihre häufigsten Ziele – Baustellen, Schrottplätze, Kieswerke und andere Orte, an denen reine Muskelkraft gefragt war – lagen oft außerhalb Münchens. Für diese Fahrten seien ihnen von Berisha und Llukar Streifenkarten ausgehändigt worden, die sie am Abend wieder zurückgeben mussten.

Deshalb die vielen Streifenkarten in Berishas Wohnung! Klostermeier erinnerte sich an sein Gespräch mit Andi am Tag nach dem ersten Mord.

Andere Fahrten als die zur Arbeit und zurück waren strengstens untersagt. Die Männer erzählten, dass genau kontrolliert worden sei, wann und wo sie die Karte abstempelt hatten, und wenn es auch nur eine kleine zeitliche Abweichung gab von der Vorgabe, erhielten sie an diesem Tag gar kein Geld.

»Die Bezahlung würde mich ja generell mal interessieren«, sagte Andi. »Berisha und Llukar haben Sie ausgezahlt?«

Der Mann, der laut gefälschtem Pass Jonuz Gashi hieß, nickte. »Ja, einmal im Monat. Einen kleinen Teil davon haben wir behalten, den Rest einem Freund von Berisha gegeben.«

»Was hat der damit gemacht?«

»Es zu unseren Familien im Kosovo gebracht.«

»Was macht Sie da so sicher?«

»Wir durften einmal im Monat mit unserer Familie telefonieren. Von einer Telefonzelle aus. Da haben sie gesagt, dass das Geld angekommen ist.«

»Und wie viel war das?«

»So zweihundert Euro im Monat.«

»Und wissen Sie, wie viel Berisha und Llukar von Ihren Arbeitgebern bekommen haben?«

»Nein. Sicher etwas mehr.«

»Das glaub ich aber auch. Was haben Sie mit dem Geld gemacht, das Sie behalten durften? Durften Sie sich denn frei bewegen? Einkaufen gehen?«

»Essen eingekauft hat meistens Llukar. Das Geld ist uns natürlich vom Lohn abgezogen worden. So etwa alle zwei Wochen durften wir raus«, sagte Gashi dann leise. »Mal in eine Kneipe. Oder in den Biergarten. Aber immer mit Berisha und Llukar.«

»Und was haben Sie die restliche Zeit gemacht?«

»Geschlafen. Ferngesehen.«

»Haben Sie niemals überlegt abzuhauen?«

Gashi sah Andi verständnislos an. »Wohin denn? Zur Polizei?« Er lachte trocken, wurde aber augenblicklich wieder ernst. »Die hätte uns auch nicht geholfen.«

»Was haben Sie in Ihrer Heimat gemacht? Ich meine beruflich?«

»Ich wollte Medizin studieren.« Er sah in die Runde. »Wir wollten alle studieren. Aber am Ende wollten wir doch unseren Familien helfen, das war uns das Wichtigste. Und hier kann man viel mehr Geld verdienen als zu Hause.«

Andi wandte sich an Bojaxhio. »Haben Sie sich deshalb den Nachnamen von Mutter Teresa gegeben? Weil Sie vor allem Ihre Angehörigen unterstützen wollten?«

Bojaxhio wurde rot und senkte den Kopf. »Ja. Aber das war doch nur ein Spaß. Nicht ernst gemeint.«

»Und Sie, Herr …«, Andi sah in seine Unterlagen, »Herr Muradi.«

Der Angesprochene zuckte zusammen. Er war offensichtlich der Jüngste von allen und hatte bis jetzt als Einziger noch kein Wort gesagt. Er war schlank, aber kräftig und trug sein leicht gelocktes Haar anders als die anderen, die alle kurz geschoren waren, halb lang.

»Ja?«, fragte er erschrocken.

»Hat Ihr Name auch eine Bedeutung?«

Zum ersten Mal in der Vernehmung lachten ein paar der Männer leise.

»Ja«, sagte Muradi leise.

»Dürfen wir es wissen?«

Muradi errötete. »Ich hab den Namen von Ferid Muradi.«

»Und wer ist der Gute?«

»Er hat ... Viagra entwickelt.«

Jule wandte sich an Klostermeier. »Das ist ja interessant. Kennst du den?«

»Natürlich nicht«, antwortete Klostermeier entrüstet. »Warum sollte ich?«

Staatsanwältin Berninger kicherte.

Die Stimmung im Vernehmungsraum wurde schlagartig wieder ernst, als Andi das Thema erneut auf den Tagesablauf lenkte. In der Regel arbeiteten die Männer zwischen zehn und zwölf Stunden pro Tag. Abends wurden sie wieder von dem VW-Bus aufgelesen und nach Hause gebracht oder mussten eben mit einer bestimmten Bahn fahren, die vorher festgelegt worden war. Am Wochenende hatten sie meist frei, wobei es durchaus vorgekommen war, dass sie samstags auch noch arbeiteten. Während des Oktoberfests zum Beispiel. Fragen wurden von Berisha und Llukar nie beantwortet, teilweise gab es Prügel, wenn einer etwas von den beiden wissen wollte.

Als Stefan sie auf den Tod von Berisha ansprach, schwiegen sie zunächst. Er schob ein Foto des Toten in die Tischmitte. Er lag in einer Lache aus seinem eigenen Blut auf dem Wohnzimmerboden, an seinem Hals eine klaffende Wunde. Die Männer wandten sich ab, nur Agon Muradi starrte wie hypnotisiert auf das Bild. Klostermeier konnte von außen sehen, wie sich seine Augen vor Angst weiteten und er zu zittern begann. Er nahm das Foto und betrachtete es sehr genau. Dann ließ er es wieder sinken und vergrub seinen Kopf in beide Hände.

»Jao boze Arsim«, murmelte er, »šta si radio?«

»Wie bitte?«, fragte Andi irritiert.

Muradi schwieg.

»Arsim? Ist das ein Name?«

Muradi schluchzte.

»Jetzt sagen Sie schon, wenn Sie was wissen«, sagte Stefan – eine Spur zu laut, wie Klostermeier fand – und schlug mit der flachen Hand auf den Tisch. »Wenn Sie etwas verschweigen, dann schlecht für Sie. Kapiert?! Abgeschoben, verstehen Sie?! Weg, nix Deutschland, raus, zurück in Kosovo!«

»Spinnt er jetzt?«, fragte Jule.

»Er denkt, er ist ganz nah dran«, sagte Klostermeier leise. »Und dann wird er immer etwas stürmisch. Muss ich mal mit ihm besprechen.«

Muradi schluchzte immer noch. Gashi sah Andi kühl an. »Mit diesem Ton, Herr Kommissar, kommen Sie bei ihm nicht weiter. Außerdem: Was können Sie uns bieten, wenn wir Ihnen etwas über den Tod von Ridvan Berisha sagen?«

Andi war so perplex, dass er keine Worte fand. Stefan schaltete sich ein. »Entschuldigen Sie bitte meinen Kollegen. Sie müssen wissen, dass dieser Fall heikel ist. Die Spuren führen auf das Oktoberfest, zu Ihnen und Ihren Freunden, Sie sind für uns auch Tatverdächtige. Daher ist es eher in Ihrem Interesse, dass Sie uns sagen, was Sie wissen, denn falls Sie uns nichts sagen, aber in irgendeiner Verbindung zu dem Mord stehen, dann gehen Sie zuerst ins Gefängnis und danach werden Sie abgeschoben. Also, was können Sie uns zu Berishas Tod sagen?«

»Wir werden doch nach all dem hier ohnehin abgeschoben. Was also soll es bringen, wenn –«

»Sei still!«, unterbrach ihn Muradi. Er hatte sich wieder aufgerichtet und sah Stefan an. »Hören Sie … ich weiß nicht, wer Berisha umgebracht hat«, sagte er stockend. »Alles, was ich weiß, ist, dass Arsim bei ihm war.«

»Wer ist das, dieser Arsim?«

»Ein sehr guter Freund von mir, wir kommen beide aus Racak, einem Dorf im Kosovo, und sind zusammen hierher gekommen. Wir haben beide zuletzt für Schmidhuber gearbeitet. Arsim hat zu Hause eine Frau und zwei Kinder. Er musste nach Deutschland, um das Geld für sie zu verdienen. Er hat es am nötigsten gebraucht.«

»Und weiter? Ist Arsim heute geflohen?«

»Ja, das ist er. Er war letzte Woche bei Berisha.«

»Woher wissen Sie das?«

»Er hat es mir erzählt?«

»Wussten Sie alle, wo Berisha wohnt?«

»Nein, keiner wusste es. Ich weiß nicht, woher Arsim es wusste. Vielleicht ist er ihm mal gefolgt.«

»Wann genau war er bei Berisha?«

»Es muss letzten Freitag gewesen sein.«

Klostermeier und Jule sahen sich an. Der Tag vor dem Auffinden der Leiche!

»Wissen Sie, was er von Berisha wollte?«

»Berisha hat ihm Geld geschuldet. Arsim hat oft nicht auf ihn gehört, ist heimlich in die Stadt gefahren, hat sich Fahrkarten gekauft und ist damit unterwegs gewesen. Eine dieser Fahrkarten hat Berisha in seiner Jackentasche gefunden. Dann hat er ihm für einen Monat den Lohn gestrichen.«

»Wie hat Arsim darauf reagiert?«

»Erst ganz ruhig. Er hat immer wieder gefragt, ob es vielleicht nicht doch anders geht, aber Berisha hat immer das Gleiche gesagt.«

»Nämlich?«

»Dass der Boss bestimmt hat, dass er einen Monat nix bekommt und dass er da nix machen kann. Und dass er selbst manchmal sein Geld nicht kriegt.«

»Der Boss?«, fragte Andi, der sich wieder erholt hatte. »Kennen Sie den?«

»Nein, den haben wir nie gesehen. Keine Ahnung, wer das ist, aber er hatte Berisha und Llukar unter Kontrolle. Das war klar, denn immer, wenn es vom Boss schlechte Nachrichten gab, haben wir dafür büßen müssen. Die standen richtig unter Druck. Arsim war es leid. Er brauchte den Lohn, er musste ja schließlich seine Leute daheim ernähren. Einmal haben er und Berisha sich richtig vor uns gestritten deswegen. Beim letzten Streit hat Berisha Arsim aus Wut einfach verprügelt!«

»Und dann?«

»Nichts und dann. An dem Tag wurde alles ganz schlimm. Llukar hat gemeint, dass wir jetzt eine Woche alle nichts kriegen. Anweisung vom Boss. Arsim ist dann am gleichen Abend noch einmal losgezogen. Erst dachte ich, er läuft wieder durch die Stadt, aber er meinte nur, dass er sich das holt, was ihm zusteht. Und zwar von Berisha.«

»Okay. Was ist danach passiert?«

»Nichts. Arsim kam nach Hause. Er war zwar irgendwie durcheinander, aber er hat uns nicht gesagt, was passiert ist.«

»Und das Geld?«

»Auch nichts. Er hatte keins. Ich habe noch versucht, ihn zu fragen, was damit ist, aber er hat nur sagt, ich solle ihn in Ruhe lassen.«

»Hm. Und er hat sicher nichts erzählt? Dass er mit Berisha Streit hatte? Dass sie sich geprügelt haben? Gar nichts?«

»Nein, nichts. Wie gesagt, er war sehr durcheinander. Auf seinem T-Shirt waren ein paar Flecken zu sehen, aber das hat mich nicht weiter gekümmert. So sahen Arsims Klamotten öfter aus, er hat sich auch nie was zum Anziehen gekauft, damit seine Familie mehr Geld bekommen kann. Ich dachte mir nur, dass etwas passiert sein musste. Ab diesem Zeitpunkt ist Berisha nicht mehr zu uns gekommen, stattdessen hat Llukar alle Fuhren übernommen. Aber ich habe Arsim nicht danach gefragt, das schwöre ich! Na ja, und am Donnerstag hat uns dann nicht Llukar abgeholt, sondern Hashim Thaci.«

»Wer ist Hashim Thaci?«

»Den haben wir vorher nur ein oder zwei Mal gesehen. Er hat uns auch Freitag und heute jeweils gebracht und abgeholt. Wir haben ihn nach Llukar gefragt und wollten wissen, warum er nicht mehr kommt, aber der redet noch weniger als Berisha und Llukar.«

»Warum haben Sie nicht schon vorher von ihm erzählt?«

Muradi schwieg eine Weile. »Sie haben gesagt, wir dürfen nie über sie sprechen. Nie. Sonst würden sie uns umbringen.«

»Wissen Sie, wo er wohnt?«

»Nein.«

»Hat Arsim eine Waffe?«

»Nein. Ausgeschlossen. Das wüsste ich.«

»Wie lautet Arsims voller Name in seinem – ich nehme an gefälschtem – Pass?«

»Das werde ich Ihnen nicht sagen.«

»Und sein echter Name.«

Muradi schüttelte den Kopf.

»Herr Muradi, es ist Ihnen wohl klar, dass ich Sie und die anderen erst einmal hierbehalten werde.«

»Das ist mir klar, aber ich werde dennoch nichts sagen.«

Klostermeier wandte sich vom Fenster ab. Fürs Erste wusste er genug und wichtiger noch: Sie hatten endlich ihren Mordverdächtigen! Wenn Muradi die Wahrheit sagte, dann war sein Freund Arsim einer der Letzten, die Ridvan Berisha lebend gesehen hatten – wenn nicht der Letzte! Alles schien genau zu passen: Der vorangegangene Streit, die Prügel, die die Arbeiter immer wieder einstecken mussten, die Knochenjobs und schließlich der mickrige Lohn, ja Hungerlohn, der zu viel war zum Sterben und zu wenig zum Leben. Und der blieb dann auch noch aus. Da konnten einem schon mal die Sicherungen durchgehen. Klostermeier überlegte. Arsim fährt zur Wohnung von Berisha, er ist wütend. Möchte sein Geld haben. Berisha weicht immer wieder aus, sagt, er habe kein Geld, aber das nützt Arsim auch nichts. Arsim bittet ihn, fleht ihn an, spricht von seiner Familie. Möglicherweise hat Berisha ihn verhöhnt, ausgelacht. Er muss sich völlig sicher gefühlt haben. Schließlich sieht Arsim in seinem Augenwinkel ein Küchenmesser. Seine letzte Chance. Er nimmt es und sticht einfach auf Berisha ein. Dieser wehrt sich aus Leibeskräften. Arsim weiß vielleicht gar nicht, wohin er sticht. Wahllos sticht er immer wieder auf seinen Widersacher ein. Sein ganzer Hass auf Berisha bricht aus ihm heraus. Ein Stich trifft zufällig die Halsschlagader. Tödlich. Berisha versucht noch, Hilfe zu bekommen, er flieht aus der Küche in sein Wohnzimmer, will in Richtung Balkon, hält sich an der Wand fest. Schließlich bricht er dort auf dem Boden zusammen. Erst jetzt kommt Arsim zur Besinnung. Plötzlich ist sein ganzes Leben im Untergrund noch mehr in Gefahr, als es ohnehin schon war. Er hat jemanden erstochen. Wenn man ihn erwischt, ist er dran, und seine ganze Familie muss dafür leiden. Er bekommt Panik, weiß nicht, was er machen soll. Überall das Blut, und Berisha, der noch ein wenig röchelt, aber keinen Ton mehr herausbekommt. Und da haut er ab. Damit keiner merkt, was passiert ist, beschließt er, es keinem zu sagen, nicht einmal seinem besten Freund, der mit ihm durch Dick und Dünn gegangen ist.

Klostermeier war zufrieden. Mit sich und seiner Theorie, die ihm ziemlich schlüssig vorkam. Warum es dann Llukar in der Geisterbahn erwischt hatte, wusste er noch nicht, aber das konnte ihm vielleicht der flüchtige Arsim erzählen – vorausgesetzt, sie würden ihn erwischen. Und auch dieser Hashim Thaci musste gefunden werden. Vielleicht steckte er hinter dem Ganzen, war der gesuchte Drahtzieher, der »Boss«? Oder das nächste Mordopfer. Es war zumindest nicht auszuschließen. Andi und Stefan würden die Fahndung nach Thaci herausgeben, das war klar. Klostermeier packte Jule am Arm und zog sie aus dem Flur. Sie mussten jetzt Arsim finden und dafür mussten sie zu seinem einzigen Zufluchtsort – seiner Wohnung.

Die Fahrt mit dem Dienst-BMW dauerte dank des Blaulichts und des wenigen Verkehrs auf der Landsberger Straße nur knappe zehn Minuten. An der von den Männern genannten Adresse fanden Klostermeier und Jule nichts weiter vor als ein kleines, allein stehendes 2-Zimmer-Häuschen, das sehr heruntergekommen wirkte. Langsam gingen sie durch den verwahrlosten Vorgarten auf die Tür zu. Die zwei Beamten, die mit ihnen gekommen waren, verschwanden auf der Rückseite des Hauses. Neben der Tür war kein Namensschild angebracht. Auch keine Klingel.

»Georg«, flüsterte Jule.

»Was denn?«

»Schau.«

Er folgte ihrem Blick und dann sah er es auch. Die Tür stand einen Spalt breit offen. Gleichzeitig griffen sie nach ihren Dienstwaffen.

»Ich zähl bis drei«, raunte Klostermeier.

»Okay«, sagte Jule und stellte sich seitlich hinter ihn.

»Eins – zwei – drei!« Mit voller Wucht trat Klostermeier mit dem rechten Fuß gegen die Tür, presste sich dann an die Hauswand daneben und streckte die Waffe ins Innere des Hauses. »Polizei!«, rief er noch einmal. »Kommen Sie mit erhobenen Händen raus!«

Ein modriger Geruch schlug ihnen entgegen, als sie die Tür öffneten, schummriges Licht fiel durch ein Fenster auf der gegenüberliegenden Seite des Flurs.

Sie durchsuchten rasch Bad und Küche, beide winzig und schmutzig, und dann die zwei Zimmer, in denen jeweils vier Stockbetten untergebracht waren. Es war niemand hier.

»Auf vierzig Quadratmetern hausen so viele Männer, das ist doch Wahnsinn«, sagte Jule mit belegter Stimme.

»Mei, wenn'st nix hast, dann nimmst auch des. Ist immer noch besser, als unter der Brückn zu schlafen, oder?«, erwiderte Klostermeier.

Doch auch ihn ließ der Anblick nicht kalt. Die Räume waren unglaublich verdreckt, teilweise hingen die Tapeten mit 70er-Jahre-Muster von der Wand. Es roch stark nach kaltem Rauch und überall standen überquellende Aschenbecher, Bierflaschen und Bierdosen.

Während er den Raum durchsuchte, inspizierte Jule die Küche und musste sich bei ihrem Anblick fast übergeben. Überall lag Geschirr herum, verdreckte Gläser und Teller, auf denen sich größtenteils noch Essensreste befanden. Manche schimmelten bereits stark. Ein fauliger Geruch hing in der Luft, der ihr den Atem nahm. Das Spülbecken war ebenfalls voll mit Geschirr, es schwamm im dreckigen Abwaschwasser, das jemand nicht mehr abgelassen hatte. Auf einem Stück Fleisch, das auf dem schmutzigen kleinen Esstisch lag, hatte sich ein Schwarm dicker Schmeißfliegen versammelt. Sie schienen offenbar schon seit Längerem dieses Festmahl zu genießen. Der Mülleimer in der Ecke quoll über vor Essensresten und Verpackungen von Tiefkühlpizzen und Saftkartons und anderem. Auch ihn hatten die Fliegen schon in Beschlag genommen.

»Wie kann man nur so leben?«, rief Jule in Richtung Klostermeier, »Das gibt es doch gar nicht! Wenigstens ein bisschen muss man doch auf Sauberkeit achten, oder? Das ist wirklich unglaublich ekelhaft hier!«

Klostermeier reagierte nicht. Er hatte unter einem der Stockbetten eine Tüte gefunden, in der sich ein Kleidungsstück befand. Es war ein dunkles T-Shirt. Auf ihm waren Flecken. Blutflecken. Vielleicht die von Berisha.

»Ruf die SpuSi an, die sollen sofort ein Team herschicken«, ordnete er an. Das war vielleicht der Beweis, dass es sich bei dem Gesuchten um den Mörder handelte. Sie mussten die Bude auseinandernehmen, vielleicht fanden sich ja noch weitere Spuren.

Noch während der Rückfahrt ließ Klostermeier eine Großfahndung einleiten. Er wies Andi und Stefan an, sich um Fahndungsplakate zu kümmern. Sie sollten dafür mit Hilfe von Charly Schmidhuber ein Phantombild erstellen und Marudi, Gashi und die anderen Männer fragen, ob sie nicht doch bereit wären, Arsim näher zu beschreiben.

Überall sollte auf den Gesuchten hingewiesen werden, an allen U- und S-Bahnhöfen, an den Bus- und Tramstationen in unmittelbarer Umgebung des Oktoberfests, in der Nachbarschaft des Wohnhauses.

»Überprüft auch, wie es mit Radiodurchsagen ausschaut und ob der Staatsanwalt da mitspielt!«, trug er Andi auf. »Den Kerl kriegen wir, das wäre doch gelacht! Autobahnkontrollen in Richtung Österreich, jeder Verdächtige muss rausgezogen und kontrolliert werden! Und befragt alle Menschen, die in der Nähe dieser bedauernswerten WG wohnen. Vielleicht hat ja jemand Arsim gesehen, als er zum letzten Mal hier war.«

Arsim sollte den heißen Atem der Polizei in seinem Nacken spüren. Viele Möglichkeiten für ihn gab es nicht, er konnte nirgendwo einfach so hin, ohne Auto oder anderes Fortbewegungsmittel. Die Bevölkerung sollte bestmöglich informiert werden, bei der Fahndung helfen, daher wurden auch fünftausend Euro Belohnung ausgelobt für denjenigen, der entscheidende Hinweise lieferte, die zur Ergreifung des Flüchtigen führten.

Inzwischen war es später Nachmittag geworden. Dienstschluss für Jule. Nachdem Klostermeier sie nach Hause gefahren hatte, machte er sich auf den Weg zurück ins Präsidium. Kurz nachdem er an seinem Schreibtisch Platz genommen hatte, kam Andi. Er wirkte aufgeregt.

»Georg, du wirst es nicht glauben, aber der Gesuchte hat auf gar keinen Fall Llukar umgebracht! Das ist ganz klar, gar keine Frage, was machen wir denn jetzt?«

»Jetzt mal langsam, Andi, was redst du denn da? Nicht immer so hektisch, ja? Wieso ist des so gwiss? Was ham euch denn die anderen Kosovaren erzählt? Dass sie ihn umgebracht ham?«

»Nein, natürlich nicht, aber Arsim hat ein Alibi, wasserfest, verstehst?«

»Nix versteh ich, Andi, gar nix! Jetzt beruhig dich mal, sammle dich a bisserl und dann erzählst mir noch mal von vorn, was ihr im Verhör herausbekommen habt!«

»Der Arsim, der grad auf der Flucht is …«

»Wiss'ma, weiter«, drängte Klostermeier.

»… der hat den Llukar nicht umgebracht! Alle seine Freunde und Kollegen schwören, dass er zu der Zeit, als der Mord passiert sein muss, für den Schmidhuber gearbeitet hat. Der bestätigt das auch. Arsim hat Karten eingesammelt oder so was, jedenfalls konnte er keine Sekunde vom *Shining Star* weg. Da war angeblich die Hölle los, sagt der Schmidhuber, und selbst wenn's nicht ganz wahr ist, dann war wenigstens so viel zu tun, dass der Arsim voll eingespannt war! Das heißt natürlich dann auch, dass …«

»… dass wir einen zweiten Mörder suchen!«, vervollständigte Klostermeier den Satz.

»Genau.«

Andi strahlte. Er war glücklich, weil er in seinen Augen den Sachverhalt so logisch dargestellt hatte, dass seinem Chef sofort klar war, was das zu bedeuten hatte. Und als Klostermeier ihm auch noch ein kurzes »Gut gemacht« zuraunte, wuchs er glatt um ein bis zwei Zentimeter vor Stolz.

Nachdem Andi gegangen war, sammelte Klostermeier seine Gedanken. Er versuchte, die Zusammenhänge zu erkennen. Was schon im Vorfeld zu vermuten gewesen war, war nun fast Gewissheit. Sie suchten aller Wahrscheinlichkeit nach tatsächlich zwei Mörder. Sicher, Muradi und Co. könnten ihren Freund decken, indem sie ihm ein falsches Alibi verschafften, aber was hatten sie davon? Was hatte Schmidhuber davon – dem nutzte es ja gleich gar nichts, wenn er einen Verdächtigen deckte! Zumal er ja schon bereitwillig alles zugegeben hatte, die Kontakte zu Berisha, die illegalen Schwarzarbeiter, alles. Als Geschäftsmann war er ruiniert, da er wohl kaum noch einmal eine Lizenz für das Oktoberfest bekommen würde. Aber einen Mordverdächtigten decken, indem er ihm ein stichfestes Alibi verschaffte – nein, das würde er nicht tun. Außerdem hatte in Klostermeiers Augen ohnehin von Anfang an alles für zwei Mörder gesprochen: die unterschiedlichen Tötungsweisen, einmal im Affekt, einmal kalt geplant. Die vielen Spuren beim ersten Mord und nicht eine einzige beim zweiten. Blieb noch zu klären, wo Arsim steckte und wer für den Mord an Llukar in Frage kam. Klostermeier war gerade dabei, sich nochmals die Akten, die sich zu diesem Fall auf seinem Schreibtisch stapelten, zu greifen, als es an seiner Tür klopfte und Andi seinen Kopf hereinsteckte.

»Du, Schorschi«, fing er an.

»Ja? Is noch was?«

»Na ja, nicht wegen des Wiesn-Falls, aber da wäre noch was anderes Wichtiges …«

»Na dann raus mit der Sprache, Andi, aber mach hin, du siehst ja, dass ich was zu tun hab!«

»Es ist wegen der Soko.«

Klostermeier sah ihn fragend an. »Also doch der Mordfall?«

»Nein, nicht die Soko Wiesn, die andere, die Soko Rolle.« Andi sah seinen Chef verheißungsvoll an.

Schweigen.

»Rolle, weißt du nicht mehr? Du hast mir doch noch gesagt, dass ich mich da drum kümmern soll!«

Schweigen.

»Soko Rolle, Schorsch, ich dachte, das wär klar? Sag bloß, du kannst dich nicht mehr erinnern? Ich hab dir doch noch vor paar Tagen gezeigt, dass da ein Übeltäter auf den Diensttoiletten seine fiesen Geschäfte verrichtet.« Andi kicherte über seinen gelungenen Witz.

Klostermeier verzog keine Miene. »Was willst du, Andi?«, fragte er eisig, doch in ihm brodelte es. Er war kurz davor, seinen jungen Kollgen anzubrüllen, doch dann besann er sich. Er wollte jetzt weder über Klorollen philosophieren noch Andi vor den Kopf stoßen, er musste sich konzentrieren. Also stand er auf und klopfte Andi eifrig auf die Schultern. »Is scho recht, Andi, nur weiter so! Jetzt recherchierst noch mal gscheit, und wenn du dann Ergebnisse hast – aber nur dann! –, dann kommst wieder zu mir. Und dann schauen wir uns den Fall gemeinsam an, prüfen, ob alle Beweise hieb- und stichfest sind und dann mach ma den Kerl dingfest! Häng dich nei, der soll sich lieber in die Hosn scheißn aus Angst vor dir, als noch mal auf dem Klo das Klopapier ned nachzufülln!«

Nach diesen Worten schob er Andi sanft, aber bestimmt zur Tür hinaus. Jetzt brauchte er Ruhe.

Als er sich zurück an den Schreibtisch setzte, klingelte sein Handy. Er fischte es aus der Innentasche seiner Jacke. Es war eine SMS von Luca, der ihm den Tipp gab, einmal beim *Café 104* vorbeizuschauen, vielleicht wüssten die ja etwas über die Schwarzarbeiter von Schmidhuber. »Wenn du mehr wissen willst – Weißbier im *Happy Au'r* heut Abend?«

Typisch Luca, dachte Klostermeier. Er kannte das *Café 104* nur vom Hörensagen, daher ging er schnell auf die Website der Institution. Nachdem er sich kurz darüber informiert hatte, beschloss er, am Montag dem *Café 104* einen Besuch abzustatten, zumal dort am Wochenende ohnehin niemand anzutreffen war. Außerdem wollte er sich endlich genauer den Akten widmen, die nach wie vor auf seinem Schreibtisch ausgebreitet waren. Er steckte sein Handy zurück in seine Jackentasche und nahm sich als Erstes die Akte »Ridvan Berisha« vor. Auch er stammte aus dem Kosovo und wollte illegal nach Deutschland einreisen. Allerdings war er gemeinsam mit zwei weiteren Flüchtlingen aufgegriffen worden. Die Schleuser hatten den Wagen auf dem Parkplatz einer Landstraße abgestellt, fünfzehn Kilometer hinter der tschechischen Grenze. Anschließend war er in Abschiebehaft gekommen, wo er darauf gewartet hatte, wieder nach Hause geschickt zu werden. Nur durch den Einsatz einer Flüchtlingshilfsorganisation wurde das in letzter Minute verhindert und er erhielt tatsächlich ein dauerhaftes Aufenthaltsrecht und eine Arbeitserlaubnis. Während der vergangenen Jahre war er immer wieder mit dem Gesetz in Konflikt geraten – etwa als er schwarz auf einer Baustelle arbeitete –, aber er durfte dennoch bleiben. Hatte er nach seiner Einreise den Kontakt zu seinen Schleusern gehalten? Waren es möglicherweise dieselben Schleuser, die auch Arsim und die anderen Kosovaren nach Deutschland gebracht hatten? Hatte sich Berisha dadurch eine Gruppe aus illegalen Arbeitern zusammengestellt?

Klostermeier blätterte noch einmal in der Akte. Die Namen der Kosovaren, mit denen Berisha eingereist war, waren seltsamerweise nicht verzeichnet. Er müsste gleich noch einmal die Akte über Gent Llukar lesen, den zweiten Toten. War es möglich, dass er und Berisha sich allein ein so großes Geflecht aus Kontakten aufgebaut hatten, das man brauchte, um illegale Schwarzarbeiter dauerhaft an Abnehmer zu vermitteln? Klostermeier bezweifelte das. Es musste noch jemand anders geben. Klostermeier seufzte. Wer war dieser »Boss«, von dem Muradi und die anderen Männer gesprochen hatten?

Er musste der Drahtzieher sein, der Kopf des ganzen Systems. Nur, wie konnte man so jemanden finden? Vielleicht war es ja auch nicht nur einer, sondern gleich eine ganze Gruppe, kosovarische oder jugoslawische Mafia. Denen war so etwas durchaus zuzutrauen! Auch der zweite Mord, der so eiskalt in der Geisterbahn durchgeführt wurde, würde dazu passen. Allein, warum Llukar sterben musste, war völlig unerklärlich. Er hatte doch offenbar gute Arbeit geleistet, war zuverlässig gewesen und hatte gegenüber den Illegalen nichts ausgeplaudert. Oder? Klostermeier grübelte. Er musste den Zusammenhang finden. Denn dass zwei Vermittler von illegalen Schwarzarbeitern, die beide mit dem Oktoberfest zu tun hatten, ermordet wurden, konnte einfach nicht aus reinem Zufall geschehen sein. Irgendetwas musste Arsim mit dem Mord an Berisha ausgelöst haben, etwas, das zu dem zweiten Mord führte.

Als er zum zweiten Mal die Akte »Gent Llukar« zur Hand nehmen wollte, vibrierte erneut sein Telefon. Diesmal war es keine SMS, sondern ein Anruf, »Rufnummer unterdrückt«.

»Klostermeier«, meldete sich der Kommissar mürrisch.

Eine dumpfe Stimme mit ausländischem Akzent meldete sich.

»Spreche ich mit Kommissar Klostermeier?«

Schon wieder so ein Anruf. »Wer sind Sie?«, fragte Klostermeier, obwohl er wusste, dass es vergeblich war.

»Hören Sie, Herr Kommissar, ich weiß, dass Sie die Morde an den beiden Kosovaren untersuchen.«

Irgendetwas an der Stimme kam Klostermeier seltsam vor. Sie klang irgendwie blechern, unecht. Und gleichzeitig war es ihm, als habe er sie irgendwann schon einmal gehört. Aber wann?

»Herr Kommissar? Sind Sie noch dran?«

»Das bin ich. Ja, ich ermittle in diesen Fällen. Und?«

»Hören Sie auf damit! Sie sollten Ihre Nase nicht in Dinge stecken, von denen Sie nichts verstehen.«

»Aha. Und? Ich weiß nicht, inwieweit Sie sich mit Polizeiarbeit auskennen, aber genau das ist mein Job.«

»Halten Sie mich nicht für einen Dummkopf, Herr Kommissar.« Die Stimme klang nun erheblich bedrohlicher. »Sie sollten sofort die Ermittlungen einstellen. Das wäre besser für Sie. Und für Ihre süße blonde Kollegin!«

Jule, schoss es Klostermeier durch den Kopf, schon wieder wurde auch Jule gedroht. Er überlegte fieberhaft.

»Wollen Sie mir etwa drohen?«, frage er dann. »Ich bin immer noch Hauptkommissar des Münchner Morddezernats, ich lass mich doch nicht einfach so von Ihnen einschüchtern!« Er schrie jetzt in sein Handy. »Überhaupts, wer sind Sie denn, dass Sie mir so drohen können, hä? Und woher kennen Sie meine Kollegin?«

War er geisteskrank? Anstatt ruhig mit dem Mann zu sprechen, ihn mehr aus der Reserve zu locken und vielleicht doch noch darauf zu kommen, woher er die Stimme kannte, rastete er hier komplett aus!

»Es reicht mir, dass ich alles über Sie weiß, Herr Kommissar«, sagte der Mann ruhig und lachte leise, »Glauben Sie mir. Hören Sie auf – oder Holtkamp stirbt!«

»Aber –«, setzte Klostermeier an, doch der Mann hatte aufgelegt.

Hektisch drückte er auf seinem Handy herum, um in sein Adressbuch zu gelangen. Er suchte Jules Nummer und rief sie sofort an. Es läutete.

Mach schon, geh hin, flehte Klostermeier innerlich. Des kann doch nicht so schwer sein, Jule, geh jetzt hin! Es läutete weiter. Klostermeier sah auf sein Display, der kleine Hörer blinkte abwechselnd grün und gelb, doch sonst passierte gar nichts.

»Verdammt!«, fluchte er, suchte nach Jules Festnetznummer und rief dort an. Nachdem es fünf Mal geläutet hatte, meldete sich der Anrufbeantworter. »Liebe Leute, Jule ist gerade nicht zu Hause. Sie können ihr gern eine Nachricht hinterlassen oder nach dem Signalton pfeifen, sie ruft garantiert nicht zurück.«

»Jule, Servus, ich bin's, Georg, ich versuch verzweifelt, dich zu erreichen! Bitte meld dich doch, wenn du das hörst. Danke. Ciao.«

Klostermeier hatte aufgelegt. Das konnte doch nicht wahr sein. Wo steckte sie nur? Er hatte sie doch vorhin heimgefahren. War sie schon wieder weggegangen? Oder vielleicht einfach nur einkaufen? Er wählte wieder ihre Handynummer. Es läutete erneut, doch keiner ging hin. Klostermeier schrieb ihr eine kurze SMS, deren Inhalt sich auf »Meld dich« beschränkte. Er war kein Mann großer Worte, außerdem fand er, dass damit alles gesagt sei. Er bekam die Mitteilung, dass die Nachricht erfolgreich zugestellt worden sei, aber Jule reagierte nicht darauf. Sollte am Ende der unbekannte Anrufer … Klostermeier durfte gar nicht daran denken, dass Jule etwas passiert sein konnte. Er blickte auf die Uhr. Es war kurz nach halb sieben. Er hatte Jule um halb fünf abgeliefert, also vor zwei Stunden. Vielleicht war sie noch zum Joggen an die Isar gegangen oder genoss die letzten wärmenden Strahlen der Abendsonne auf den großen Steinen, die an das Flussufer unterhalb der Reichenbachbrücke gebaut worden waren? Er ging alle Möglichkeiten durch, kam aber auf keine gute Idee. Also blieb ihm nur übrig, darauf zu warten, dass sie sich meldete. Die Zeit verging langsam. Klostermeier fixierte den Sekundenzeiger seiner Armbanduhr. Er überlegte. Sollte Jule sich bis einundzwanzig Uhr nicht gemeldet haben, musste ihr etwas zugestoßen sein. Wahrscheinlich war sie entführt worden und befand sich in einem Kofferraum eines alten Mercedes 150 E, so kannte man das ja aus den ganzen schlechten Filmen. Klostermeier schüttelte den Kopf. Manchmal ging seiner Fantasie der Gaul durch. Er wippte nervös mit dem Fuß auf und ab. Zur Ablenkung ging er ein wenig ins Netz und surfte nach Postkarten, aber er konnte sich einfach nicht konzentrieren. Wenn die kosovarische Mafia Jule gekidnappt hatte, dann war mit der ganzen Sache nicht zu spaßen, ganz im Gegenteil! Er überlegte, wo man wohl Lösegeld herbekam, ob so etwas nur über den Staat lief, ob bei der Übergabe die GSG 9 anwesend war oder ob er auch allein den Koffer … da klingelte sein Handy. Auf dem Display leuchtete ihm »Jule« entgegen.

»Jule, Mensch, wo steckst denn, geht's dir gut?«

Jule klang ziemlich genervt. »Ja sicher geht's mir gut, was denkst du denn? Was fällt dir überhaupt ein, mich um diese Uhrzeit anzurufen?«

Klostermeier war verdutzt. Er sah auf die Uhr, es war halb acht. »Äh … wieso … ich verstehe nicht …«

»Sportschau, Georg! Du als Bayern-Fan müsstest das doch eigentlich wissen, oder? Ausgerechnet heute spielt Hamburg gegen München, der Nord-Süd-Gipfel, und wann kommen die Bayern-Spiele in der Sportschau, hä?«

Klostermeier versuchte sich zu erklären, berichtete von dem anonymen Anruf und der Drohung gegen Jule, doch es half nichts. Jule war sauer, sie wolle jetzt Fußball sehen, irgendwann müsse auch sie einmal Feierabend haben. Und, das solle er sich gleich für die Zukunft merken, während der Sportschau gehe sie nie, aber auch wirklich nie ans Telefon.

»Ich hab auch nur jetzt schon zurückgerufen, weil ich dachte, es sei etwas wahnsinnig Wichtiges passiert. Aufpassen kann ich schon auf mich selbst, mein Lieber! Schönen Abend noch.« Damit legte sie auf.

Klostermeier war sprachlos. So hatte er seine Kollegin ja noch nie erlebt. Statt sich zu freuen, dass er sich Sorgen machte … andererseits registrierte er mit Wohgefallen, dass sie Fußball mochte, wenn auch offenbar den falschen Verein. Er gähnte. Schlagartig machte sich Müdigkeit breit. Es war wieder einmal ein langer Tag geworden, überhaupt war die ganze Woche anstrengend gewesen. Er beschloss, Feierabend zu machen, packte seine Sachen und ging noch auf einen Sprung ins *Happy Au'r.*

»Ja Schorschi, wie schaugst denn du aus?«, rief Luca, als Klostermeier das Lokal betrat. »Na kimm, jetz ess ma erst amoi was, oder?«

Klostermeier nickte. »Okay.«

»Na oiso«, sagte Luca und wandte sich an die Bedienung, »Traudl, geh, sei so guad, dua uns amoi zwoa Böfflamott* her, für den Herrn Kommissar und mi. Und zwoa Weißbier, bittschön, aber a dunkels!«

Klostermeier setzte sich. Ein wenig fiel die Anspannung von ihm ab. Jetzt war er erst einmal hier. Und der Mordfall konnte sicherlich bis morgen warten. Und das tat er auch.

* Böfflamott: Boeuf à la mode, Rindfleisch in einer süß-sauren Soße gekocht.

Tag 9

Nachdem die S-Bahn den Ostbahnhof verlassen hatte, nahm er sein Privathandy doch wieder aus der Tasche. Er würde Jule nicht anrufen, aber ihr eine SMS schicken und sie bitten, sich im Verlauf des Tages regelmäßig schriftlich zu melden. Das Risiko, dass sie ihn dann endgültig für einen durchgedrehten Postkarten-Psychopathen mit Stalker-Tendenzen halten würde, ging er gern ein, wenn er dafür sicher sein konnte, dass es ihr gut ging.

Die vorabendliche Entspannung im Beisein von Luca hatte nur kurz angehalten. Kaum war er zu Hause gewesen und hatte das blinkende Licht des Anrufbeantworters gesehen, war er fast in Panik geraten. Aber es war nur seine Mutter gewesen, die fragte, ob er am Sonntag denn kommen würde – sie habe die ganze Woche nichts von ihm gehört. Er hatte überlegt, Jule noch einmal anzurufen und sie zu bitten, ihre Tür nachts ordentlich zu verschließen, war aber dann davon abgekommen, weil sie ihn sicher mit ähnlich charmanten Worten bedacht hätte wie einige Stunden zuvor. Danach war er ins Bett gegangen und mehrfach in der Nacht aus wirren Träumen aufgewacht, die von Bier und Blut und Postkarten bevölkert waren, wie in den letzten Nächten auch. Immer wieder hatte er einen Blick auf sein Handy geworfen, um sicherzugehen, dass Jule sich nicht doch gemeldet hatte. Aber was, wenn sie sich gar nicht mehr melden konnte! Gegen acht hatte er es nicht mehr ausgehalten und mit unterdrückter Nummer auf ihrem Handy angerufen. Als sie sich mit verschlafener Stimme meldete, legte er auf.

Doch die Erleichterung war längst wieder einer Anspannung gewichen, die ihn dazu brachte, ständig das Handy aus der Innentasche seines Jacketts zu holen, um es gleich darauf wieder einzustecken und erneut herauszufischen.

»Liebe Jule«, tippte er jetzt und änderte es sofort wieder: »Hallo Jule.«

Er überlegte kurz.

»Bin heute bei meiner Mutter, habe Handy an. Bitte melde dich zwischendurch mal, damit ich beruhigt bin. Nichts für ungut, Georg.«

Noch bevor er sein Handy zurückstecken konnte, vibrierte es.

»Hi Georg«, las er, »bin ein großes Mädchen und passe gut auf mich auf. Schönen Tag bei der Mama.«

Klostermeier seufzte. Ein durchgedrehter Postkarten-Psychopath mit Stalker- UND Muttersöhnchen-Tendenzen. Vielleicht sollte er heute seiner Sammelleidenschaft nicht nachgeben und den Flohmarkt streichen. Andererseits wäre er dann viel zu früh bei seiner Mutter, und das würde sie aus dem Takt bringen. Sie mochte es nicht, wenn etwas Außerplanmäßiges geschah.

Als er in Daglfing aus der S-Bahn trat, beschloss er, zumindest kurz auf den Flohmarkt zu gehen. Das Wetter war viel zu prachtvoll, als dass er mehr Zeit im abgedunkelten Wohnzimmer verbringen wollte als unbedingt nötig. Der Himmel war strahlend blau und wolkenlos, die Luft angenehm frisch.

Zusammen mit einigen Menschen, die wie er zu Fuß zur Trabrennbahn gingen, anstatt den Stadtbus zu nehmen, schlenderte er von der Daglfinger in die Oberschlesische Straße. Je näher er dem Flohmarkt kam, desto stärker spürte er, dass das Kribbeln, das ihn sonst immer befiel, wenn er sich bald auf die Suche nach begehrten Sammlerobjekten machen konnte, heute nicht da war. Seine Stimmung war gedrückt. Schon seit Monaten konnte er Berufliches und Privates nicht mehr so gut trennen wie früher. Er nahm die Fälle abends mit nach Hause, sie wuchsen in seinen Träume zu schauderhaften Horrorbildern heran und begleiteten ihn den nächsten Tag, bis sie von einem neuen Traum verdrängt wurden. Vielleicht war das früher nicht so gewesen, weil er abends nicht allein gewesen war? Nein, die letzten Monate mit seiner Frau unter einem Dach waren schrecklich gewesen – hätte er damals Albträume gehabt, er hätte es besser verstanden als heute. Er war nicht mehr in der Lage, richtig abzuschalten. Die verstörten jungen Männer, die in Deutschland wie Sklaven gehalten wurden, gingen ihm nicht aus dem Kopf, und das verunsicherte ihn. Er hatte in den acht Jahren, die er nun bei der Mordkommission war, grausamere, brutalere, erschreckendere Fälle erlebt als diesen, und auch wenn die menschenverachtende Systematik, die dahinter zu stecken schien, schockierend war, wunderte er sich doch, dass ihm das alles so nahe ging. Und es wunderte ihn, dass er Angst um eine Kollegin hatte wie ein überbesorgter Vater um seine minderjährige Tochter, die zum ersten Mal länger als zweiundzwanzig Uhr ausgehen durfte. Warum überhaupt dieses Theater mit Jule? War er in sie verliebt? Wollte er sich beweisen, dass er noch ein toller Hecht war und auch deutlich jüngere Frauen beeindrucken konnte? Hatte Jule recht, wenn sie von einer Midlife-Crisis bei ihm sprach?

Inzwischen war er am Flohmarkt angekommen. Die Menschen, die mit ihm gekommen waren, verliefen sich rasch. Klostermeier schlenderte alleine durch die Standreihen und beschloss, nicht bei seinen Stammhändlern vorbeizuschauen. Ihm war nicht nach Feilschen und Handeln und Fachsimpeln und nach zotigen Gesprächen. Er wollte auch nicht nach den Mordfällen gefragt werden. Er würde eine kleine Runde drehen und dann seine Mutter anrufen und ihr sagen, dass er heute etwas früher käme.

»Servus, Schorschi!«

Scheiße, dachte Klostermeier. Der Poschetsrieder Anton.

Anton Poschetsrieder kannte er, seit er denken konnte, ihre Elternhäuser lagen nur wenige Meter voneinander entfernt. Anton war ein unbeliebter Junge gewesen, mit dicken Brillengläsern und einigen Kilos zu viel. Er hatte Georg oft zu sich eingeladen und meistens war Georg nur hingegangen, weil seine Mutter ihn dazu gedrängt hatte. Anton wohnte jetzt im Haus seiner Eltern, die schon lange tot waren, und arbeitete in der Innenstadt bei einer Bank. Die Brille mit den dicken Gläsern war längst einem modischen Gestell mit schwarzem Kunststoffrand gewichen und lediglich ein kleiner Rettungsring um die Hüften zeugte vom einstigen Übergewicht. Anton war seit einigen Jahren mit einer Kollegin verheiratet, mit der er einige Kinder hatte – die genaue Anzahl wusste Klostermeier nicht –, von denen eines auf Antons Schultern saß und zwei andere sich rechts und links an seine Beine schmiegten.

Anton reichte ihm die Hand. »Ja, griaß de. Machst a bisserl Urlaub in der alten Heimat? Erholen vom Ermitteln?«

»So is es«, sagte Klostermeier. »Und bei dir? Ois in Ordnung?«

»Ois bestens. I hob heit die Kinder, zumindest die Großen. Gabi is mit de zwoa Kloana dahoam.«

Fünf Kinder also, dachte Georg. Respekt. Das Poschetsrieder-Gen war erfolgreich verbreitet worden, während seine eigenen – Schluss damit, rief er sich zur Vernunft. Allmählich glaubte er selbst an seine Midlife-Crisis. Er hatte keine Lust auf eine längere Konversation und trat die Flucht nach vorne an.

»Es duad ma leid, Anton, I muaß weida, die Mama wart scho.«

»Basst scho, sog ihr an scheena Gruaß. Und dia no viel Erfolg bei de Wiesn-Morde, jetzad wirds ja nimma so lang dauern, bis es habt's, die Täter.«

»Jetzt schau ma mal«, sagte Klostermeier. Er mochte es nicht, wenn man ihn auf Ermittlungsarbeiten ansprach und ging auf Kommentare dazu meistens nicht ein.

»Ab morgen wiads nur so hageln von Hinweisen, wiast sehn«, sagte Anton. »Jetzt, mit de Buidln.«

Klostermeier wusste nicht, wovon er sprach.

Das Mädchen an Antons rechter Seite begann am Hosenbein ihres Papas zu ziehen.

»Mia gengan scho, Katharina«, sagte Anton. Er gab Klostermeier erneut die Hand. «Pfia di, Georg, hob no an scheena Sonntag.«

»Servus, Anton. Grüß die Gabi.«

Klostermeier sah Anton nach, wie er mit seinen drei Kindern zwischen den Menschen verschwand. Von welchen Bildern hatte er gesprochen? Oder hatte er ihn falsch verstanden?

Etwas berührte ihn von hinten und Klostermeier fuhr herum. Eine ältere Frau hatte ihn mit einem riesigen, goldlackierten Rahmen gestreift und lächelte ihn nun entschuldigend an. Klostermeier dachte an seine Mutter und griff nach seinem Handy. Jule hatte sich nicht gemeldet, aber das war zu erwarten gewesen. Er wählte die Nummer seiner Mutter.

Nachdem es dreimal geläutet hatte, meldete sie sich mit tonloser Stimme. »Ja, Klostermeier.«

»Servus, Mama, i bin's. Du, i würd jetzt glei kommen, beim Flohmarkt is mir heid z'vui los.«

Seine Mutter schwieg einen Moment. »I hob hoid no nix zum Essen da«, sagte sie dann leise. »Es gibt an Schweinsbraten nachher. Wennst mogst, kannt i dir aber vorher a bisserl a Brot und an recht guadn Aufschnitt herrichten, den hods günstig gebn beim …«

»Mama, i brauch noch nix zum Essen. Des basst scho, bitte dua nix herrichten, gell?«

»Hätt an no an Rest vom Krautsalat gestern, vielleicht magst den, i …«

»Mama!«

»I find scho was, is hoid ned so vui. Bis gleich, Georg.«

Sie hatte aufgelegt. Klostermeier spürte, dass sich in ihm Aggressionen gegen sie aufbauten, und wusste im Moment nicht, wie er den restlichen Tag mit ihr überstehen sollte, das ewige Gerede über das Essen, das stundenlange Fernsehen. Wie gern hätte er jetzt mit Luca bei einem kühlen Bier vorm *Happy Au'r* gesessen. Er hätte sogar lieber mit Stefan getauscht, der heute arbeiten musste. Oder wäre mit Jule auf … auf ein Glas Wasser gegangen, damit ihr nicht wieder übel wurde. Jule. Er überlegte kurz und griff wieder nach seinem Handy.

»Hallo Jule«, tippte er, »ich weiß, du hältst mich allmählich für übergeschnappt, aber bitte melde dich heute alle paar Stunden. Tu's dem alten Klosti zuliebe. Nur heute. Servus, Georg.«

Er behielt das Handy eine Weile in der Hand, weil er davon ausging, dass es gleich wieder vibrieren und eine süffisante Antwort von Jule kommen würde, aber nichts geschah. Er wusste, dass das nichts bedeutete und es ihr gut ging, aber er konnte nicht verhindern, dass er sich sofort wieder ein wenig Sorgen machte.

Er schlenderte noch durch eine Standreihe und dann in sehr gemächlichem Tempo zu seinem Elternhaus, wo seine Mutter schon in der Tür stand und nach ihm Ausschau hielt. Sie schien noch gebückter zu gehen als die Woche zuvor, der Winkel zwischen ihrem Oberkörper und dem Boden wurde immer kleiner. Klostermeier war sich nicht sicher, ob sie bei seinem letzten Besuch nicht schon dieselben Kleider getragen hatte, schwieg aber. Es konnte ja auch Zufall sein.

Es war halb elf Uhr und sie hatte ihm eine Portion Krautsalat und drei Paar Bratwürste aufgetischt. Klostermeier wurde fast übel bei dem Gedanken, dass er spätestens in zwei Stunden einen Schweinsbraten mit Knödeln essen würde, aber er sagte auch hierzu nichts. Es hatte keinen Sinn.

Um Viertel nach eins lag Klostermeier auf dem Sofa im Wohnzimmer und war sich sicher, dass er niemals wieder aufstehen würde. Seine Mutter hatte ihm einen Schnaps und einen Kaffee gebracht und dann ohne weitere Ansprache den Fernseher eingeschaltet. Klaglos sah er sich mit ihr einen Film über eine vor über sechzig Jahren zuletzt gesichtete Affenart an, die erst vor einigen Monaten von Forschern auf Sri Lanka wieder entdeckt und fotografiert worden war. Zuvor galten die sogenannten Horton Plains Schlankloris, kleine zierliche Primaten mit enorm großen Augen, die dank ihres kaum zu lösenden Griffs selbst im Schlaf nicht von den Ästen fielen, als ausgestorben.

Am frühen Nachmittag richtete er sich stöhnend auf und rieb sich die Augen. Er warf einen Blick auf sein Handy. Von Jule keine Nachricht.

»Es duad ma leid, Mama«, sagte er, »i müsst heid früher gehen.«

Seine Mutter nickte. »Host recht vui zum tun wegen den Kosovaren, gell?«, sagte sie, ohne den Blick vom Bildschirm anzuwenden.

Klostermeier stutzte. »Wie bitte?«

»Wegen den zwoa Kosovaren.«

»Wieso zwoa?«

Klostermeier wusste, dass über den Geisterbahnmord ausführlich in der Presse berichtet und dass beinahe immer die Nationalität des Toten genannt worden war. Aber war das auch beim Mord am Westkreuz der Fall gewesen, der in den Zeitungen nur am Rande Erwähnung gefunden hatte? Sollte sich seine Mutter, die an nichts mehr Interesse zeigte und sich vieles nur noch eine halbe Stunde merken konnte, mitbekommen haben, dass innerhalb der letzten Tage zwei Kosovaren umgebracht worden waren, selbst wenn offiziell kein Zusammenhang zwischen den beiden Morden bestand?

»Steht heit in da *Bild*«, sagte sie.

»Wo ist die?«

Wie konnte ihm das auf dem Weg zur S-Bahn entgangen sein. War er so in Gedanken versunken gewesen, dass er das nicht gesehen hatte? Und klar, das hatte Anton vorher mit den »Buidln« gemeint.

»Liegt scho im Altpapier«

»Wo is des, Mama?«

»In da Garage.«

Klostermeier sprang auf und rannte in die Garage. Ganz oben auf dem Stapel Altpapier lag die *Bild*-Zeitung von heute. »Wer steckt hinter den Wiesn-Morden?« lautete die fett gedruckte Schlagzeile. Von dem Foto, das darunter abgebildet war, lachten ihm zwei junge Männer entgegen: Ridvan Berisha und Gent Llukar, der Tote vom Westkreuz und der Tote aus der Geisterbahn. Llukar hatte seinen Arm um Berisha gelegt, beide hatten Bierflaschen in der Hand, die sie hochhielten. Das Bild stammte offensichtlich von einer Party im Freien. Im Hintergrund waren Biertische zu erkennen, an denen Menschen saßen, deren Gesichter unkenntlich gemacht worden waren.

»Ridvan B. und Gent L. feiern ausgelassen bei der Geburtstagsfeier eines Freundes«, stand unter dem Foto. »Wenige Monate später werden sie brutal ermordet.«

Klostermeier holte sein Handy aus dem Jackett und wählte Stefans Büronummer.

»Georg«, meldete sich dieser, »na, alles klar in Daglfing?«

»Stefan, wie kann es sein, dass die *Bild* heute ein Foto der Toten zeigt und beide Morde als Wiesn-Morde bezeichnet? Weißt du, was des für eine Hysterie auslöst?«

Stefan seufzte. »Der Schnappschuss stammt von einer Grillparty im Hof des Hauses, wo Berisha gewohnt hat. Einer der Nachbarn hat es der *Bild* gesteckt.«

»Einer der Nachbarn, die bei unseren Befragungen gemeint haben, sie könnten nichts über Berisha sagen.«

»Die *Bild* zahlt eben besser als wir, Georg.«

»Das heißt, dieser Nachbar kannte auch Llukar?«

»Er meint, er habe ihn einmal gesehen, eben bei dieser Feier.«

»Was ist mit den Wiesn-Morden?«

»Das hat sich halt herumgesprochen, dass die Morde zusammenhängen. Reg dich nicht zu sehr auf, Georg. Ich gebe dir recht, dass die Menschen jetzt was Mafiaähnliches hinter den Morden vermuten könnten, auf der anderen Seite sind halt jetzt die Bilder im Umlauf und wir könnten dadurch wertvolle Hinweise bekommen.«

»Wenn halt wenigstens die *Süddeutsche* die Fotos gebracht hätte«, murmelte Klostermeier.

»Jetzt entspann dich und komm morgen in alter Frische ins Büro. Wir brauchen dich in Bestform.«

Klostermeier massierte sich mit einer Hand die Schläfen. »Hat sich die Jule bei dir gemeldet heute?«

»Nein, warum sollte sie. Sie hat frei.«

»War ja nur eine Frage.«

»Servus, Georg. Bis morgen.«

»Bis morgen.«

Nachdem er aufgelegt hatte, schickte er noch eine SMS an Jule: »Hallo Jule, Lage spitzt sich zu. Bitte melde dich UMGEHEND. Danke, G.«

Er ging zurück ins Haus und verabschiedete sich von seiner Mutter, die immer noch vor dem Fernseher saß und seine Erregung nicht wahrzunehmen schien.

»Bis nächste Woch, Girgl«, sagte sie. Sie sah nicht auf.

Ein Welle von Mitgefühl durchströmte Klostermeier und er kniete sich neben ihrem Stuhl nieder.

»Bis nächste Woche, Mama«, sagte er leise und streichelte ihr über die Wange.

Dann richtete er sich abrupt auf und verließ das Haus. Den ganzen Weg zum S-Bahnhof behielt er das Handy in seiner Hand. Als die S8 einfuhr, entschied er sich für eine erneute Nachricht.

»Hallo Jule«, tippte er, »Lage sehr ernst. Melde dich. Das sage ich als dein Vorgesetzter. Georg.«

Kaum hatte er im Inneren der Plan Platz genommen, vibrierte sein Handy. Jule rief an. Na endlich, dachte er.

»Klostermeier«, meldete er sich ruhig.

»Jule hier«, kam es schroff zurück. »Was ist eigentlich bei dir nicht ganz in Ordnung?«

»Die Frage ist doch: Ist bei dir alles in Ordnung?«, antwortete er lässig.

»Oja, bei mir ist alles in Ordnung beziehungsweise – es *war* bis vor fünf Minuten alles in Ordnung. Ich war der entspannteste Mensch der Welt, bis ich eben mein Handy angemacht habe und deine ganzen hysterischen SMS gefunden habe.«

»Was –?«

»Davor war ich mehrere Stunden in einem Hamam und hatte die beste Zeit seit Langem! Ich war fast nackt und habe geschwitzt und gestöhnt, was das Zeug hält, und bevor dir der Sabber aus dem Mund quillt: Ein Hamam ist ein türkisches Dampfbad, aber da du sowohl in Postkarten- als auch in jeder anderen Hinsicht anscheinend nicht über den bayerischen Tellerrand schaust, kannst du das natürlich nicht wissen!«

»Natürlich weiß ich, was …«

»Ruf mich nicht mehr an, wenn ich frei habe, Georg. Du bist mein Vorgesetzter, aber kein … kein Großmufti.«

»Kein was?«

»Ich meine es ernst, Georg. Kümmere dich um deine Probleme. Mach Urlaub. Komm zur Ruhe. Und dann sehen wir mal.« Bei den letzten Worten klang sie etwas versöhnlicher. »Ich lege jetzt auf. Einen schönen Abend.«

Eine Weile hielt Klostermeier noch das Handy in der Hand. Ein durchgedrehter Postkarten-Psychopath mit Stalker-, Muttersöhnchen- und nationalistischen Tendenzen. Das war er für Jule. Und morgen war schon wieder Montag.

Als die Bahn am Rosenheimer Platz anhielt, erhob sich Klostermeier mit einem Ruck. Ja, morgen war Montag. Und am nächsten Sonntag würde er nicht hier in der S8 sitzen und über einen ungelösten Fall und renitente Frauen grübeln. Nächsten Sonntag würde alles anders sein.

Tag 10

Als Klostermeier am Josephsplatz aus dem U-Bahn-Geschoss an die Oberfläche kam, blendete ihn die Sonne direkt ins Gesicht. Es dauerte eine Weile, bis sich seine Augen an die plötzliche Helligkeit der Welt gewöhnt hatten, nachdem sie die letzten zwanzig Minuten im Untergrund der Stadt verbracht hatten. Beinahe wäre Klostermeier an den Zeitungskästen vorbeigegangen, die an nahezu jedem Münchner S- und U-Bahn-Ausgang in Reih und Glied standen und diejenigen locken sollten, die noch schnell für die nächste Fahrt die Nachrichten des Tages haben wollten. Oder eben nach der letzten Fahrt. Vor seinen Augen tanzten schwarze Flecken, er stolperte ein wenig geradeaus und steuerte schon auf die Görresstraße zu, als er sich im letzten Moment nach links drehte und die Schlagzeilen sah: »Horrorwiesn – wann hat der Schrecken ein Ende?« oder: »Geisterbahnmord – Polizei tappt im Dunkeln« oder: »Leut, bleibt's daheim! Wie sicher ist das Oktoberfest noch?« oder: »Die Jubiläumswiesn – schlimmer geht immer!« Die Fotos von Berisha und Llukar waren jetzt auch auf den Titelseiten anderer Zeitungen abgebildet. Auf der Titelseite der *Abendzeitung* war Klostermeier selbst zu sehen, jemand musste ihn während der Ermittlungen vor der Geisterbahn fotografiert haben. Er stand neben Jule, die wie er einen schwarzen Balken über den Augen hatte. Sie diskutierten offenbar, Jule hielt in ihrer Hand einen Plastikbeutel. Klostermeier wusste, dass sich darin das Handy von Llukar befand. Er verfluchte die Presse. Die Berichterstattung hatte in den letzten vier Tagen rasant Fahrt aufgenommen, immer mehr Details wurden ausgebreitet. Für morgen war eine Pressekonferenz angesetzt worden, bei der sie bestätigen würden, was am Sonntag ohnehin schon publik gemacht worden war: dass die beiden Morde in direktem Zusammenhang standen, dass die Fahndung nach einem Verdächtigen mit Hochdruck betrieben wurde, aber leider bis jetzt erfolglos.

In Gedanken versunken lief Klostermeier die Straße entlang und wäre beinahe an der Eingangstür vorbeigegangen. Er sah sich das Schild an und war gespannt, was ihn hier erwarten würde. *Café 104*, das klang zunächst einmal nach einem relativ einladenden Ort, wo man zum Beratungsgespräch vielleicht sogar ein Tässchen Kaffee bekam, wenn man denn höflich danach fragte. Doch nichts an dem leicht angegrauten Schwabinger Altbau wies darauf hin, dass sich hinter seinen Mauern eine Lokalität verbarg. Aber es deutete auch nichts auf die Existenz einer Anlaufstelle für Menschen ohne Papiere hin. Oder doch – an der Eingangstür hingen auf Deutsch, Englisch, Französisch und Spanisch Hinweise auf die Sprechstunden und ein paar Verweise auf weitere Anlaufstellen. Über der Klingel hing ein kleiner Zettel, auf dem *Café 104* stand. Alles war sehr dezent, man wollte offenbar kein Aufsehen erregen.

Klostermeier läutete. Eine Frau um die sechzig öffnete ihm. »Wir haben heute leider keine Sprechstunde«, sage sie freundlich, »vielleicht können Sie morgen wiederkommen?«

Klostermeier schüttelte seinen Kopf. »Tut mir leid, dass ich Sie störe, mein Name ist Klostermeier, Georg Klostermeier, ich bin von der Mordkommission. Ob ich wohl auch ohne Sprechstunde und Termin reinkommen dürfte, bittschön?«

Das Lächeln der Frau gefor. »Mordkommission? Ja, um Gottes Willen, hoffentlich keiner von den unsrigen, oder?«

»Das versuchen wir gerade herauszufinden. Ich hätte da einfach ein paar Fragen. Dauert auch nur eine Viertelstunde, vielleicht könnten'S die für mich opfern?«

»Ja, äh sicher, kommen Sie doch herein«, stammelte die Frau, trat einen Schritt zur Seite und ließ Klostermeier herein. »Gleich links bitte«, sagte sie.

Sie gingen durch einen kurzen Flur und dann in ein kleines Büro. Auf dem einzigen Schreibtisch türmten sich Papierhaufen neben dem Monitor. Teilweise waren sie in unterschiedlich farbigen Mappen geordnet, aus vielen ragten bunte Post-its hervor.

»Einen Moment bitte, Herr –«

»Klostermeier.«

»Herr Klostermeier, ich bin gleich wieder da, ich sag nur schnell meiner Kollegin im Büro nebenan Bescheid, damit sie aufs Telefon schaut, während wir reden.« Die Frau war sichtlich durcheinander und murmelte etwas Unverständliches vor sich hin, als sie den Raum verließ.

Klostermeier sah sich um. In den Regalen stapelten sich Aktenordner, alle fein säuberlich beschriftet. Sie waren nach Jahren und nach Ländern sortiert. An der Wand hing ein Plakat von *Amnesty International*, auf dem die Menschenrechte abgedruckt waren. Daneben hing ein Plakat, auf dem eine offenbar deutsche Familie gezeigt wurde, die am Tisch saß und aß. Um sie herum waren drei schwarze Schatten einer Frau, die schrubbte, putzte und Staub saugte. Darüber stand »Kein Mensch ist illegal«. Das dritte Plakat zeigte ein Schiff, das über das Meer fuhr und hoffnungslos überfüllt war mit afrikanischen Menschen, offensichtlich auf der Flucht nach Europa.

»Das ist leider der ganz normale Wahnsinn«, sagte die Frau und riss Klostermeier aus seinen Gedanken. »Jährlich sind es zwischen 350 000 und 500 000, die nach Europa kommen, dazu die gut acht Millionen, die bereits hier sind, allein eine Million in Deutschland. Lauter Menschen, die keinen anderen Ausweg mehr sehen.« Sie verstummte und blickte auf die Stapel auf ihrem Schreibtisch.

Klostermeier wusste nicht, was er sagen sollte.

»Diese Menschen sind nicht illegal, wissen Sie, Herr Kommissar, sie sind Menschen wie Sie und ich! Jeder hat doch ein Anrecht auf ein gutes Leben, oder etwa nicht?«

Er nickte. »Sicher«, begann er zögerlich.

»Warum werden sie dann nicht so behandelt?«

Klostermeier war peinlich berührt, er wusste nicht, was er entgegnen sollte. Zum Glück kam ihm die Mitarbeiterin des *Café 104* zuvor und bot ihm einen Stuhl vor ihrem Schreibtisch an.

»Ich bin übrigens Frau Anlauf, ich hatte mich vorhin ja gar nicht vorgestellt, bitte entschuldigen Sie. Aber nun zu Ihrem Problem. Was kann ich denn für Sie tun?«

Klostermeier räusperte sich. Anlauf, dachte er. Wie passend. Anders als bei Herrn Schmal, der einfach nur unglaublich fett war.

»Frau Anlauf, es geht um einen Mordfall, wie Sie sich ja bestimmt schon gedacht haben. Es handelt sich um zwei Männer aus dem Kosovo, die getötet worden sind.«

»Die aus der Zeitung? Ich hab es heut früh in der Zeitung gelesen. Einer davon wurde doch in der Geisterbahn erstochen, oder? Schrecklich. Gerade jetzt während der Wiesn.«

»Ja, genau, und der andere in seiner Wohnung am Westkreuz. Ich weiß auch gar nicht, ob Sie mir weiterhelfen können, es war ein Tipp von einem Freund von mir, der beim Zoll arbeitet. Er meinte, ich solle mich doch mal mit Ihnen in Verbindung setzen, weil beide Toten illegal eingereist sind und auch in Verbindung mit Illegalen standen.«

Frau Anlauf nickte langsam. »Ich will nicht ausschließen, dass ich Ihnen helfen kann. Wissen Sie, es kommen doch sehr viele Menschen ohne Papiere hierher, wir sind ja quasi die einzige Anlaufstelle, wo sie sich überhaupt hintrauen. Gott sei Dank duldet das die Polizei, auch wenn sie genau weiß, dass sie hier einen nach dem anderen festnehmen könnte. Vielleicht überzeugt sie unsere Arbeit, ich weiß es nicht.«

»Wann und warum kommen denn die Ill – äh – die Einwanderer zu Ihnen?«

»Das ist unterschiedlich, kommt auf die Situation drauf an. Seit wir mit *Ärzte der Welt* zusammenarbeiten, können wir zum Beispiel eine wesentlich bessere medizinische Versorgung gewährleisten. Viele kommen, wenn sie krank sind. Sie können ja zu keinem normalen Arzt, ohne Mitglied bei einer Krankenkasse zu sein. Auch viele Schwangere brauchen Hilfe – und die können wir ihnen bieten. Ansonsten helfen wir bei der Beantragung von Papieren und Aufenthaltsgenehmigungen, begleiten bei Behördengängen und in besonderen Fällen vermitteln wir auch rechtlichen Beistand. Und natürlich versuchen wir, alle offenen Fragen zu klären. Sie sehen, das Spektrum ist groß!«

»Ja, das seh ich. Ich muss gestehen, ich hab mich vor diesen Delikten auch noch nie mit dem Thema beschäftigt. Was ich gern von Ihnen wissen würde, Frau Anlauf: Kennen Sie einen dieser Männer?«

Er legte ihr Bilder der beiden Toten sowie das Phantombild des flüchtigen Arsim vor. Sie blickte sie lange an, überlegte.

»Ich kenne die Bilder natürlich aus der Zeitung und habe da schon überlegt, ob sie mir schon einmal begegnet sind. Ehrlich gesagt: Ich bin mir nicht ganz sicher. Den hier habe ich jedenfalls noch nie gesehen.« Sie legte das Bild von Llukar weg. »Bei dem hier meine ich, dass er vor ein paar Jahren einmal hier war und Hilfe beim Beantragen eines Asylantrags benötigte.« Sie tippte auf Berisha. »Aber oft war das sicher nicht. Und der hier, da ist es bisschen schwierig, ist ja nur eine Zeichnung. Aber ich glaube, dass ich ihn schon einmal gesehen habe hier, gemeinsam mit einem anderen Mann.«

»Er heißt Arsim«, sagte Klostermeier. »Zumindest nennt er sich wohl so, seit er in Deutschland ist. Mehr weiß ich leider auch nicht. Außer, dass er vor drei Jahren hergekommen ist.«

»Jetzt, Arsim, ja klar kenne ich den. Und seine zwei Freunde. Wie hießen die noch gleich? Artan und Agon? Die Namen habe ich mir gemerkt, wir hatten damals noch darüber gesprochen, weil ich es so auffällig fand, dass sie alle mit A anfingen. Die drei waren hier, weil sie Hilfe beim Asylantrag brauchten. Außerdem wollten sie Arbeit, aber da können wir natürlich nichts machen. Kein Arbeitgeber kann sie anmelden, weil sie ja keine Sozial- und Krankenversicherung haben. Deswegen rutschen die meisten in die Schwarzarbeit ab.«

»Und deswegen bin ich hier. Wir haben eine Spur, die uns zu einem Netzwerk aus Illegalen führt, die hier schwarzarbeiten. Berisha und Llukar waren wohl so etwas wie Drahtzieher, zumindest zu einem gewissen Teil. Aber es muss noch jemanden geben, der das Ganze organisiert. Scheint im großen Stil zu passieren.«

Frau Anlauf nickte betrübt. »Ja, das ist die Sklaverei der Moderne. Reiche Deutsche halten sich unter menschenunwürdigen Bedingungen ihre Haussklaven, die dann putzen, auf die Kinder aufpassen, die Oma versorgen können.« Ihre Stimme hatte einen verbitterten Ton angenommen, sie blickte auf das Plakat, das die Familie und den arbeitenden Schatten zeigte. »Hauptsache, sie sind billig und beschweren sich nicht, und wenn sie ihnen nicht mehr passen, jagen sie sie zum Teufel. Und die Sans-Papiers, wie wir sie hier intern nennen, haben keine Chance. Was sollen sie denn auch machen, zur Polizei gehen?« Sie lachte höhnisch.

»Das ist sicherlich keine einfache Sache«, bemerkte Klostermeier und fühlte sich im gleichen Moment wie ein Trottel wegen seines seichten Kommentars. »Aber mir geht es hier nicht um Putzhilfen und Altenpflege«, setzte er schnell an, um wieder zum Thema zurückzukehren, »das ist organisierte Kriminalität, die sich offensichtlich die Ausweglosigkeit der Illegalen zu Nutze macht. Wir müssen diejenigen finden, die dahinter stecken, die davon profitieren. Haben Sie eine Ahnung, mit wem sich Arsim und seine Freunde so getroffen haben? Ich meine außer mit Berisha und Llukar, bei denen wissen wir es ja.«

Frau Anlauf überlegte. »Nein, da muss ich passen. Wir kennen die Menschen, die hierherkommen, manchmal sehr gut, aber manchmal auch gar nicht. Das hängt auch von den Beweggründen ab, von ihren Anliegen. Die drei kamen auf jeden Fall nicht oft.«

»Schade, ich hatte schon gehofft … aber ein Versuch war es allemal wert. Vielen Dank trotzdem, dass sie sich die Zeit für mich genommen haben.« Klostermeier wollte schon aufstehen, da setzte Frau Anlauf wieder an.

»Wir wissen genau, dass viele hier nach Deutschland kommen, um ausschließlich illegal zu arbeiten, Herr Kommissar, so ist das ja nicht. Damit wir uns richtig verstehen: Wir helfen keinem bei der Schwarzarbeit, wir vermitteln keinen, wir machen nichts, was gesetzeswidrig wäre. Nichtsdestotrotz bekommen wir hier einiges mit, wir erleben Schicksale, wie Sie sich es in Ihren schlimmsten Albträumen nicht vorstellen können. Hoffnungslose, verzweifelte Menschen, die nicht wissen, wohin sie sollen. In ihre Heimat können sie nicht – aus welchen Gründen auch immer – und hier will sie auch keiner haben. Was sollen die Sans-Papiers schon machen? Ständig leben sie mit der Angst, von der Polizei aufgegriffen zu werden. Sie bemühen sich um größte Unauffälligkeit. Sie fahren auch nie schwarz mit den öffentlichen Verkehrsmitteln, denn die Gefahr, kontrolliert zu werden und damit aufzufliegen, ist einfach zu groß. Denn dann heißt es neben der Fahrscheinkontrolle auch noch ›Personenkontrolle‹, und sie haben keinen Ausweis, nichts, sie haben keine Identität, Herr Klostermeier. Verstehen Sie? Dann folgt die Abschiebehaft, die nicht selten auch in der Abschiebung selbst mündet. Aber was nützt das schon, der größte Teil kommt halt ein paar Wochen später wieder her – vorausgesetzt, es gibt die Möglichkeit dazu. Gerade bei den Osteuropäern ist das die Regel, bei den Afrikanern verständlicherweise eher weniger. Sans-Papiers sind keine Illegalen, so etwas gibt es nicht. Zumindest unserer Meinung nach. Denken Sie deshalb nicht, dass es sich um schlechte Menschen handelt, nur weil sie keinen Pass haben. Sie sind ganz normal, viele von ihnen sind freundlicher, ehrlicher und offener als Deutsche, sie wissen auch noch zu schätzen, dass es hier keinen Krieg gibt, keine Verfolgung und Tötung von Homosexuellen, keine Ächtung von Andersgläubigen, keine Hetzjagden auf politische Gegner. Einige haben auch einen akademischen Abschluss, und sie machen trotzdem jeden Drecksjob, den sie bekommen können. Weil das Entscheidende für sie ist, dass sie ihre Familien zu Hause ernähren können. Deutschland ist für viele so etwas wie ein Paradies. Und gleichzeitig die letzte Rettung.« Frau Anlauf verstummte. Sie hatte sich in Fahrt geredet, ihre Wangen waren gerötet. Ihre Hände zitterten.

Klostermeier merkte, mit wie viel Herzblut sie diese Sache hier machte. Sie lebte für die Einrichtung, für diese Menschen, und dafür bewunderte sie der Kommissar in diesem Moment. Sie saßen noch einen Augenblick so da, schwiegen, jeder hing seinen Gedanken und dem eben Gesagten nach. Dann erhob sich Klostermeier.

Als er sich von Frau Anlauf verabschiedete, drückte sie ihm noch eine Karte in die Hand. Auf der Vorderseite war ein Spermium abgebildet, das auf eine Eizelle zuschwamm. Daneben stand: »Menschen können schön sein oder hässlich. Sie können gerecht oder ungerecht sein. Aber nie illegal.«

»Machen Sie's gut, Herr Klostermeier, es tut mir sehr leid, dass ich Ihnen nicht helfen konnte.« Sie lächelte, als sie ihm die Hand reichte. »Denken Sie immer daran: Es sind nur Menschen. Keiner ist perfekt, manche machen vielleicht auch Dummheiten, aber keiner von ihnen hat sich das Leben so ausgesucht – und wenn doch, dann mangels Alternativen.«

Gemeinsam mit Klostermeier strömten in kleineren und größeren Gruppen junge Menschen in Lederhosen und Dirndln auf den U-Bahn-Eingang zu. Doch ein bisserl wie die Lemminge, dachte Klostermeier und musste lächeln. Es ist schon ein Wahnsinn. Und des jeds Jahr. Und immer mehr. Und kein End in Sicht. Er ging kopfschüttelnd die Rolltreppe hinunter. Obwohl es erst Mittag war, warteten unten am Bahnsteig bereits unzählige Menschen, mit denen er sich in die nächste U-Bahn quetschte. Alle hatten nur ein Ziel: nächster Halt Theresienwiese. Alle, bis auf einen. Und dieser verfluchte die Wiesn gerade innerlich.

Noch leicht gefaltet von der hinter ihm liegenden, einengenden Fahrt ging er mit langsamen Schritten den breiten, mit grauem Linoleum ausgelegten und durch spärliche Neonröhren ausgeleuchteten Flur. Seine Turnschuhe quietschten bei jedem Schritt auf dem Boden. Als er um die Ecke bog, sah er Jule, die bereits vor seiner Bürotür wartete. Sie war sichtlich aufgeregt. Klostermeier musste an gestern denken. Es war ihm peinlich, jetzt auf Jule zu treffen, eigentlich kam sie ihm ganz und gar ungelegen. Aber es half nichts, da musste er durch. Er winkte schon von Weitem, zögerlich, fast so, als hoffte er, dass sie ihn nicht sehen würde. Als er vor ihr stand, begrüßte er sie mit einem aufgesetzten Lächeln. »Servus, Jule, na, alles entspannt?«

»Mensch, Georg, wo warst du denn? Ich habe tausendmal versucht, dich auf deinem Handy zu erreichen!«, erwiderte sie aufgebracht.

Klostermeier sah sie verdutzt an und zog dann sein Handy aus der Tasche. Es war aus, der Akku musste sich im *Café 104* verabschiedet haben. Er zuckte mit den Schultern. »Was gibt's denn?«

»Wir haben einen Hinweis, offenbar einen sehr ernst zu nehmenden!«

»Sehr gut, schieß los.«

»Ein gewisser Gustl Kasinger hat sich gemeldet. Und der arbeitet wo?«

»Keine Ahnung. Im Käseladen?« Er hätte sich auf die Zunge beißen können wegen seines schlechten Scherzes.

»Nein, du Schlaumeier. Er hat einen Imbissstand auf dem Oktoberfest, der heißt *Schwanthaler Boheme.* Und jetzt rate mal, wo der sich befindet?«

Klostermeier rollte mit den Augen. »Weiß ich nicht«, erwiderte er gereizt, »samma jetzt in der lustigen Ratestunde? Sag schon, wo isser?«

»Bei der Geisterbahn natürlich. Und zwar nicht bei irgendeiner, sondern bei unserer. Beziehungsweise gegenüber, um genau zu sein.«

»Aha.«

»Ja, aha. Aber das ist natürlich nicht alles. Der gute Mann hat die Bilder des Geisterbahntoten in der Zeitung gesehen. Und da hat er sich erinnert. Und woran hat er sich erinnert?«

Klostermeier sah sie resigniert an. Jule hatte Oberwasser. Er mochte es nicht, wenn andere mehr wussten als er und es ihn auch noch spüren ließen.

»Er hat sich daran erinnert, dass er den Ermordeten schon mal gesehen hat. Und zwar an seinem Stand, am Tag des Mordes!«

»Eha!«, entfuhr es Klostermeier, »Jetzt wird's interessant! Was hat er noch gesagt?«

»Ich habe doch gesagt, dass der Mann ein ernst zu nehmender Zeuge ist. Gent Llukar war also bei ihm am Stand. Aber: Er war nicht allein! Er war in Begleitung eines Mannes, blond, offenbar Deutscher. Und Kasinger kann sich deswegen so genau daran erinnern, weil die beiden wohl heftig gestritten haben! Vor allem der Blonde soll richtig geschimpft und Llukar zwischendurch auch mal am Kragen gepackt haben, richtig aggressiv.«

Klostermeier pfiff durch die Zähne. »Das wird ja immer besser! Und dann?«

»Tja, dann hat der Blonde wohl gemerkt, dass Kasinger sie etwas ›schräg oogschaugt‹ hat, wie er selbst das vorhin bezeichnet hat. Und hat Llukar fortgezogen, und zwar in Richtung Geisterbahn. Das kam Kasinger auch seltsam vor, schließlich passiert es ja nicht alle Tage, dass zwei Männer an seinem Stand so heftig streiten und danach auf eine Vergnügungsfahrt in die Geisterbahn gehen. Er konnte allerdings nicht sehen, ob sie in die Geisterbahn reingegangen sind, dafür war es dann doch zu voll an seinem Stand und um ihn herum, obwohl es erst Vormittag war. Und schließlich hat er dem Ganzen keine weitere Beachtung geschenkt. So ungewöhnlich ist ein Streit auf dem Oktoberfest dann auch wieder nicht, als dass man alles und jedem gleich nachginge – hat er gesagt.«

»Das ist ja alles hochinteressant«, murmelte Klostermeier vor sich hin. »Wo steckt denn dieser Kasinger jetzt?«

»Noch auf der Wiesn, er kann seinen Stand ja nicht einfach mal so alleine lassen. Ich habe schon mit ihm gesprochen und wollte ihn aufs Präsidium bestellen, aber er meinte doch glatt, dass wir es ja seien, die was von ihm wollten, und nicht umgekehrt. Und dass wir deswegen auch zu ihm kommen sollten. Hier« – sie drückte ihm einen Zettel in die Hand – »ich habe dir unser Telefonat von vorhin schnell zusammengeschrieben, da steht alles noch mal etwas genauer drauf.«

Klostermeier nahm den Zettel entgegen und nickte nachdenklich. Normalerweise gab es so etwas nicht, dass einer nicht aufs Revier kommen musste, zumal nicht in einem Mordfall, aber das Oktoberfest stellte in München nun mal eine Ausnahme dar, und so war es für ihn auch im Fall dieses Brotzeittandlers. Dann musste er eben noch einmal auf die Wiesn, auch wenn ihm dieser Ort mittlerweile zu den Ohren rauskam. Aber ihm blieb ja nichts anderes übrig. Schließlich könnte es sich bei dem zweiten Mann tatsächlich um den Mörder von Llukar handeln.

»Is recht, Jule, vielen Dank, das war gute Arbeit! Sei doch so nett und such mir die genaue Position von dem Imbissstandl auf der Theresienwiese raus, damit ich da nachher noch hinfahren kann.«

»Aye, aye Sir«, sagte Jule und machte auf dem Absatz kehrt.

Klostermeier schlurfte den Gang hinunter zur Kaffeemaschine, zog sich einen doppelten Espresso, den er gerade nötig hatte, und begab sich anschließend in sein Büro. Er setzte sich an den Schreibtisch und schlürfte an seinem wie immer noch viel zu heißen Kaffee. Dennoch mochte er ihn genau so. Heiß, schwarz, stark.

Mit der freien Hand zog er die beiden vor ihm liegenden Akten von Llukar und Berisha zu sich und schlug zunächst die Akte von Berisha auf. Punkt für Punkt las er, hochkonzentriert, mit seinem Finger die jeweilige Zeile unterstreichend. Doch Fehlanzeige. Er fand einfach nichts Auffälliges, was sie in diesem Fall weiterbringen konnte. Sollte ihn sein Gespür, das er eigentlich für untrüglich hielt, tatsächlich täuschen? Immer und immer wieder las er die Einträge und Bemerkungen, aber es ergab sich einfach kein Hinweis, der eine Spur in eine bestimmte Richtung vermuten ließ. Klostermeier atmete tief durch, kratzte sich an der Stirn. Dann eben die zweite Akte »Gent Llukar«. Als er sie zur Hand nehmen wollte, klopfte es an der Tür. Es war Jule, die ihm mitteilte, dass sie umgehend auf das Oktoberfest zu Kasinger fahren sollten. Der habe eben angerufen und ihr mitgeteilt, dass er nur bis ungefähr sechs Uhr abends da sei, danach würde er abgelöst und wolle seine Ruhe haben. Während der Arbeit würde er aber selbstverständlich für die »Herrschaften von der Polizei« – Jule musste schmunzeln, als sie dies aussprach – Zeit haben.

»Passt scho«, grummelte Klostermeier und legte die Akte wieder weg. Er würde sich ihr später nochmals widmen. Er nahm seine Jacke vom Haken und machte sich mit seiner jungen Kollegin erneut auf den Weg zum größten Volksfest der Welt.

Als sie an der Paulskirche den U-Bahn-Ausgang hinaufkamen – Klostermeier hatte diesen (in seinen Augen) Geheimtipp vorgeschlagen, um den Menschenmassen am Hauptausgang der Theresienwiese zu entgehen –, herrschte um sie herum nahezu gähnende Leere.

»Ob vielleicht auch der Geisterbahnmord eine Rolle spielt?«, fragte Jule mehr sich selbst als Klostermeier, als sie die Hermann-Lingg-Straße in Richtung Bavariaring gingen.

»Ach geh«, erwiderte er energisch, »so ein Schmarrn. Wenn die Leute Spaß haben und saufen wolln, dann gehn's auf d' Wiesn, egal, was is! Die sind dermaßen damisch, da müsste schon was ganz anderes passieren, damit die wegbleiben. Und die Organisatoren werden auch den Teufel tun und was dazu beitragen! Nicht mal 1980, im schwärzesten Jahr der Wiesn, beim Attentat, nicht mal da ist die Wiesn abgesagt worden. Unglaublich, oder? Da sterben mal eben dreizehn Menschen auf einen Schlag, zerfetzt von einer Bombe, über zweihundert verletzt, manche so schwer, dass sie ihre Beine oder Arme verlieren, und was is? Nix.

Es geht weiter, und zwar fast so, als wär nix gewesen. Wahnsinn! Und warum es jetzt grad so leer ist, ist auch kein Geheimnis: Es ist Montag, früher Nachmittag. Wieso soll da was los sein.«

Klostermeier verstummte. Er hatte sich in Rage geredet und spürte, dass Jule sich nicht traute, etwas anzubringen. So gingen sie schweigend die Straße nebeneinander her, passierten den großen Willkommensbogen am Eingang zur Wirtsbudenstraße und liefen in Richtung *Schwanthaler Boheme.* An der Ecke der Straße 2, direkt vor dem Autoskooter, stießen sie zufällig auf Richard Fraunthaler, der am Rand wartete und auf die Fahrbahn sah. Jule war es, die ihn erkannte und zu dem Kollegen vom Zoll hinüberlief. Klostermeier folgte ihr.

»Frau Holtkamp, Herr Klostermeier«, begrüßte er sie überrascht, »was machen denn Sie hier? Das hätt ich mir zwar einerseits denken können, aber auf der anderen Seite – gerade Sie hätt ich hier nicht erwartet, Herr Kommissar!«

Klostermeier lachte. »Stimmt schon, aber wenn einem dienstlich nichts anderes übrig bleibt, gell? Und selbst?«

»Ich bin hier mit meiner Frau und meinem kleinen Sohn, die beiden fahren grad Autoskooter, und in so einem Wagerl ist kein Platz für mich, das schaut ja nach nix aus!« Er zwinkerte die beiden fröhlich an. »Und schließlich hab ich nur heute frei, das Wochenende über mussten wir schon observieren und morgen schlagen wir groß zu!«

»Ach ja?«, fragte Jule neugierig. »Was steht denn an?«

»Eigentlich topsecret, aber Ihnen als Kollegen kann ich's ja verraten. Großeinsatz, in Ramersdorf, da gibt's eine Baustelle, die wir seit Monaten beobachten. Ein ganz ein großes Ding.«

»Schwarzarbeiter?«

»Oh ja, und zwar im großen Stil – was auch sonst? Ist ja schließlich unser Job. Aber ich sag's Ihnen, da gehen morgen nicht nur fast fünfzig Schwarzarbeiter hoch, da hängt eine ganz eine große Firma dran, Hoch-Tief-Bau, verstehen'S, a richtigs Kaliber! Aber bittschön: Des bleibt unter uns!«

»Sicher, Herr Fraunthaler, das is doch Ehrensache! Dann wünschen wir Ihnen mal viel Glück für Ihren Einsatz und vor allem Erfolg!«, beendete Klostermeier das kurze Treffen, denn er hatte es eilig. Es tat ihm zwar leid, den sympathischen Zoller so abzuwürgen, aber er hatte genug gehört und wollte jetzt Kasinger sprechen. Sie verabschiedeten sich kurz und gingen dann eilig in die Matthias-Pschorr-Straße zum *Boheme*-Brotzeitstandl. Als sie den Stand erreichten, war dort reichlich was los. Eine Schulklasse, die offenbar einen Ausflug auf das Oktoberfest machte, hatte sich davor versammelt. Ein Schüler nach dem anderen bestellte sich eine Leberkässemmel oder wahlweise eine Bratwurst, dazu Cola, Sprite oder aber einfach Wasser. Pommes waren augenscheinlich auch sehr beliebt. Geduldig stellten sich Jule und Klostermeier hinten an. Knapp zehn Minuten später waren sie endlich an der Reihe.

»Servus, was derf's denn sei, die Herrschaften?«, begrüßte sie eine etwas rundliche Frau um die vierzig, die in einem roten Dirndl steckte, das farblich gut zu ihren Pausbacken passte.

»An Kas--inger«, antwortete Klostermeier und kicherte vergnügt ob seines Witzes.

Die Frau reagierte nicht. Jule boxte ihren Kollegen in die Seite. »Herrn Kasinger hätten wir gern gesprochen, Gustl Kasinger.«

Die Frau sah sie mit zusammengekniffenen Augen an. »Seid's es am End von der Polizei?«

Jule und Klostermeier nickten unisono.

»Ja dann«, sagte die Dame sichtlich entspannter, »mir ham Eana scho erwartet, gei, an kloana Moment, i geb eam kurz Bscheid.« Sie ging ans andere Ende des relativ langen Standes, wo ein Mann mittleren Alters auf einem Hocker saß und Brotzeit machte. Sie sprachen kurz miteinander und kehrten kurz darauf gemeinsam wieder. Die roten Bäckchen waren noch ein wenig röter, offenbar war die Frau doch ein wenig aufgeregt. Kasinger stellte sich den beiden Kommissaren kurz vor und bat sie dann, um den Wagen herum zu gehen – dort könne man sich besser unterhalten. Bei den letzten Worten schielte er kurz zu seiner Kollegin, die neugierig ihre Ohren gespitzt hatte und jetzt einen verärgerten Blick auf Kasinger warf.

»Und Sie sind sich sicher, dass der Mann kein Bayer war?«, fragte Jule erneut.

»Nein, des hab ich Ihnen doch jetzt schon drei Mal gsagt, der war keiner von da, der war von droben, aus'm Norden. Gut, er hat jetzt nicht direkt Platt gesprochen, aber so was hört man doch, wenn einer von oberhalb des Weißwurstäquators kommt. Und des is für uns doch Norden, oder, Herr Kommissar?«

Klostermeier nickte zustimmend und lächelte ein wenig. »Stimmt scho, Herr Kasinger, aber trotzdem gibt's da noch den ein oder anderen Unterschied. Würden Sie den Mann denn ganz bestimmt erkennen, wenn er vor Ihnen steht?«

Kasinger dachte nach. »Na ja«, begann er zögerlich, »wenn ich's mir recht überleg, dann ging das alles doch recht schnell, gell. Ich mein, die beiden Herrschaften waren doch nur ein paar Minuten an meinem Stand. Dann ham's ja so heftig zum Streiten angfangen, dass ich schon rübergschaut hab, die hätten mir ja meine ganzen Kunden vergrault. Oder gehen Sie gern an ein Brotzeitstanderl, wo sich zwei Deppen lauthals streiten?« Er sah die beiden Kommissare mit großen Augen an. »Na jedenfalls hab ich ja den einen, den Toten aus der Geisterbahn, den hab ich ja schon wiedererkannt, insofern mein ich schon, dass ich den andern auch wiedererkennen würde!«

»Wie ist es denn mit der Stimme«, fragte Jule, »ist die Ihnen auch noch präsent?«

»Na ja, kommt drauf an, gell, was der Kerl sagen würde. Wenn er leise und sachlich vor sich hin reden würde, dann wär's schon schwer, aber wenn er lauter reden, vielleicht sogar schreien würde – ich mein schon.«

»Was ist Ihnen denn sonst noch so aufgefallen an dem Mann? War irgendetwas besonders? Eigenartig? Auffällig?«

»Na ja«, sagte Kasinger und überlegte, »das Einzige, was mir jetzt einfallen würde ist, dass der Blonde einen Tee wollte. Tee, verstehen Sie, auf der Wiesn, da gibt's so was doch gar nicht. TEE! Wo kämen wir denn da hin, wenn wir jetzt auch noch Tee ausschenken würden! Na ja, jedenfalls hab ich ihm gesagt, dass wir lediglich Kaffee haben, aber da hat er nur sein Gesicht verzogen und dankend abgelehnt. War auch das erste Mal, dass jemand einen Tee bei mir bestellt hat. So was Komisches aber auch.«

Jule notierte eifrig mit, was Kasinger ihr berichtete. Doch das genügte ihr noch nicht. »Sie müssen auf jeden Fall aufs Präsidium kommen, um ein Phantombild des Mannes anfertigen zu lassen, da führt überhaupt kein Weg dran vorbei«, belehrte sie Gustl Kasinger. »Der Mann wird von uns dann zur Fahndung ausgeschrieben, sicherlich kommt es auch in die Zeitungen, denn nur so haben wir eine reelle Chance, den Mann zu finden. Dafür brauchen wir natürlich eine Beschreibung, die dem

Unbekannten so nah wie möglich kommt. Dafür müssen Sie sich konzentrieren, sich vorstellen, wie der Mann ausgesehen hat. Wie groß war er, war sein Haar stroh- oder dunkelblond, hatte er buschige Augenbrauen, eine große Nase, schmale Lippen. Was einen Menschen eben so ausmacht. Überlegen Sie auch noch mal, ob er Falten im Gesicht hatte, harte Züge oder eher ein weiches Gesicht, wie alt er wohl gewesen sein mag, das alles sind Details, die uns enorm weiterhelfen können.«

Kasinger nickte eifrig. Jule warf Klostermeier einen ernsten Blick zu, doch ihr Kollege blieb weiterhin schweigsam, er beobachtete Kasinger und hörte genau zu, was dieser ihnen sagte und versuchte, es in sein Gesamtbild einzubauen. Er hatte eine Ahnung, wenn auch eine vage, die durch Kasinger – ein wenig zumindest – bestärkt wurde. Die Lösung lag nahe, das spürte er. Jetzt galt es, die einzelnen Puzzleteile zusammenzufügen. Doch dafür war hier der falsche Ort – es war zu laut, zu voll, zu hektisch.

»Gemma, Jule, zurück ins Büro, ich muss nachdenken«, sagte er, stand auf und schüttelte Kasinger die Hand. Der sah in etwa so verdutzt aus wie Jule, die gar nichts einwenden konnte, so schnell hatte Klostermeier sich auf den Weg durch die Menge gemacht, die zäh wie Kaugummimasse durch die Wirtsbudenstraße zog.

»Stören zwischen sechzehn und siebzehn Uhr strengstens untersagt!« stand in großen, schwarzen Lettern auf dem weißen Blatt Papier, das Klostermeier mit Tesafilm an seine Tür geklebt hatte. Er schaute es kurz an und lächelte zufrieden, kehrte danach in sein Büro zurück und schloss die Tür von innen ab. Den Schlüssel ließ er im Schloss stecken, man wusste ja nie, wer alles kommen konnte. Dann setzte er sich an seinen Schreibtisch und nahm wieder die Akte »Gent Llukar« zur Hand. Der grüngraue Pappumschlag war immer noch so gut wie neu, obwohl die Akte doch schon älter war. Augenscheinlich war sie nicht gerade oft in die Hand genommen worden. Gleiches war Klostermeier schon bei Berishas Akte aufgefallen. Achtsam las er erneut Zeile für Zeile durch. Irgendwo steckte der Hinweis, der seinen Verdacht bekräftigte. Auf einmal fiel es ihm wie Schuppen von den Augen. Da war der Anhaltspunkt, nach dem er so lange gesucht hatte. Wie konnte er das nur überlesen haben – jetzt war alles klar! Eilig griff er nochmal zur Akte »Berisha«, überflog die Seiten, und tatsächlich: Auch hier das gleiche Indiz, das war ja wirklich nicht zu fassen. Auf einmal passte alles in sein Schema, die Verdachtsmomente, die er schon seit geraumer Zeit hatte, schienen sich nun endlich zu bestätigen. Das musste er sofort Jule erzählen. Er hatte den Hörer seines Telefons schon abgehoben und wollte ihre Kurzwahl wählen, da klingelte sein Handy.

»Ausgerechnet jetzt«, fluchte er, und wollte es schon klingeln lassen. Aber der Anrufer blieb hartnäckig und legte nicht auf. Klostermeier fischte sein Handy aus der Innentasche seiner Jacke und sah auf das Display. Plötzlich fuhr ihm ein kalter Schauer über den Rücken – es wurde keine Rufnummer angezeigt. War das am Ende wieder der anonyme Anrufer, der Klostermeier gestern erpressen wollte? Was, wenn seine Theorie doch nicht stimmte? Jule, schoss es ihm durch den Kopf, ihr durfte in dieser Sache auf keinen Fall etwas passieren. Er hatte einen Kloß im Hals, als er an sein Handy ging, meldete sich aber sich mit fester Stimme:

»Klostermeier?«

»Tach, Herr Kommissar«, trötete ihm Hartmann entgegen, »wie läuft's?«

»Ach, Herr Hartmann, Sie sind's«, erwiderte Klostermeier. Er war erleichtert. »Ja, danke, ganz gut, selbst?«

»Ja, basst scho, wie Sie hier in Bayern ja immer sagen, ne? Ich wollte mich ma erkundigen, wie es beim Oktoberfestmord aussieht? Tappen Sie immer noch so im Dunkeln, oder kommen Sie voran?«

»Ganz im Gegenteil, Herr Hartmann, es läuft bestens. Wir sind den Tätern dicht auf den Fersen. Ich weiß noch nicht, ob Sie es wissen: Es handelt sich um zwei Mörder!«

»Ach«, sagte Hartmann verblüfft, »so was? Und Sie haben schon beide, oder wie?«

»Nein, leider nicht, der erste ist aller Wahrscheinlichkeit ein illegaler Einwanderer aus dem Kosovo, also quasi aus Ihrem Hoheitsgebiet. Aber der ist momentan abgetaucht, die Fahndung läuft.«

»Was Sie nicht sagen. Und der andere?«

»Der zweite arbeitet, wenn wir denn richtig liegen, auf der Wiesn. Morgen wollen wir ihn bei einer Razzia festnehmen. Nachdem wir davon ausgehen, dass sich dort noch weitere Schwarzarbeiter befinden, wäre es schön, wenn der Zoll mit von der Partie wäre – kommen Sie mit?«

Hartmann zögerte. »Na ja, hm, wenn es sich tatsächlich um Schwarzarbeiter handelt, wäre das wohl notwendig, nicht wahr?«

»Eben, Herr Kollege, und Sie können sich den Fang auch auf die Fahnen schreiben, wenn Sie möchten. Die sauberste Wiesn aller Zeiten oder so, schließlich haben wir dann jede Menge illegaler Schwarzarbeiter erwischt, oder?«

»Nun ja, die sauberste wär's natürlich, wenn wir keine finden, nich wahr!« Hartmann lachte meckernd. »Aber es stimmt schon, Herr Kommissar, Sie haben ja recht. Ich komme mit. Sagen Sie, um wen handelt sich's denn? Mir können Sie es doch sagen, oder?«

»Na ja, eigentlich ja nicht, Sie wissen ja, bei laufenden Ermittlungen darf man so was nicht rausgeben, aber Sie haben mir ja auch schon einige Infos gegeben. Es ist Steinbeis, der Betreiber vom *Thunderstorm*.«

»Nein so was«, rief fröhlich Hartmann, »ausgerechnet der Steinbeis? Ich fass es nicht! Wie sind Sie denn auf den gekommen? Also, nicht dass ich den nicht auch schon öfter im Visier gehabt hätte, aber …«

»Das ist jetzt allerdings Betriebsgeheimnis, Herr Hartmann, ich hoffe, das verstehen Sie. Also, wir treffen uns morgen um elf Uhr am Wiesn-Treff, der ist direkt beim U-Bahn-Ausgang Theresienwiese, gegenüber vom *Spiegelkabinett*. In Ordnung?«

»Selbstverständlich, Herr Kommissar! Wie viele Männer soll ich denn mitnehmen?«

»Keinen, wir wollen dieses Mal kein Aufsehen erregen.«

»Auch gut. Gute Idee, ich freu mich drauf! Tschüss.«

»Wiederhörn.«

Hartmann hatte aufgelegt. Klostermeier atmete tief durch. Jetzt musste nur noch alles so laufen, wie er es sich vorstellte. Gut, dass Hartmann angerufen hatte und er so daran gehindert worden war, Jule alles zu erzählen. Sie war zwar eine gute Polizistin, aber in diesem Fall war es doch besser, wenn er die Fäden weiterhin allein in der Hand hielt und so seinen Plan in die Tat umsetzen konnte. Dennoch wollte er sie dabeihaben morgen, wenn der zweite Mörder endlich geschnappt werden würde. Er rief sie kurz an und teilte ihr mit, dass sie sich morgen gemeinsam um elf Uhr am Wiesn-Treff einfinden würden.

Nachdem er aufgelegt hatte, lehnte er sich entspannt in seinem Sessel zurück. Der Tisch ist angerichtet, dachte er, jetzt musste das Festmahl nur noch serviert werden.

Tag 11

Klostermeier ging die Wirtsbudenstraße entlang. Es waren unglaublich viele Menschen vor, neben und hinter ihm. Viel mehr als sonst. So voll hatte er die Theresienwiese noch nie gesehen. Von allen Seiten schienen Leute in seine Richtung zu strömen. Sie liefen alle auf ihn zu. Er musste stehen bleiben, sie hatten eine Art Kreis um ihn gebildet. Es gab kein Durchkommen.

»Lassen Sie mich durch, ich bin von der Polizei!«, rief er, so laut er konnte, doch heraus kam nur ein Piepsen. Er räusperte sich und versuchte es noch einmal, doch seine Stimme schien im Hals zu ersticken. Obwohl es so voll war, kamen haufenweise Menschen aus den Bierzelten, alle zeigten mit dem Finger auf ihn. Einer rief: »Das ist der Kerl, das ist der Kommissar aus der Zeitung, der so versagt hat beim Wiesnmord.« Alle riefen nun gemeinsam wie aus einer Kehle: »Versager, Versager!«, ein ohrenbetäubender Lärm schwoll an, der Klostermeier schier zu erdrücken schien. Immer mehr Menschen strömten aus allen Himmelsrichtungen herbei und schimpften auf Klostermeier ein, schrien, warfen ihm vor, dass sie dank ihm nach Hause gehen müssten, weil die Wiesn so unsicher geworden sei. Dass sie Angst hätten vor weiteren Morden und dass die Polizei sie nicht schützen könne. Klostermeier wollte etwas dagegen sagen, sich wehren, ihnen erklären, dass er kurz davor sei, den Fall zu lösen. Aber sie hörten ihn nicht, aus seinem Mund kam einfach kein Laut. Dafür schalten ihn die Menschen einen schlechten Kommissar und lamentierten, dass das Oktoberfest für immer seine Pforten schließen würde. Nur weil er, der Hauptkommissar des Münchner Morddezernats, lieber Postkarten sammelte, als Fälle zu lösen. Sie kamen immer näher auf ihn zu, der Kessel wurde immer enger, Klostermeier konnte nur noch wenige Schritte zur Seite ausweichen. Klostermeier streckte seine Arme aus, er versuchte, den aufgebrachten Mob von sich fernzuhalten, er mobilisierte alle Kräfte, die er hatte, doch es half nichts. Unaufhaltsam bahnte sich die Menschenmenge ihren Weg, von allen Seiten war er eingeschlossen. Gleich würde es vorbei sein mit ihm, die Ersten stießen ihm von hinten in den Rücken und in die Seite, von vorne traten sie ihm auf die Zehen und Füße, er rang nach Atem, bekam keine Luft mehr, gleich würde es vorbei sein. Er hatte versagt, und dafür musste er sterben.

»Aber ich bin doch nicht schuld, hört doch, ich war es nicht, der Mörder ist –« Er konnte den Namen nicht mehr aussprechen, jemand hatte ihn von hinten am Hals gepackt und drückte zu. Er hatte das Gefühl zu ersticken.

Schweißgebadet wachte er auf. Sein Herz raste. Der Traum war noch realistischer gewesen als die vorherigen. So konnte das nicht weitergehen. Heute war der Tag gekommen, an dem er dem Spuk ein Ende setzen wollte. Sein Plan war sicherlich etwas riskant, aber auf der anderen Seite sah er gerade keine andere Möglichkeit, wie er den Mörder von Gent Llukar dingfest machen konnte. Er richtete sich im Bett auf und nahm einen großen Schluck Wasser aus dem Glas, das auf seinem Nachtkästchen stand. Es war sieben Uhr. Er war angespannt, konnte es kaum noch erwarten.

Hartmann winkte schon vom Wiesn-Treff aus, als Klostermeier und Jule aus der U-Bahn heraufkamen. Sie gingen zielstrebig auf ihn zu und begrüßten ihn. Um sie herum waren nur wenige Leute, es war noch relativ ruhig.

»Was denn, was denn, Herr Kommissar, heute nur zu zweit unterwegs? Reicht das denn für Herrn Steinbeis?«, fragte Hartmann und verzog seinen Mund zu einem grimassenhaften Lächeln.

»Das werden wir schon sehen, Herr Hartmann. Zur Not sind hier ja auch noch jede Menge Kollegen von der Wiesnwache. So schnell entgeht uns hier kein zweites Mal jemand. Gut, dass Sie es hergeschafft haben.«

»Sicher, sicher, das ist doch klar, man möchte schon dabei sein, wenn so jemand festgenommen wird, nicht wahr, Frau Holtkamp?« Er zwinkerte Jule zu.

Jule nickte etwas unsicher, sagte aber nichts. Sie war angespannt. Klostermeier hatte ihr nicht gesagt, warum sie wieder auf das Oktoberfest gingen, sie wusste lediglich, dass es sich um den zweiten Mörder handelte und dass Klostermeier etwas herausgefunden hatte, was er ihr nicht mitteilen wollte.

»Pack mas«, sagte Klostermeier und ging los. Seine Stimme hatte unterschwellig einen Befehlston angenommen, der keinerlei Widerrede zuließ. Hartmann und Jule folgten ihm. Sie gingen sehr schnell, passierten das *Spiegelkabinett*, sprinteten fast vorbei an zwei Essensständen, an denen Schokofrüchte und Magenbrot verkauft wurden. An der Schiffschaukel war noch wenig los, einige wenige Kinder fuhren kreischend mit dem *Taumler*, während die Eltern geduldig davor warteten. Klostermeier drehte sich kaum um nach seinen Kollegen. Er hatte nur ein Ziel vor Augen. Er wollte den Mörder von Gent Llukar dingfest machen. Alles verlief nach Plan.

Jule erkannte ihren Chef nicht wieder. Er war sehr konzentriert, sprach nicht, kein Lächeln huschte ihm über sein Gesicht. Er war so zielstrebig unterwegs wie noch nie. Seine Souveränität strahlte auf sie ab, gab ihr etwas mehr Vertrauen und Zuversicht, sie spürte, wie ihre Unsicherheit langsam schwand. Auch sie war nun heiß auf den Täter. Sie fühlte sich wie in einem Tunnel, nahm die Menschen um sich herum gar nicht wahr. Alles verschwamm, sie sah nur Klostermeier und folgte ihm.

Moritz Hartmann kam den Kollegen vom Morddezernat kaum nach. Die beiden legten ein gutes Marschtempo vor, er selbst blieb immer ein paar Schritte dahinter. Er beobachtete den Kommissar schräg von hinten. Man sah Klostermeier seine Entschlossenheit deutlich an. Aber was, wenn der Plan nicht aufging? Wenn Steinbeis sich nicht so ohne Weiteres festnehmen ließ? Wenn hier alles aus dem Ruder lief? Wenn Steinbeis eine Waffe hatte? War es nicht leichtsinnig, hier einfach so mitzugehen? Er spürte, wie seine innere Anspannung jeden einzelnen Muskel seines Körpers durchzog.

Sie bogen in die Wirtsbudenstraße ein. Über der *Ochsenbraterei* drehte der Ochs auf dem Grill fast unbemerkt seine Runden. In den Biergärten vom *Hacker-*, *Augustiner-*, *Bräurosl-* und *Schottenhamel*-Festzelt tummelten sich schon wieder die Menschen, viele von ihnen machten einen Frühschoppen, die ersten Maßkrüge rauschten klirrend aneinander. Der Geruch von Brathendln lag in der Luft. Alles war so wie immer auf dem Oktoberfest. Doch für Klostermeier, Holtkamp und Hartmann war alles ganz anders.

Direkt vor Klostermeier lief ein Kind mit einem riesigen Luftballon, der die Form eines Autos hatte, neben seinen Eltern. Kurzzeitig nahm er Klostermeier die Sicht auf das, was vor ihm lag, aber er legte einen Zahn zu und überholte die Familie einfach. Hartmann und Jule eilten hinterher. Sie passierten gefühlte zehn Mandelbuden, unzählige Stände, an denen Oktoberfestherzen, Filzhüte und T-Shirts mit mehr oder minder sinnfreien Sprüchen verkauft wurden. Sie hatten fast die gesamte Straße mit den Bierzelten in nur knapp fünf Minuten durchlaufen, waren schon zwischen *Löwenbräuzelt* und *Winzerer Fähndl* angelangt. Der Löwenbräu-Löwe hob seinen Maßkrug und setzte zu seinem berühmten lang gezogenen »Lööööööweeeeeenbrääääauuuuu« an. Sie waren an der Kreuzung zur Matthias-Pschorr-Straße. Rechterhand, vor den Stufen der Bavaria, saßen immer noch oder schon wieder Leute, so genau war das nicht auszumachen. Geradeaus lag *Käfers Weinschenke*, das Edelzelt auf der Wiesn. Auch hier standen schon viele Menschen, die meisten davon in Tracht, vor dem Eingang. Aus dem *Schützenzelt* tönte der bayerische Defiliermarsch. Keiner der drei nahm all das wahr. Am *Löwenbräu*-Biergarten bogen sie nach links ab.

Klostermeier drehte sich nach wie vor nicht um, sondern ging zügig voran. Sein Puls hatte nun eine höhere Schlagzahl angenommen. Er zögerte innerlich. Sollten sie das hier jetzt so durchziehen? Es war dermaßen riskant. Wenn das schiefging, müsste er seinen Kopf dafür hinhalten, so viel war klar. Die Gedanken rasten durch seinen Kopf. Er rief sich nochmals alle Details auf, die er in den vergangenen zehn Tagen gesammelt hatte. Alles passte perfekt in sein Bild. Es musste einfach so sein, wie er es sich dachte. Jetzt oder nie!

Jule begann zu schwitzen. Sie war aufgewühlt. In ihrer Karriere hatte sie schon viele Festnahmen mitgemacht, aber das hier war doch noch mal etwas Anderes, zumal sie immer noch nicht wusste, was ihr Chef genau im Schilde führte. Doch genau das ließ sie hochwachsam sein. Es kribbelte in ihr vor Nervosität.

Vor ihnen lag jetzt links die Geisterbahn, in der Llukar ermordet worden war, sie befanden sich ungefähr fünfzig Meter davor. Weitere hundert Meter dahinter drehte sich der *Thunderstorm* von Peter Steinbeis. Schreie waren zu hören, sie kamen vom *Free Fall-Tower*, der in unmittelbarer Nähe in die Höhe ragte. Abrupt blieb Klostermeier stehen. Es schien, als wüsste er gerade nicht, wohin, wie es weitergehen sollte. Er drehte sich zu Hartmann und Jule um, die gleichfalls stoppten. Seine Augen schienen größer zu sein als sonst. Sie strahlten pure Entschlossenheit aus. Er fixierte abwechselnd Jule und Hartmann und lächelte dann plötzlich.

»Ich hab Durscht, ein Kaffee wär jetzt recht, oder? Wer noch?«
Jule und Hartmann schauten sich irritiert an.

»Wie bitte?«, fragte Jule verdutzt. »Ich dachte, wir sind hier, um einen Mörder zu schnappen?« Sie warf einen Blick auf Hartmann. »Einen, der Schwarzarbeiter beschäftigt.«

»Eben, Herr Kommissar, wir müssen doch zu Steinbeis, ehe der abhaut«, fügte Hartmann an.

»Steinbeis? DER Steinbeis?«, fragte nun wiederum verblüfft Jule, die gar nichts verstand. Sie sah von einem zum anderen. Dann schlug sie sich an die Stirn. »Na klar, du hast ja völlig recht! Warum bin ich da gestern nicht selbst drauf gekommen.«

Hartmann sah sie stirnrunzelnd an. »Was ...?«

»Passt scho«, sagte Klostermeier schnell, »jetzt holen wir uns erst einmal was zu Trinken, und dann schauen wir weiter. Hunger hab ich auch.«

Er nahm Hartmann und Jule an den Schultern und schob sie auf die andere Seite der Straße zu einem Imbissstand.

Der Mann hinter dem Tresen war gerade noch damit beschäftigt, Semmeln mit Schinken und Salatblättern zu belegen, als die drei an den Stand traten.

»Servus, was derf's denn sei?«, fragte er, hob den Kopf und sah sie lächelnd an. Augenblicklich gefror sein Lächeln. Er sah erst Hartmann an. Dann Klostermeier. Dann wieder Hartmann.

»Das, das –« Ihm versagte die Stimme. Er zeigte mit zittriger Hand auf Hartmann. Dieser erbleichte, blickte zu Klostermeier, doch der war ganz gelassen.

»Das ist der Mann, der hier bei Ihnen am Stand war und mit dem der Kosovare Streit hatte, ehe er kurz darauf in der Geisterbahn erstochen wurde«, ergänzte der Kommissar den Satz des immer noch stotternden Gustl Kasinger.

Kasinger nickte nur.

Dann ging alles blitzschnell. Hartmann zog plötzlich ein Messer aus der Innentasche seiner Jacke, schnappte sich Jule und drückte ihr mit dem Arm die Kehle zu. Das Messer legte er an ihren Hals. Jule kreischte und versuchte sich zu befreien, doch Hartmanns Griff war eisern.

»Sie sind ja ein ganz ein schlauer, Herr Kommissar, Respekt!«, sagte Hartmann wütend zu Klostermeier. »Wollten mir eine Falle stellen, wie?

Steinbeis hat mit der ganzen Sache nichts zu tun. Und ich habe Ihnen den ganzen Käse auch noch geglaubt! Mir hätte es auch tatsächlich in den Kram gepasst, wenn Sie ihn im Verdacht gehabt hätten. Dann wäre ich fein aus dem Schneider gewesen. Mich unter so einem billigen Vorwand hierher auf das Oktoberfest schleppen …« Er schüttelte erbost den Kopf. »Aber Sie täuschen sich, wenn Sie meinen, dass ich mich so leicht schnappen lasse! Und jetzt machen Sie den Weg frei, sonst passiert ihrer reizenden blonden Kollegin hier noch was. Ich habe Sie schon einmal gewarnt – es wäre besser gewesen, Sie hätten sich an meine Warnung gehalten!«

Klostermeier zog seine Waffe und richtete sie auf Hartmanns Kopf. Er entsicherte, konnte aber unmöglich schießen. Noch nie in seiner Dienstlaufbahn hatte er auf einen Menschen feuern müssen. Jule bewegte sich auch viel zu sehr, die Gefahr war zu groß, dass er danebenschoss und am Ende sie oder einen Zivilisten traf.

»Lassen Sie sie los, Hartmann, das hat doch alles keinen Sinn mehr! Wir wissen, dass Sie Llukar ermordet haben. Womöglich gar mit dem Messer, das Sie jetzt in der Hand halten. Und bald schon werden wir Ihnen auch Stück für Stück nachweisen können, dass Sie der Kopf einer Bande sind, das Gehirn, das sich dieses perfide Netzwerk der Sklaverei ausgedacht hat. Die Beweislast ist zu groß, das war's, es ist vorbei!«

»Ha, was für Beweise denn! Einen Schuldigen brauchen Sie, damit Sie nicht so blöd dastehen mit den Morden!«

»Haben Sie Gent Llukar umgebracht, weil er aussteigen wollte? Hat er Ihnen gesagt, dass er sich mit mir treffen will? Mussten Sie ihn deswegen loswerden? Weil er das lukrative Netzwerk, das Sie sich mit ihm, Berisha und womöglich noch anderen aufgebaut haben, zerstört hätte?«

»Halten Sie den Mund!«, schrie Hartmann und richtete das Messer auf Klostermeier.

Jule wand sich kurz in seinen Armen, doch sie stoppte augenblicklich, als Hartmann ihr das Messer fester an den Hals drückte. Sie fühlte, wie sich Tränen in ihren Augen bildeten, die ihr langsam die Wangen hinunterliefen. Sie hatte solche Angst. Um sie herum hatten die ersten Wiesnbesucher Klostermeiers Waffe gesehen und fingen an zu kreischen. Eine panische Stimmung machte sich um sie herum breit.

»Herr Hartmann«, sagte Klostermeier beschwichtigend, »kommen Sie zur Vernunft. Aus den Zollakten von Berisha und Llukar wird ganz klar deutlich, dass Sie die beiden kannten, seitdem sie illegal eingereist waren. Beide sind in den Jahren danach, als sie noch keine Aufenthaltsgenehmigung hatten, beim Schwarzarbeiten erwischt worden – bei allen Einsätzen waren Sie dabei! Wie Sie es geschafft haben, die beiden dann für sich einzuspannen und wie es Ihnen gelungen ist, ihre Abschiebung zu verhindern, das können Sie gern auf dem Präsidium erzählen. Aber nicht hier. Geben Sie mir Ihre Waffe.«

»Bleiben Sie stehen oder hier passiert was!«

»Herr Hartmann, wir haben Zeugen.«

»Ha!« Hartmann lachte hysterisch. »Einen Bratwurststandbesitzer, der mich an der Geisterbahn gesehen hat.« Er zeigte mit dem Messer auf Kasinger, der sich ängstlich in seinen Stand zurückgezogen hatte. »Meinen Sie wirklich, ich bin so blöd, dass ich mich auf der Wiesn mit jemandem treffe, um ihn umzulegen? Zwischen Tausenden von Leuten?«

»Llukar hatte Ihnen gedroht, bei mir auszupacken. Das war sein Todesurteil. Sie haben noch versucht, es ihm auszureden, sich mit ihm hier getroffen, nicht wahr? Und ihn dann eiskalt umgebracht in der Geisterbahn.«

»Was Sie da reden, ist Blödsinn! Purer Schwachsinn!«

»Schade, dass wir uns am dem Tag nicht begegnet sind. Ich war ja auch da und hab einen hochanständigen jungen Mann über die halbe Wiesn gejagt, den Sie schamlos ausbeuten. Aber nein, Sie waren ja auf einem Großeinsatz in Ramersdorf!«

»War ich auch!«

»Aber nicht an dem Tag. Durch Ihren Kollegen Fraunthaler hab ich gestern erfahren, dass der Einsatz erst bevorstand. Sie haben mich angelogen, Herr Hartmann, und ich lass mich nicht für blöd verkaufen.«

Hartmann lachte trocken. »Dazu sag ich jetzt besser nichts.«

»Llukar hatte mich zuvor beobachtet, stimmt's? Er sollte Sachen über mich herausfinden, mit denen Sie mich erpressen können. Als er beseitigt war, haben Sie das mit den Drohanrufen selbst übernommen.«

Hartmann grinste. »Jetzt geht die Fantasie aber mit Ihnen durch, Herr Kommissar.«

»Niemand nennt mich ›Herr Kommissar‹. Nur Sie nennen mich so. Und der Mann, der mich und meine Kollegin am Samstag am Telefon bedroht hat. Wie haben Sie das technisch hinbekommen, dass Ihre Stimme so blechern klang? Und der osteuropäische Akzent – Respekt, fast hätt ichs Ihnen geglaubt. Aber Sie haben ja auch Übung mit Ihren Sklaven, stimmts?«

»Mir wird das jetzt zu blöd hier!«, schrie Hartmann. »Ich hau ab!«

Jule warf Klostermeier einen flehenden Blick zu.

»Hartmann, geben Sie auf! Machen Sie sich doch nicht unglücklich, indem Sie noch jemandem Leid zufügen, das macht doch alles nur noch schlimmer!«

»Verpissen Sie sich, Klostermeier, sonst stech ich sie ab!«

Beschwichtigend hob Klostermeier die Arme. Er reckte demonstrativ seine Waffe in die Luft, um sie danach im Zeitlupentempo auf den Tresen der *Schwanthaler Boheme* zu legen.

»Ganz ruhig, Hartmann. Sie haben keine Chance, verstehen Sie das doch«, versuchte er es erneut vorsichtig, aber Hartmann wich langsam, Schritt für Schritt zurück, Jule fest umklammert, die nach Luft rang.

Klostermeier ging ebenfalls langsam nach vorne, auf die beiden zu. Seine Augen fixierten Hartmanns, die einen irren Ausdruck angenommen hatten. Hartmanns Hand, in der er das Messer hielt, zitterte. Immer mehr Schaulustige um sie herum beobachteten die Szenerie und wichen behäbig dort zur Seite, wo Hartmann entlangging.

»Hartmann!«, setzte Klostermeier erneut an, »auf der Theresienwiese wimmelt es nur so von Polizei, Sie kommen hier nicht raus. Ich habe veranlasst, dass sämtliche Ausgänge versperrt werden. Wir haben zusätzlich einen Ring rund um den Imbissstand aufgebaut, aus dem es keinen Ausweg gibt!«

Hartmann sah sich um. Erst jetzt nahm er wahr, wie viele Uniformierte sich um ihn herum befanden. Er schien zu überlegen, abzuwägen, welche Möglichkeiten es gab. Hinter ihm hatte sich nun eine Kette von Polizisten in den Weg gestellt. Hier kam er nicht weiter. Auch rechts und links tauchten sie auf. Klostermeier schritt auf sie zu. Er sah Hartmann nach wie vor ausschließlich direkt in die Augen.

Hartmann wurde hektisch. »Die sollen abhauen, Klostermeier, und zwar schnell! Hören Sie!«, schrie er, doch Klostermeier ging unbeeindruckt weiter auf ihn zu. Er stand jetzt direkt vor Jule und Hartmann.

»Es ist aus, Hartmann. Geben Sie mir das Messer.«

»Es … es … darf nicht sein«, sagte Hartmann tonlos. Langsam ließ er das Messer sinken.

Blitzschnell griff Klostermeier nach seinem Handgelenk und umklammerte es eisern. Das Messer glitt Hartmann aus der Hand und fiel klirrend zu Boden. Im gleichem Moment wand sich Jule aus seinem Arm und stellte sich hinter Klostermeier. In Sekundenschnelle hatten die Beamten um sie herum zugegriffen und nahmen Hartmann fest. Jule zitterte, sie stand völlig unter Schock. Klostermeier umarmte sie. »'s wird alles gut, Jule, keine Sorge, es ist vorbei!« Er selbst spürte jetzt die Erleichterung. Es war riskant gewesen, Jule gar nicht in seinen Plan einzuweihen, und er war gottfroh, dass ihr nichts passiert war. So standen sie noch eine Weile da, während Hartmann abgeführt wurde. Die Leute gingen langsam wieder weiter, zu den Fahrgeschäften, Bierzelten, Imbissstandln. Schnell war die ganze Aktion vergessen, alles ging binnen kürzester Zeit seinen normalen Weg im Alltagswahnsinn Oktoberfest. Nur Klostermeier stand mitten im Gewühl – und hielt Jule fest in seinen Armen.

Tag 12

Und deine älteste?«

»Das ist die hier, von 1895. Viel älter geht nicht.«

»Warum?«

»Weil das Versenden von Ansichtskarten erst ab 1890 richtig populär wurde.«

»Und was ist drauf auf deinem Prachtexemplar?«

Er schob ihr die Karte über den Tisch. Es war eine schwarzweiße Ansicht der Maximilianstraße, vom Maximilianeum aus gesehen. Im Hintergrund erhoben sich die Häuser und zahlreiche Kirchen der Stadt. Auf der Straße fuhren Pferdetrams.

»Geschrieben am 21. Juli 1895«, stellte Jule fest. »Oh, tolle Handschrift. ›Liebe Eltern und Geschwister! Acht Uhr, sehr verspätet, hier angekommen! Max am Bahnhof! Sehr bequeme Fahrt. Hübsches Wetter. Hofbräuhaus – Hofbräuhaus ist unterstrichen! – gewesen! Gruß von Willy.‹ Und in anderer Schrift darunter: ›Grüße von Max‹.« Sie drehte die Karte wieder um. »Sehr süß.«

»Verstehst du, was ich meine mit dem Geschichtensammeln?«, fragte er. »Natürlich weiß ich nichts über Willy und Max und ihre Familien und Geschwister. Aber es macht Spaß, sich eine Geschichte auszudenken. Einen klitzekleinen Ausschnitt aus einem Leben zu sehen und sich den Rest ausmalen, das mag ich.«

Jule legte die Karte vor sich hin und legte die Hände übereinander. »Okay, also eine Geschichte. Die Karte ging an Willys Familie in Zwickau, Willys Heimatstadt. Vermutlich hat Willy in München studiert und dort Max kennengelernt. In den Ferien war er in Zwickau und hat nach seiner Rückkehr diese Karte geschrieben.« Sie sah Klostermeier an. »Ich sage dir: Willy und Max waren ein Paar! Sie haben sich geliebt!! Und lebten heimlich zusammen in einer Schwabinger Mansardenwohnung!«

Klostermeier lachte. »Das glaub ich eher weniger. Vermutlich waren sie Onkel und Neffe oder so was.« Er warf einen Blick auf die Uhr über der Tür. »Wir sollten langsam aufbrechen, wenn wir noch vor dem allgemeinen Feierabend dort sein wollen.«

»Du hast recht«, sagte Jule und schob ihm die Karte zurück. »Danke, dass du mir ein paar von ihnen gezeigt hast.«

Klostermeier legte die ausgewählten Postkarten, die er heute von zu Hause mitgebracht hatte, in die oberste Schublade seines Schreibtisches. Jule hatte ihn am Vorabend gefragt, ob er ihr das mit den Postkarten mal näher erklären könnte. Er hatte es gern gemacht, obwohl er wusste, dass sie ihn vor allem ihm zuliebe darum gebeten hatte. Er freute sich dennoch. Seit gestern war er ihr Held und er wollte ihre Euphorie genießen, solange sie anhielt und solange die Stimmung gut war, denn die konnte sich schlagartig ändern, so weit kannte er Jule Holtkamp inzwischen.

Hartmann hatte bis jetzt kein Geständnis abgelegt. Er bestritt beides – den Mord an Gent Llukar und den systematischen Aufbau eines Netzes aus Handlangern, die wiederum Menschen ohne Papiere als Schwarzarbeiter vermittelten und den Großteil der Einnahmen an Hartmann abgaben. Das Messer, mit dem er Jule bedroht hatte, war rasierklingenscharf und könnte die Kehle eines Menschen problemlos aufschlitzen. Aber es waren keinerlei DNA-Spuren an der Klinge zu finden gewesen. Im Grunde hatte für Hartmann als Mörder nur die Aussage Gustl Kasingers gesprochen, der seine Beobachtungen mittlerweile zu Protokoll gegeben hatte und sich nach wie vor sicher war, dass er Hartmann mit dem späteren Opfer in die Geisterbahn hatte gehen sehen. Aber ob das für eine Anklage gereicht hätte?

Klostermeier hatte schon befürchtet, dass sie Hartmann tatsächlich wieder laufen lassen müssten, weil die Indizien, die für seine Täterschaft sprachen, zu dünn waren, doch da kam der entscheidende Anruf des Instituts für Rechtsmedizin. Dort war im Eiltempo die DNA von Gent Llukar mit Flecken auf Hartmanns Kleidung, die Beamte direkt nach seiner Festnahme am Vortag bei einer Wohnungsdurchsuchung sichergestellt hatten, verglichen worden. Klostermeier hatte innerlich drei Kreuze geschlagen, als er das Wort gehört hatte, auf das Mitarbeiter einer Mordkommission in solchen Fällen immer hoffen: »Volltreffer.« Es gab keinen Zweifel mehr: Moritz A. Hartmann hatte Gent Llukar ermordet und er würde seiner gerechten Strafe zugeführt werden.

Die Ermittlungen in Sachen illegales Netzwerk gestalteten sich ungleich schwieriger. Zwei der drei Männer, mit denen Hartmann in direktem Kontakt stand, waren tot. Der dritte, Hashim Thaci, war untergetaucht, aber nach ihm wurde mit Hochdruck gefahndet. Er könnte in dieser Sache als Einziger gegen Hartmann aussagen.

Die Gegenüberstellung von Hartmann und den Männern ohne Papiere, die für ihn geschuftet hatten, war ergebnislos geblieben und hatte nur bestätigt, was die Männer früher schon ausgesagt hatten: Sie wussten, dass es da noch einen »Boss« gab, hatten aber noch nie mit ihm gesprochen, geschweige denn ihn gesehen. Ihre unmittelbaren Chefs waren Berisha, Llukar und Hashim gewesen, denen sie direkt von ihren Schleusern übergeben worden waren.

Das Schicksal der jungen Männer war ungewiss. Noch befanden sie sich in Polizeigewahrsam, weil ihre Zeugenaussagen gebraucht wurden, was danach mit ihnen passieren würde – keiner wusste es. Klostermeier hatte mit Frau Anlauf vom *Café 104* telefoniert und einen Termin vereinbart, um mit ihr über die jungen Männer zu sprechen. Es war ihm sehr daran gelegen, dass man sich um sie kümmerte.

»Ich bin sicher, dass Hartmann früher oder später einknickt«, sagte Klostermeier, während sie über den Flur Richtung Ausgang gingen.

»Ob er wohl Helfer beim Zoll hatte?«, fragte Jule.

»Das werden die Untersuchungen zeigen – ich glaub es ja nicht. Für mich ist er ein Einzeltäter, ein größenwahnsinniger Tyrann, der nach Höherem strebt. Mir war der von Anfang an unsympathisch.«

Jule blieb stehen. »Mir auch. Ich fand ihn grässlich. Aber ein Mörder oder Menschenhändler … nein, das hätte ich nicht gedacht.«

»Ich auch nicht«, sagte Klostermeier. »Deswegen ist mir ja auch in den Akten gar nicht aufgefallen, dass er immer dabei war, wenn Berisha und Llukar früher beim Schwarzarbeiten erwischt wurden. Er muss sie dann eiskalt für seine Zwecke eingespannt haben.« Er fasste Jule am Arm. »Und jetzt komm, sonst ist es schon so voll. Ich würd gern mit dir hin, wenn's mal nicht so voll ist. Dass ihr Frauen immer stehen blieben müssts beim Reden.«

Jule ging ein paar Schritte und hielt dann wieder an. »Aber was hat dich dann so sicher gemacht, dass es Hartmann war?«

Wieder zog Klostermeier sie weiter. »Ich war mir nicht sicher. Blond und Teetrinker, das war das Einzige, was wir vom mutmaßlichen Mörder wussten. Wenn Kasinger Hartmann nicht erkannt hätte, wär ich tatsächlich weiter zum Steinbeis gegangen und hätt recht blöd ausgeschaut, weil der Steinbeis sicher harmlos ist. Blond sind sie beide, er und Hartmann, und beide sind Teetrinker. Von Hartmann weiß ich das seit meinem ersten Besuch bei ihm, von Steinbeis, seitdem wir ihn verhört haben und seit diesen Klumpen.«

»Kluntjes, nicht Klumpen. Das war alles, was du hattest?«

»Na ja, und das mit dem Zolleinsatz in Ramersdorf …«

»Aber das ist alles ziemlich vage.«

»Und das hier.« Klostermeier zeigte auf seine Nase.

»Er hat gestunken?«

»Nein, mein Spürsinn. Und jetzt leg einen Zahn zu. Wenn wir Glück haben, kriegen wir noch einen Platz in der Abendsonne, des ist immer besonders nett.«

Egidius Schmal, Charly Schmidhuber und die Betreiber des *Wheel of Joy* und der *Sensation Slide* hatten in vollem Umfang gestanden. Ihnen drohten saftige Geldstrafen und der Verlust der Konzession.

Arsim, der mutmaßliche Mörder von Ridvan Berisha, war immer noch flüchtig.

»Wir haben seine DNA und es ist nur eine Frage der Zeit, bis wir ihn finden«, hatte Klostermeier zu Jule gesagt, während sie Postkarten angesehen hatten. »Er muss sich irgendwie durchschlagen und ich bin überzeugt davon, dass er irgendwann ein krummes Ding dreht und wir ihn dann schnappen.«

»Wenn er ein krummes Ding dreht, dann nur weil er gezwungen ist, es zu tun«, hatte Jule erwidert. »Was soll er denn machen.«

»Niemand ist dazu gezwungen. Und vergiss nicht: Er hat vermutlich einen Menschen getötet.«

»Ich weiß, ich sollte zwar als Polizistin nicht so denken, aber der tut mir richtig leid. Was für ein beschissenes Leben der hat.«

»Es wird nicht besser, wenn er davonläuft.«

»Trotzdem – ich wünsche mir, dass …«

»Was?«

»Ach nichts. Was ist das hier für eine Karte?«

»Und die Stimmung ist heute sicher gut?«, fragte Jule, als sie fast an ihrem Ziel angekommen waren.

»Sie ist immer gut, aber heute ganz besonders«, antwortete Klostermeier. »Ich hab die anderen schon darauf vorbereitet, dass du mitkommst.«

»Andi und Stefan kommen sicher auch?«

»Ja, und mein Freund Luca und die anderen vom Stammtisch – ah, die sind sogar schon da, wenn ich mich nicht täusch. Oder wer winkt da so verrückt? Ah, und gute Plätze ham's erwischt, die letzten in der Sonne.«

»*Happy Au'r* ist aber ein ganz schön … seltsamer Name.«

»Aber das Bier ist sensationell und genauso gut wie auf der Wiesn. Aber nicht annähernd so teuer. Und ruhiger is es hier auch.«

Er begrüßte seine Freunde und Kollegen.

»Servus, Luca! Grias de, Stefan. Na, Andi, was macht die Soko Rolle?«

»Passt schon, Schorschi, es ist wie mit den Wiesn-Morden. Verdächtige hab ich, aber ob sie es sind, das – Achtung! – steht auf einem anderen Blatt.«

Er und Klostermeier schüttelten sich vor Lachen.

Jule tippte sich mit dem Zeigefinder an die Stirn. »Ihr spinnt jetzt total, oder?«

»Blatt, Jule«, keuchte Klostermeier, »Klopapier-BLATT.«

Sie setzten sich und stießen miteinander an.

Die Bäume in der Lilienstraße hatten sich in den letzten Tagen intensiver verfärbt. Es roch anders als noch vor einer Woche. Es war endgültig Herbst geworden.